D1927631

Klaus Erfmeyer

KARRIERE-SPRUNG

Horst-P. Ostermann
Wirtschafts-Ing. (grad.)
Am Weiher 5
6365 Rosbach 3-Rodheim

Klaus Erfmeyer

KARRIERE-SPRUNG

Kriminalroman

KRIMI IM GMEINER-VERLAG

Wir machen's spannend

Bibliografische Information
der Deutschen Bibliothek
Die Deutsche Bibliothek verzeichnet diese Publikation in der Deutschen Nationalbibliografie; detaillierte bibliografische Daten sind im Internet über http://dnb.ddb.de abrufbar.

Personen und Handlung sind frei erfunden. Ähnlichkeiten mit lebenden oder toten Personen sind rein zufällig und nicht beabsichtigt.

Besuchen Sie uns im Internet:
www.gmeiner-verlag.de

© 2006 – Gmeiner-Verlag GmbH
Im Ehnried 5, 88605 Meßkirch
Telefon 0 75 75/20 95-0
info@gmeiner-verlag.de
Alle Rechte vorbehalten
2. Auflage 2008
Lektorat: Claudia Senghaas, Kirchardt
Umschlaggestaltung: U.O.R.G. Lutz Eberle, Stuttgart unter Verwendung eines Fotos von Photocase.de
Gesetzt aus der 9,5/13 Punkt GV Garamond
Druck: Fuldaer Verlagsanstalt, Fulda
Printed in Germany
ISBN 978-3-89977-670-6

1

Stephan Knobel lehnte sich im Besucherstuhl vor Löffkes Schreibtisch zurück. Angespannt schlug er die Beine übereinander und hielt die Hände gefaltet, gab sich aufmerksam und zugleich gelassen. Mal bejahte er mit Gesten und Worten, mal fragte er interessiert und höflich nach und bezog bei Gelegenheit Position. Er servierte konventionell kompatible Ansichten, zeigte sich dankbar und blieb unkompliziert.

Löffke rief Knobels wichtigste Stationen ab und Knobel rekapitulierte folgsam Schulzeit, Abitur, Jurastudium und seine Hochzeit mit Lisa vor knapp einem Jahr. Er gliederte sein unauffälliges Leben, nahm dankend die angebotene Zigarette und bemerkte mit schüchternem Lächeln, dass er eigentlich gar nicht mehr rauche. Doch die Zigarette entkrampfte und bewies zugleich Spuren eines Lasters. Knobel dachte, dass es gut sei, sich in kleinen Dingen nicht zu prinzipientreu zu zeigen.

Scheu widerstand er Löffkes musterndem Blick, blickte in dessen rotes, schon am Morgen verschwitztes Gesicht und betrachtete fast andächtig dessen fleischige, an einer Zigarette saugende Lippen.

»Wenn Sie sich bewähren, werden wir Sie in ein paar Jahren zum Sozius machen«, schloss Löffke. »Dann gehören Sie richtig dazu. – Bis dahin sind Sie Angestellter.«

Knobel dankte für die gebotene Chance und versicherte schnell, die Sozietät anzustreben, aber das vorgegebene Ziel blieb ebenso konturenlos wie der Weg, der zu diesem Ziel führen sollte. Sein Gelöbnis, das Beste zu geben, suchte einen Bezugspunkt und fand ihn nicht.

Löffke nickte befriedigt, drückte seine Zigarette aus und begleitete ihn hinaus.

»Unsere Kanzlei hat drei Etagen«, erklärte Löffke auf dem Flur. »Hier im Erdgeschoss sitzen der Senior und die drei anderen Sozien.«

Kurz vor Weihnachten hatte ihn der Kanzleisenior Dr. Hübenthal in seinem ostwärts zur Gartenseite liegenden Arbeitszimmer empfangen. Der Senior hatte Knobel an die Verandatür geführt und davon geschwärmt, wie das Sonnenlicht im Sommer in das Zimmer flutete, sich auf dem Parkett spiegelte und den Raum bis an die Stuckdecken ausleuchtete.

Dr. Hübenthals Büro trug die Nummer 101. Es war das frühere Gesellschaftszimmer der nun als Anwaltskanzlei genutzten Villa. Das stattliche Jugendstilgebäude an der Prinz-Friedrich-Karl-Straße im Osten der Dortmunder Innenstadt galt als gute Adresse für die gehobene Klientel. Knobel hatte das Gebäude mit Ehrfurcht betreten und Dr. Hübenthals Büro bewundert, den massiven Schreibtisch bestaunt, die darauf aufgetürmten aufgeschlagenen Bücher betrachtet, auch den dunklen Regalwänden seinen Respekt gezollt, in die sich juristische Periodika und gebundene Einzelwerke zwängten. Alles in diesem Raum diente mächtig, stumm und bleiern Dr. Hübenthal, dessen kleine hagere Statur hierzu im eigentümlichen Gegensatz stand. Eloquent und im Auftreten verbindlich, verstand er es, seine Gesprächspartner unter der ständigen Observation seiner wachen Augen zu fesseln, dabei strahlte sein gefurchtes Gesicht eine faszinierende patriarchalische Strenge aus.

Dr. Hübenthal hatte flüchtig durch seine Bewerbungsunterlagen geblättert, sich zufrieden gezeigt, sodann Knobels Gehaltswunsch mit mildem Nachdruck nach unten korrigiert und nach der erlösenden Zusage, dass man es miteinander versuchen solle, die Erörterung aller weiteren Details Löffke übertragen.

Dieser machte ihn anschließend in der Kanzlei bekannt. Sie besuchten jedes Anwaltsbüro, jedes Sekretariat, und Knobel schüttelte Hände und spulte sein unverbindliches Begrüßungslächeln ab. Es war ein wechselndes Willkommenheißen und Danken, erst in den 100er-Zimmern im Erdgeschoss, dann in den 200er-Räumen im ersten Stock und schließlich, als sie über eine mit Linoleum belegte schmale Holztreppe in das Obergeschoss gelangt waren, auch in den 300er-Zimmern. Im Gegensatz zu den unteren Geschossen gab es hier nur bescheiden eingerichtete kleine Büros und den mit Regalen und Schränken gefüllten Archivraum. Die Luft dort war stickig, roch nach altem Papier und der Elektronik des leise brummenden Fotokopierers.

Andächtigt maß Knobel die alten Holzschränke, die zentnerschwer die aktenmäßige Seele der Kanzlei bargen und mit jedem neu eingefächerten Vorgang deren Reichtum mehrten. Ihm schien, dass das Archiv und das Büro 101 die eigentlichen Pole dieses Hauses waren, die ein geheimnisvolles System kommunizierender Röhren miteinander verband. Er verweilte bei dem Gedanken, all die Anwälte, Sekretärinnen und Bürogehilfinnen zu physikalischen Gefäßen stilisiert zu sehen. Alle begleiteten in verzahnter Arbeitsteilung das Leben einer Akte von ihrer Anlage bis zu ihrer Vernichtung und sorgten somit für einen gleich hohen Akten-Pegelstand. Nur die Höhe des Pegelstandes schien auf geheimnisvolle Weise all die Jahre ständig geklettert zu sein. Und er wusste, dass die unzähligen Akten nur schwach die Mühsal und die zahllosen langen Abende im kalten weißen Neonlicht erahnen ließen.

Der wolkige Qualm aus Löffkes frisch angezündeter Zigarette riss ihn aus seinen Gedanken.

»Das hier sind alles Rosenboomakten«, dozierte Löffke und trat dabei leicht gegen einen Schrank in der rechten Ecke. »Der Name Tassilo Rosenboom sagt Ihnen hoffentlich etwas?«

Löffkes Rauchwolke traf ihn mitten ins Gesicht.

Knobel nickte. Um die Rosenboom-Mandate war es bereits im Vorgespräch mit Dr. Hübenthal gegangen. Ganz im Gegensatz zu seiner geschäftigen, sich auf das Wesentliche beschränkenden Eile hatte der Senior farbig und detailfreudig die Entstehung dieses Mandatsverhältnisses geschildert, das in einer Schulkameradschaft zwischen ihm und Tassilo Rosenboom wurzelte. Mit bewundernden Worten hatte Dr. Hübenthal die Entwicklung der Firma Rosenboom zum bedeutenden Elektrogeräteunternehmen illustriert, der noch immer ihr Gründer vorstand. Von Beginn an war die Firma Rosenboom Garant zahlreicher umsatzträchtiger Mandate und darüber hinaus vermittelnder Auslöser für ebenso attraktive geldträchtige Folgemandate.

Die Rosenboom-Mandate blieben den 100er-Zimmern vorbehalten. Der Name Rosenboom forderte bevorzugte Bearbeitung und bedeutete deshalb Chefsache.

Löffke wies ihn in 307 ein. Ein kleines helles Zimmer, weiße Raufaser an den Wänden, Dachschräge mit zwei schmalen Kippfenstern und Blick auf mächtige Buchenkronen, die dem weiträumigen Garten im Sommer einen willkommenen Schatten spendeten.

In den Regalen standen die wichtigsten juristischen

Kommentare in älteren Auflagen. Knobel ahnte den Lebenslauf dieser Bücher, ihren druckfrischen Beginn in den 100er Büros, um nach Erscheinen der Folgeauflage in die nachrangigen Büros zu wechseln und schließlich, abgegriffen und vergilbt, in den Mansardenzimmern unterm Dach zu enden. Im Gegensatz zu den Karrieren der erfolgreichen Anwälte strebte das veraltete Schriftgut aus dem privilegierten Erdgeschoss nach oben.

»Ich denke, Sie finden sich zurecht.«

Löffke öffnete eine Tür im Wandschrank.

»Hier unten gibt's sogar einen Kühlschrank.«

Er lachte heiser auf.

»Natürlich von Rosenboom. – Ansonsten fragen Sie mich. Sie finden mich auf 104«, sagte Löffke und verließ das Zimmer.

Knobel musterte das ihm zugeteilte Büro, betrachtete den unter dem Schreibtisch aufgeriebenen steingrauen Teppichboden und nahm hinter dem schlichten furnierten Schreibtisch Platz. Der alte Kunstledersessel mit seinen speckig glänzenden Armlehnen quietschte, als er sich in ihm bewegte. Eine Neon-Deckenlampe flackerte knisternd.

Büro 307 hatte nichts von der Atmosphäre der Räume im Erdgeschoss, erst recht nichts von Dr. Hübenthals Büro 101. Es fehlten sämtliche Attribute, die einen Besucher beeindruckt hätten. 307 gestattete keine wichtigen Gespräche vor der Kulisse langjährig zusammengetragener Periodika, die mit ihren dunklen ledernen Buchrücken und eingeprägten fortlaufenden Jahreszahlen das beständige Studium juristischer Zeitschriften suggerierten. Und es gab keine Sitzgruppe, in die er sich mit seinem Mandanten zur wichtigen Konferenz hätte zurückziehen können.

Die Luft in 307 schmeckte nach Essig und Zitrone. Es war ein bis in die Winkel reinliches kaltes Zimmer.

Knobel sah durch die von getrockneten Regenschlieren übersäten Fenster in den tristen Januarhimmel.

2

Knobel hatte sich für den Anwaltsberuf entschieden, nachdem er Lisa kennen gelernt hatte. Lisas Vater führte in der Dortmunder Innenstadt am Alten Markt eine namhafte Kanzlei und bereitete seine Tochter zielstrebig auf den späteren Eintritt in sein Büro vor. Obwohl sie noch am Beginn ihres Studiums stand, durfte sie bereits die Einrichtung für ihr zukünftiges Büro auswählen.

Lisa war eine Hörsaalbekanntschaft. Stephan Knobel hatte sie ausgewählt, als er das behütete dörfliche Zuhause im münsterländischen Telgte mit einer Wohnzelle in einem Bochumer Studentenwohnheim getauscht hatte und sich mit dem Beginn der ersten Vorlesungen in ein Meer unbekannter Gesichter geworfen fühlte. Der Beginn des Studiums war ein Abschied von bemäkelter und bequem genossener elterlicher Umsorgung und zugleich der mutige und ängstliche Schritt in eine ungewohnte räumliche Beschränkung, die ihm trotz der Enge wie ein Hineinfallen in schlagartig überwältigende Leere erschien. Der Umzug ging einher mit der fröstelnden Erkundung von Sammelwäschereien und schmierigen Wohnheimküchen mit angelaufenen fettigen Edelstahltöpfen und bunt zusammengewürfeltem alten Geschirr. Der Verlorenheit in den anonymen Hörsälen folgte die Einsamkeit in seiner Zelle, und Knobels Gedanken kreisten schnell um die Idee, das fade Studium wieder aufzugeben und in seine vertraute dörfliche Heimat zurückzukehren.

Zuerst waren ihm Lisas Wangengrübchen aufgefallen, die sich besonders ausbildeten, wenn sie lachte. Lisa lachte viel. In dem Kreis von Kommilitonen, der sich um sie scharte, war sie häufig Mittelpunkt. Lisa dirigierte, sie fragte nicht viel. Das fiel ihm schnell an ihr auf.

Knobel hatte sich ihr über Wochen hinweg genähert, sich im Hörsaal zu ihr vorgearbeitet, wie zufällig seinen Platz immer näher dem ihren genommen, den Hörsaal nach ihr betreten, wenn sie, ohne ihn zu bemerken, die Mauernische vor dem Hörsaaleingang passiert hatte, in der er verborgen wartete. Aber er setzte sich im Hörsaal nie direkt neben sie.

Mal saß er ein oder zwei Reihen vor oder hinter ihr, manchmal auch drei, vier Plätze neben ihr, verfolgte aufmerksam ihre leisen Gespräche mit ihren Nachbarn, schnappte begierig auf, woraus sich manche privaten Informationen über sie erschloss und begann sie so bereits zu einem Zeitpunkt kennen zu lernen, als sie ihn noch gar nicht bewusst beachtet hatte.

Er trat erst in ihr Leben, als er sie zufällig in einem Kaufhaus im Bochumer Uni-Center getroffen hatte. Als sie ihn grüßte, gelang es ihm schüchtern, sie in ein Gespräch zu verwickeln und auf dem Höhepunkt schließlich, sie endlich auf eine Tasse Tee in ein Café einzuladen.

Sie unterhielten sich über die gerade im Studium zu absolvierenden Prüfungen, alberten gemeinsam über schrullige Kommilitonen und schweiften in private Belanglosigkeiten ab. Knobel nutzte sein heimlich über Lisa gesammeltes Wissen, ließ wie an einer Perlenkette aufgereiht Stichworte einfließen, die er auf sich bezog, und die sie natürlich gerne aufnahm und schließlich ihre Interessen und Meinungen in den seinen gespiegelt sah. Fortan saß er im Hörsaal häufig neben ihr. Außerhalb der Vorlesungen übten sie gemeinsam mit Kommilitonen Zivil- und Strafrecht, wechselnd mal bei dem einen und mal bei dem anderen. Man hielt die Lernstunden in den elterlichen Wohnungen ab, die in biederen Wohnzimmern mit Kaffee und Gebäck ihren Anfang nahmen und sich in zu klein gewordenen Jugendzimmern fortsetzten. Dort saß man mit dem Gesetzbuch auf den Knien an kleinen Schreibtischen oder auf Teppichböden und diskutierte.

Bei Lisa war es anders. Die Zusammenkünfte bei ihr führten in eine noch ferne erwachsene Welt. Lisa war einziges Kind ihrer Eltern und bewohnte im ausgebauten Dach des väterlichen Hauses in der Dahmsfeldstraße im Dortmunder Süden eine vollständig eingerichtete eigene Wohnung. Gelernt wurde stets in ihrem weiten hellen Wohnzimmer. Man saß bequem in ihren weißen weichen Sofas und philosophierte über Sinn und Unsinn der Vorlesungen und Seminare.

In Lisas Wohnung waren alle erwachsen und ihrer Zeit voraus. Ihre Wohnung war zu groß für eine mit dem Bestehen des Abiturs hinter sich geglaubte und nun mit Macht umso heftiger zurückkehrende Zeit zermürbender Büffelei.

Sie kamen sich näher, als ihm Lisas Wangengrübchen nicht mehr auffielen. Das bevorstehende Examen hatte alle ernster und strebsamer gemacht und im Verein mit der überwältigenden Stofffülle eine nervöse Hektik ausgelöst, die der beständig knapper werdenden Freizeit jede Leichtigkeit nahm und die Beschäftigung mit privaten Dingen den Nachgeschmack des schlechten Gewissens bescherte.

Das Pauken mündete in einen Kampf gegen das Vergessen des bereits Erlernten und erschöpfte sich schließlich darin, gebetsmühlenartig Skripten zu wiederholen und Merksätze einzupeitschen, deren wirkliche Bedeutung sich trotz der steten Wiederholung nicht übergreifend erschließen wollte.

Jede Aufgabe wucherte bei näherer Betrachtung zu einem unbeherrschbaren Fundus rechtlicher Probleme und führte zu der bestürzenden Erkenntnis, dass das bereits Gelernte bei weitem nicht auszureichen vermochte, um das Bestehen des Examens auch nur als einigermaßen wahrscheinlich erscheinen zu lassen. Man fühlte sich in die Schulzeit zurückgeworfen und wollte Schüler sein. Lisas erwachsene Welt war dafür zu groß.

In dieser ernst und bleiern gewordenen Zeit löste sich der Kreis um Lisa.

Knobel blieb mit Lisa zurück, die sich mit stoischer Ruhe einige Stunden am Tag dem Lernen und ansonsten ihrer Freizeit hingab. Er folgte ihr, fand Gefallen und Geborgenheit in diesem Rhythmus, der gegen das hektische Treiben der anderen immun zu sein schien und wohlig an seine häusliche Ruhe im elterlichen Haus erinnerte, in der er behütet und manchmal noch kindlich träumend seine Schulzeit verbracht hatte.

Lisa bestimmte, wann gelernt wurde. Er entdeckte in der jungen Frau vorgelebte Lebenstauglichkeit, die er begierig in sich aufsog und zu seiner eigenen zu machen beschloss.

Fortan mied Knobel den Kontakt zu den anderen Kommilitonen, und Lisa schwor ihn trotzig auf ihren Weg ein.

Als sie begannen, ihre freie Zeit gemeinsam miteinander zu verbringen, entwickelte sich eine Vertrautheit zwischen ihnen, die sich mehr, als sie es selbst wahrhaben wollten, gerade aus jener Gemeinsamkeit speiste, aus der heraus sie Lisas Weg verteidigten. Sie verstanden sich gut. Es streichelte ihn, wenn sie ihn bekräftigte, und er litt, wenn sie ihm widersprach. Wenn sie laut und wütend wurde, relativierte und modifizierte er und suchte nach Verbindendem. Knobel war seit jeher ein leiser Mensch.

An einem Samstag Anfang Mai fuhren sie mit dem Fahrrad hinaus. Ihr Weg führte sie zunächst durch Dortmunds Süden. Sie passierten Kirchhörde und Lücklemberg, kämpften sich die lang gezogene Steigung des Theodor-Freywald-Weges bergan, ließen den Landgasthof Dieckmann linkerhand liegen, durchquerten Syburg und erreichten schließlich auf steil abfallender Straße das Ruhrtal. Er genoss das Fahren auf ihm unbekannten Wegen und die Kühle des umschmeichelnden Fahrtwindes, atmete den Duft des leuchtend gelben Rapses. Lisa fuhr unermüdlich weiter, und er folgte ihr still und zufrieden.

Sie mochten eineinhalb Stunden gefahren sein, als Lisa unvermittelt am Feldrand anhielt und das Fahrrad in den Grassaum fallen ließ. Er dachte, dass sie des Fahrens überdrüssig sei und überlegte, ob er ihr die Rückfahrt vorschlagen solle. Erschöpft setzte er sich neben sie. Sie schwitzten unter der Mittagssonne. Lisas Haar war nass, und Gewittertierchen krochen über ihre feuchte Stirn. Er lehnte sich an sie, roch erregt ihren Schweiß und genoss ihren heftig atmenden Körper, der ihn warm massierte. Langsam strich er mit seiner klebrigen Hand über ihre Stirn und tupfte mit zitterndem Zeigefinger eines der kleinen Insekten auf, das auf ihr linkes Augenlid krabbelte. Er betrachtete sie eine Weile, strich zart ihre Wangen und war ungläubig stolz, dass sie ihn gewähren ließ. Unsicher glitt seine Hand über ihr feuchtes Shirt, ertastete schließlich ihren Bauch und massierte ihn kreisend, bis er ihre weichen Brüste berührte, sie schließlich ganz in seiner Hand fühlte und zärtlich kneten durfte, während er sie scheu auf den Mund küsste. Lisa atmete heftiger und ließ sich in das trockene Gras fallen. Sie blickten sich still und neugierig an, als seine Hand sanft ihren Körper erkundete, und er begann, ihre warme Haut wieder und wieder mit seinen Lippen zu liebkosen.

Lisa war keine Schulfreundin, der er heimlich bei allen Klassenarbeiten geholfen, bereitwillig die Hausaufgaben gemacht und sich auf diese Weise als stets verlässlicher und immer zuhörender Freund empfohlen hatte, ohne dass es ihm gelang, damit zum Mann und als solcher interessant zu werden. Lisa war erwachsen, seine erste Frau, und er nahm an, dass sie seine große Liebe sei.

Seither waren sie ein Paar. Bis heute schmeckte er in der Erinnerung ihren Schweiß, ihre feuchte Haut, ihre Erregung, die zitternde Spannung, am Wegesrand entdeckt zu werden, und einen männlichen Stolz der Eroberung.

Immer wieder suchten sie sich in Gedanken in diese stillen und so gewaltigen Minuten zurück, die sich in der Phantasie zu einem Rausch auswuchsen und in ihrer geheimnisvollen Heftigkeit doch nicht wiederkehren wollten.

Von nun an war er noch häufiger bei ihr. Ihr Vater nahm ihn freundlich und doch distanziert auf. Er hatte den Eindruck, dass er seine mangelnde Zielstrebigkeit im Studium missbilligte. Der Weg ihres Vaters war geradlinig und ohne Irritationen gewesen. Vielleicht mied Knobel deswegen den Kontakt zu ihm.

Knobel fiel auf, dass ihr Vater nie Lisas Mutter erwähnte. Auch Lisa tat es nicht. Als er sich einmal nach ihrer Mutter erkundigte, blieb Lisas Antwort knapp. Er erfuhr lediglich, dass ihre Mutter nach der Trennung der Eltern aus der Familie ausgeschieden war. Knobel verstand nicht recht und unterließ weitere Nachfragen.

Kurz darauf verließ Knobel das verhasste kleine Studentenzimmer im Bochumer Uni-Center und zog bei Lisa ein.

Gelegentlich hielt ihr Vater leuchtende Monologe über die Vorzüge des Anwaltsberufs.

Lisa nahm seine trostreichen und optimistischen Visionen dankbar und aufmerksam auf. Es schien, als seien diese wesentlicher und gehaltvoller als alles, was sie tagsüber erarbeitet und eingepaukt hatte. Knobel saß dann meist still neben ihr und umarmte sie, als wollte er sie an seine Existenz erinnern, während sie unverwandt ihrem Vater lauschte.

Knobel hatte nicht einmal eine einigermaßen konkrete Vorstellung von der Palette der möglichen Berufe, zu denen das ungeliebt gebliebene Studium den Zugang ebnen konnte. Der einzige Beruf, der ihm nun aus den Schilderungen von Lisas Vater vertraut und deshalb verheißungsvoll erschien, war der des Anwalts. In den abwechslungsreichen und sogar durchaus spannenden beruflichen Episoden, die er zu erzählen wusste, blieben hingegen die Schilderungen des richterlichen und staatsanwaltlichen Umfeldes merkwürdig blass.

Allmählich erweckte der idealisierte Glanz in Knobel den Wunsch, sich als Anwalt zu versuchen. Dabei verschwieg Lisas Vater die Härten seines Berufs keineswegs. Streng und sachlich wie immer erhob er sie sogar zur Herausforderung. Knobel zauderte indes vor der kommenden Aufgabe, obgleich er gewillt war, sich in ihr zu beweisen.

Die Reden des Vaters pflegten mit einem sanften Kuss auf Lisas Stirn zu enden. Er sagte dann »Liebes« zu ihr, was er sonst nicht tat, und als das Examen bevorstand, erweiterte er dieses Ritual um die tröstende Versicherung, dass egal, was immer auch passiere, in seiner Kanzlei ein Büro für sie bereitstünde. Auf Stephan erstreckte er dieses Angebot nicht, aber er deutete vage und zugleich verheißungsvoll seine langjährigen Verbindungen zu seinem Studienfreund Dr. Hübenthal an.

Lisas Vater verband keine Ideale mit seinem Beruf, die aus einem besonderen Interesse an Recht und Gerechtigkeit erwachsen wären. Es wurde nicht klar, ob er darin überhaupt jemals ein Motiv für seine Wahl erblickt hatte. Der Mann dirigierte gern und behielt die Dinge in der Hand. Sein Beruf ließ ihn seine Dominanz geradezu idealtypisch ausleben. Er fand Gefallen an der Macht und an verdeckt operierenden Strategien, die den Gegner wehrlos überraschten. Er blieb unnachgiebig, wenn der Gegner, den Verlust des Prozesses fürchtend oder des Streitens müde werdend, sich auf ihn zu bewegte und Schritt für Schritt eisern verteidigte Positionen aufgab und schlug die versöhnlich entgegengestreckte Hand aus. In der Tat war Lisas Vater ein guter Anwalt, und er erinnerte ihn an Dr. Hübenthal.

Knobel hingegen mied den Konflikt, in dem er sich hätte exponieren müssen, litt unter Verteidigung und Angriff, ohne dass es ihm an Positionen fehlte, die er vertreten konnte, aber er scheute, sie werbend darzustellen. Zumeist zog er kein klares Resümee, sondern bezog die gegenteilige Ansicht abwägend mit ein.

Fest vertretene Standpunkte imponierten ihm, aber es war ihm gleichermaßen schwierig, sich dauerhaft zu einer Position durchzuringen. Manchmal war ihm eine Lösung zu schlicht, manchmal mied er sie wegen ihrer Konfliktträchtigkeit, manchmal suchte er auch nur den versöhnenden Ausgleich. Das Prinzipielle lag ihm nicht. Wenn überhaupt, so entdeckte er gerade deswegen bei sich eine gewisse Berufung zur Tätigkeit des Anwalts, oder er glaubte sie nur zu erkennen, weil er den unüberwindlich scheinenden Graben zur Mentalität und Machtfülle von Lisas Vater nicht anders zu schließen vermochte.

Stephan Knobel begann seine Tätigkeit bei Dr. Hübenthal & Partner mit aller Entschlossenheit, und er nahm sich heimlich Lisas Vater zum Vorbild.

Lisa hatte in der Zwischenzeit unter familiärer Anleitung ihren vorbestimmten Platz in der Kanzlei ihres Vaters eingenommen, und Knobel litt still darunter, sich mit ihr im Wettbewerb messen zu müssen.

Einige Male hatte er mit ihr über seine Angst sprechen wollen, in ihrem Schatten zu stehen und ihrem vorgezeichneten Erfolg hinterherzulaufen, denn er fühlte sich herausgefordert, etwas zu schaffen, was dem Erfolg ihres Vaters entsprach.

Manchmal bereute er still, in das Haus ihres Vaters eingezogen zu sein, aber andererseits bot sich hierzu keine wirkliche Alternative. Lisas Wohnung war von Anfang an darauf ausgerichtet, dass sie im Hause blieb, und Lisa hatte nie ernsthaft etwas anderes erwogen. Er konnte ihr dies also nicht vorwerfen. Wenn er ihr dann doch einmal vorsichtig vorgeschlagen hatte, einen anderen Weg zu gehen, pflegte sie stets zu lachen, gleichwohl er es nicht als Auslachen empfand, zumal er sich eingestehen musste, den eigenen Weg stets unterlassen zu haben. Solche Gespräche waren schwierig, und sie wurden noch schwieriger, wenn Lisa ihm ihre ganze Aufmerksamkeit schenkte. Sie nahm dadurch dem Gespräch die Leichtigkeit, die es ihm erlaubt hätte, sich ihr ehrlich mitzuteilen. Lisa duldete keine beiläufigen Botschaften, dennoch hätte er ihr gern wie nebenbei von seiner Angst erzählt, sich mit ihr messen zu müssen, auch wenn er wusste, dass er den Wettstreit mit ihr verlieren würde.

Als es ihm doch einmal gelang, seine Angst vor ihr auszubreiten, nahm sie ihn in den Arm, um daraufhin sein Gefühl zu analysieren. Als sich seine Sorgen sodann im Nichts auflösten, fühlte er sich in seinen düsteren Ahnungen bestätigt. Das Gespräch hatte nichts Versöhnliches. Dabei konnte er selbst ihm keinen versöhnlichen Abschluss geben, und Lisa hatte an dem Gespräch nichts Belastendes empfunden.

Danach liebten sie sich. Sie schliefen oft miteinander, wenn etwas unklar geblieben war.

3

In den ersten Monaten seiner Tätigkeit bei Dr. Hübenthal & Partner sah Stephan Knobel kein Gerichtsgebäude von innen, und er betreute kaum eigene Mandanten. Die meiste Zeit saß er zurückgezogen in seinem Mansardenbüro hoch über der Prinz-Friedrich-Karl-Straße. Seine Arbeit bestand hauptsächlich darin, Aufgaben zu erledigen, die ihm von den Sozien aus den 100er-Zimmern übertragen wurden. Insbesondere Löffke deckte ihn mit Akten ein, in denen eine bestimmte Rechtsfrage zu klären war, deren Beantwortung zeitraubendes Studium umfangreicher juristischer Literatur voraussetzte. Löffke pflegte in solchen Fällen, ihn zu sich zu bitten und mit knappen Worten zu skizzieren, worum es ging. In Löffkes Akten ging es stets um viel, und wenn es in der Sache einmal nicht um hohe Streitwerte ging, war nach seinen blumigen Worten zumindest der Mandant für die Kanzlei grundsätzlich von großer Bedeutung. Somit war jede Akte von außerordentlicher Wichtigkeit, und Löffke verstand es stets, wortgewaltig seine Strategie zu rühmen, mit der er den Fall zu Ende führen werde. Knobel saß bei diesen Gesprächen wie am ersten Tag auf dem Schwingsessel vor Löffkes Schreibtisch. Eifrig fertigte er Notizen, während Löffke zwischendurch innehielt, den Rauch seiner unvermeidlichen Zigarette ausstieß und zu anderen Fällen abschweifte, die zwar ganz anders gelagert waren, dem vorliegenden aber in einem Detail ähnelten, in jedem Fall aber von ihm mit Bravour abgeschlossen wurden. Löffke gefiel es, ihm bei solchen

Gelegenheiten Fachfragen zu stellen, deren Beantwortung das Wissen eines gewieften Routiniers voraussetzte. Knobel musste deshalb zumeist schulterzuckend dem Vorgesetzten selbst die Antwort überlassen.

Es waren jene kollegialen Gespräche, die unter dem Ungleichgewicht der Gesprächspartner litten. Indem Löffke die Rolle des erhabenen Lehrers einnahm, steckte er Knobel zwangsläufig in die Rolle des unwissenden Schülers, der gleichermaßen pflichtschuldig zu staunen hatte. Knobel litt unter diesen Prüfungen, in denen er unter der Last der von ihm nicht zu beantwortenden Fragen nach nichts anderem streben konnte als der Prüfungsstunde endlich entfliehen und sich in Büro 307 zurückziehen zu können.

Das karge Mansardenzimmer war ihm inzwischen vertraut und als Zufluchtsort fast lieb geworden, auch fiel ihm mittlerweile der säuerliche Geruch der Reinigungsmittel nicht mehr auf.

Seine Akten, die nicht seine waren, schichtete er dort sorgfältig zu kleinen Stapeln und ordnete sie nach seinen hausinternen Auftraggebern. Von Büchern umgeben, die er sich schüchtern aus den Büros im Erdgeschoss auslieh, löste er theoretisierend rechtliche Einzelprobleme von Fällen, die er im Detail nicht kannte, jedoch allein schon wegen ihres enormen Umfangs Ehrfurcht einflößten und ihm dadurch fremd bleiben mussten.

Gewissenhaft und leidenschaftslos arbeitete er seine Aufträge mit den zu Rate gezogenen Büchern ab, sah zitierte Gerichtsurteile ein und vertiefte sich in das Studium lehrreicher Fachaufsätze.

Zum Schluss sah er sich bar aller Strategien, zumindest jener, von denen Löffke unablässig sprach und die das Geheimnis seines Erfolges, überhaupt den Inhalt seines Berufs auszumachen schienen.

Letztlich blieb Knobel als einziges Ergebnis des umfangreichen Aktenstudiums indes lediglich die Einsicht, dass er sich nicht zum Anwalt berufen fühlte.

4

Lisa war schlagartig damenhafter geworden. Hose und Pullover wichen den nun bevorzugten modischen Kostümen.

Wenn sie sich abends zu Hause trafen, wusste sie mehr vom Tag zu berichten als er.

Er beobachtete einen bisher unbekannten Ehrgeiz an ihr, mit dem sie sich in die Dinge verstieg, immer in dem Willen, das Mögliche aus jeder Sache herauszuholen, und nicht selten gelang es ihr. Am Ende fragte sie auch stets nach seinem Tag. Dann gab er manchmal Löffkes Schilderungen als eigene wieder, wobei er auch die blumige Darstellung der wichtigen Fälle übernahm und mit wenigen Worten Bedeutungsvolles skizzierte. Hin und wieder fragte Lisa nach. Einige der Fragen hatte ihm auch Löffke gestellt, weshalb er sie mit einem gewissen Überdruss abwehrte.

Mit aller Macht suchte er ihre Nähe, wartete unruhig und wie gelähmt auf sie, wenn sie spät am Abend noch Akten vorbereitete, ging dann manchmal in ihr Arbeitszimmer, stellte sich hinter sie, umgriff ihre Schulter und küsste ihren Nacken. Es quälte ihn, dass er sie belog. Einmal fragte er, ob sie ihn wirklich liebe, doch Lisa war die Frage zu gewaltig.

»Ja«, hatte sie erwidert, aber ihm war, als sei ihr die Frage lästig gewesen.

Damals, als er sie im Feld berührt hatte, gestand er ihr,

sie zu lieben. Die Worte kamen leise und stockend, fast erschienen sie ihm zu gering.

Sie hatte ihm die gleichen Worte geantwortet. Er vermutete, dass ihr solche Worte fremd und stets unpassend erschienen, und er gab sich darin ähnlich, dennoch hätte er gern mehr von ihr gehört.

Er überlegte, wie er unaufdringlich nachfragen könnte. Schließlich streichelte er nur über ihren Kopf und unterließ weitere Fragen. Er hatte jugendliche Liebessehnsüchte hinter sich, Mädchen, deren Nähe er sich herbeigeträumt, nach denen er sich verzehrt hatte und die ihn nachts nicht schlafen ließen. Es waren Freundschaften, die keine waren, sich verloren, ohne je begonnen zu haben, unerledigte Lieben. Mit Lisa verband ihn eine erwachsene Beziehung. Er wollte nicht, dass sie durch seine Liebe erschwert wurde.

5

Sein Aufstieg in der Kanzlei Dr. Hübenthal & Partner begann unerwartet an einem regenverhangenen grauen Aprilnachmittag.

Löffke hatte ihn zu sich gerufen und ihm eröffnet, dass eine wichtige Zivilsache vor dem Dortmunder Landgericht zur Verhandlung anstehe.

»Sie wissen um die Bedeutung des Mandats Rosenboom?«

Diese Suggestivfrage machte weitere Ausführungen entbehrlich, und Knobel bejahte tonlos.

»Wir machen mit der Firma Rosenboom einen großen Teil unseres Umsatzes«, erklärte Löffke. »Meistens mit großen Sachen: Gestaltung der Verträge mit Kunden und Zulieferanten und natürlich alle Prozesssachen aus Streitigkeiten mit seinen Geschäftspartnern.«

Er hielt inne.

»Sie wissen, was es Rosenboom kostet, wenn seine Verträge nicht wasserdicht sind?«

Knobel wusste es nicht.

»Es wird teuer werden«, sagte Löffke, »sehr, sehr teuer«, und seine langsamen Worte ließen die Dimensionen der Kosten erahnen. »Und darum sitzen wir hier und denken vor. Unsere Aufgabe ist es, Verträge aufzusetzen, die alle Eventualitäten berücksichtigen. Verträge, die im Detail durchdacht sind und nicht erst ausgelegt werden müssen. Entscheidend ist jedenfalls, dass Rosenboom im Ernstfall einen Vertrag hat, der ihn sichert. Das ist unsere Aufgabe.«

Löffke fiel seufzend in seinen Sessel zurück, seine linke Hand schnellte zeitgleich zur Zigarettenschachtel.

»Und natürlich bedienen wir Tassilo Rosenboom auch in seinen privaten Angelegenheiten«, fuhr er fort, während er eine Zigarette in den rechten Mundwinkel klemmte und unter dem Aktenstapel nach seinem Feuerzeug wühlte.

Als er endlich fündig geworden war und die Zigarette angezündet hatte, warf er Knobel eine abgegriffene blassblaue Akte zu.

»Darin geht's um einen von Rosenbooms privaten Fällen«, führte Löffke aus. »Rosenboom hat Anfang letzten Jahres eines seiner Häuser verkauft. Nun hat der Käufer feuchte Wände im Haus entdeckt und fordert Schadensersatz. Nächste Woche ist Gerichtstermin. Ich möchte, dass Sie sich einarbeiten.«

Knobel schlug zögernd die Akte auf.

Der Vorgesetzte bemerkte Knobels ungläubiges, in der verteidigenden Zaghaftigkeit des Anfängers wurzelndes Staunen darüber, dass ihm dieser Prozess übertragen werden sollte.

»Ich habe zur selben Zeit einen unaufschiebbaren Termin«, erklärte Löffke, »und von den anderen kommt aus Zeitgründen ebenfalls keiner in Betracht. – Sie müssen sich einarbeiten. Jeder muss das. – Herr Rosenboom wird selbst zum Gerichtstermin kommen«, fügte er hinzu, und Knobel spürte die in dieser Ankündigung enthaltene Ermahnung.

Plötzlich wurde Löffke unvermittelt milde.

»Lesen Sie die Akte in aller Ruhe durch. Ich habe alles Wichtige bereits schriftsätzlich vorgetragen. Sie müssen es nur nachvollziehen und vor Gericht im Bilde sein. Und natürlich können Sie mich jederzeit fragen.«

Knobel scheute, Löffke Fragen zu stellen, nachdem er

gelernt hatte, dass Löffke seine Fragen gewöhnlich mit mehreren Gegenfragen zu beantworten pflegte, die das konkrete Problem in einen übergeordneten Zusammenhang einbetten und den Schüler – seiner kapitalen Wissensdefizite einsichtig – zur vertiefenden Nacharbeit anhalten sollten. Doch jetzt nahm er das Angebot dankend an.

Die unerwartet auf ihn einstürzende Verantwortung schreckte ihn auf und ängstigte ihn. Unsicher eilte er in sein Zimmer zurück.

Knobel arbeitete sich in den nächsten Tagen gewissenhaft in die Akte ein, las immer wieder die gewechselten Schriftsätze und unterstrich die ihm wesentlich erscheinenden Passagen. Obwohl der Fall beim ersten Lesen keine besonderen Schwierigkeiten aufwies, drängte es ihn mit geradezu nervösem Eifer zu einem außergewöhnlich gründlichen Aktenstudium, das zunächst die aus der Akte ersichtlichen Fakten mehr verschleierte, anstatt sie deutlich hervortreten zu lassen. Die Tätigkeit der ersten Monate bei Dr. Hübenthal hatte ihn blind werden lassen.

Lisa sah ihren Mann nun abends in Fachliteratur vertieft, die er heranzog, um jede rechtliche Facette des Falles zu ergründen. Der Fall Rosenboom war mit einem Mal wichtiger geworden als jeder Fall, von dem Lisa berichten konnte.

Am Abend vor dem Termin kam ihm unvermittelt ein Gedanke, der ihn noch eifriger machte. Knobel erkannte plötzlich eine mögliche Lösung des Falles. Doch er unterdrückte seine unsichere Euphorie und prüfte wieder und wieder.

Im Schein der Stehlampe subsumierte er vor dem mit

Büchern und Konzeptpapier übersäten Couchtisch ein letztes Mal. Dann erhob er sich.

Lisa fragte nicht nach, und er schwieg bedeutungsvoll.

6

Knobel hatte seinen besten Anzug angezogen, über das neue weiße Oberhemd noch die zugehörige Weste gestreift, sich eine halbe Stunde früher vor dem Sitzungssaal eingefunden und sich dann zunächst bis kurz vor Verhandlungsbeginn im Schatten einer Säule versteckt, aus dem er klopfenden Herzens mit festen Schritten heraustrat, als sich vor dem Saal ein Mann eingefunden hatte, der nach Löffkes Beschreibung sein Mandant sein musste.

Der Mann war Ende fünfzig und von kleiner drahtiger Statur. Knobel fielen sein brauner Teint und die zurückgekämmten glatten schwarzen Haare auf.

»Knobel«, sagte er und lächelte unsicher, entschuldigte sofort haspelnd Löffkes Fernbleiben und den Umstand, dass er nur dessen Vertreter sei und fürchtete im selben Moment, mit diesen Worten Rosenbooms Fall die ihm zukommende Bedeutung genommen zu haben. Er fühlte sich unglücklich, errötete und begann stakkatoartig den Akteninhalt zu referieren, um seinem Mandanten zu zeigen, dass er mit der Akte bis ins Detail vertraut war.

Knobel gab zu bedenken, dass ein vom Kläger dem Gericht bereits vorgelegtes Gutachten eines befreundeten Architekten die Feuchtigkeitsschäden in dem seinerzeit verkauften Haus bestätigt habe.

Rosenboom wischte die Zurückhaltung seines Anwalts beiseite. Er beschwor bei allem, was ihm heilig sei, dass er sich nichts vorzuwerfen habe. Jetzt gehe es um die Wahrheit.

Knobel nickte. So stand es auch in der Akte.

Die Sache wurde aufgerufen. Die knarzende Lautsprecherstimme ließ Knobel unweigerlich zusammenzucken. Umständlich streifte Knobel seine neue Robe über.

Rosenboom strebte im Saal energischen Schrittes zum Beklagtentisch.

Knobel folgte ihm. Gemeinsam nahmen sie hinter dem schweren Eichentisch rechts vor der Richterbank Platz. Ihnen gegenüber saßen der Kläger, Rosenbooms Gegner, ein jüngerer Mann mit kurz geschorenem Haar, und sein Anwalt, ein fettleibiger vollbärtiger Kollege, aus dessen geschwollenem Gesicht kampfeslustige Augen blitzten.

Knobels Blick schweifte zu den drei Richtern, die hinter einem langen Tresen mit furnierter Frontblende saßen.

Der Vorsitzende Richter musterte die Prozessparteien und ihre Anwälte. Dann sammelte er sich und betrachtete einen Moment die vor ihm liegende Akte, bevor er mit sonorer Stimme für das Protokoll feststellte, wer auf Klägerseite erschienen war. Anschließend warf er Knobel einen Blick zu.

»Der Beklagte persönlich und für ihn Herr Rechtsanwalt …« diktierte er zu Protokoll und hielt fragend inne.

Knobel nannte leise seinen Namen, wiederholte ihn lauter, verwies auf den Kanzleibriefbogen und buchstabierte ihn auf Bitten des Vorsitzenden.

Dann ließ der Richter von ihm ab und wandte sich der Klägerseite zu.

»Sie stellen den Antrag aus der Klageschrift?«

Der großköpfige Kollege nickte.

»Ich stelle den Antrag aus der Klageschrift«.

Der Vorsitzende wechselte zu Knobel zurück.

»Ich beantrage Klageabweisung«, sagte Knobel.

Der Vorsitzende gab die Anträge zu Protokoll. Mit

leichtem Kopfnicken fiel er in seinen Stuhl zurück und gab das Wort an seinen linken Beisitzer weiter. Der hagere junge Mann mit dünnem sprödem Haar referierte den Akteninhalt. Punkt für Punkt reihte er nüchtern die von der Gegenseite in der Klageschrift blumig geschilderten Feuchtigkeitsschäden auf, während Knobel gedanklich die Akte nachvollzog.

»Soll noch etwas in der Sache vorgetragen werden?« fragte anschließend der Vorsitzende Richter, bereits im Begriff, die Akte zu schließen und eine Entscheidung des Gerichts anzukündigen.

Der Gegenanwalt verneinte erwartungsgemäß.

Der Vorsitzende sah zu Knobel.

Knobel erhob sich.

»Der Anspruch des Klägers ist verjährt«, begann er schüchtern, und als Ergebnis seines stundenlangen Bücherstudiums trieb er den Gang der Ereignisse sezierend zu der Schlussfolgerung, dass es nicht darauf ankomme, ob die Feuchtigkeitsschäden vorhanden waren oder nicht. Wesentlich sei, dass der Kläger seinen Anspruch wegen der langen verstrichenen Zeit nicht mehr geltend machen könne. Knobel berechnete mit Blick auf seine Notizen die Zeit von der Übergabe des Grundstücks an den Kläger bis zur Erhebung seiner Klage, referierte Fakten und subsumierte sie unter Paragraphen, um anschließend schlusszufolgern, dass im Ergebnis kein Ereignis die Verjährungsfrist gehemmt habe, zumal der Kläger, der zwar ausschweifend die Mängel seines Hauses zu illustrieren verstand, ohne indes ernsthaft behaupten zu können, dass Rosenboom etwaige Mängel arglistig verschwiegen habe – was er als sein Anwalt im Übrigen, sollte wider Erwarten von der Gegenseite nunmehr doch eine solche Arglist behauptet werden, energisch bestreiten und überdies prozessual als verspäteten Vortrag rügen würde –; deshalb müsse der Kläger die schlichte Berechnung der Verjährungsfrist wohl oder übel hinnehmen. Seine alle Varianten berücksichtigenden, zwischen Indikativ und Konjunktiv wechselnden verschachtelten Sätze ließen ihn nach Luft ringen. Dann schloss er mit der von Löffke offenbar übersehenen Feststellung, dass die Verjährungsfrist, wenn auch nur um zwei Tage, überschritten war.

Der Aufmerksamkeit des Gerichts und der Gegenseite gewiss, im Wortschwall an den eigenen Ausführungen Gefallen findend und durch die Flüssigkeit seines Vortrags bestärkt, wagte er einen mitleidigen Blick auf die Gegenseite, bevor er sich zufrieden setzte und erwartungsvoll schwieg.

Die Richter vollzogen seine Ausführungen noch einen Augenblick lang nach. Fast schienen sie über seine Erklärung erleichtert. Dann unterbrach der Vorsitzende die Stille, diktierte Knobels Verjährungseinrede zu Protokoll und schloss die Verhandlung mit der Ankündigung, dass das Gericht nach Schluss der Sitzung über die Sache entscheiden werde.

Knobel räumte seinen Platz, voller Stolz bemüht, gelassen zu bleiben und seinem Auftritt jeden Anflug des Außergewöhnlichen zu nehmen.

Als er den Saal verließ, klebte Rosenboom förmlich an ihm.

»Das müssen Sie mir erklären«, forderte er erregt, und seine Stimme überschlug sich beinah.

Knobel beantwortete geduldig die Fragen seines Mandanten und reicherte seine Ausführungen behäbig mit juristischen Begriffen an, die er in diesem Umfang nicht einmal in der mündlichen Verhandlung benutzt hatte.

»Verstehe«, schnaubte Rosenboom ein ums andere Mal und akzeptierte zuletzt auch Knobels eiligen Abschied.

Knobel wollte jetzt mit sich allein sein, wollte die Erleichterung auskosten, die sich zur Euphorie über seinen Auftritt steigerte und ihn in bisher nicht gekannter Erhabenheit aus dem Gerichtsgebäude trug. Er wählte nicht den direkten Weg zurück in die Kanzlei, sondern verweilte noch über eine Stunde im gegenüber gelegenen alten *Café Freispruch* in der Kaiserstraße. Er legte seine Robe über einen der roten Plüschsessel und sank zufrieden in ein barockes Sofa, genoss einen Kaffee, lutschte das zugegebene Stück Schokolade und fühlte sich als Weltkind inmitten seines Berufes.

Knobel überlegte, ob er Löffke den Gang der Ereignisse schildern sollte. Er wollte seinen Triumph nicht zelebrieren und durch demonstrierten Stolz seinem Erfolg nicht die Selbstverständlichkeit nehmen, sondern vielmehr mit nüchterner Überlegenheit Professionalität beweisen. Doch schließlich sprudelte alles aus ihm heraus. Minutiös gab er jedes Detail wieder, schilderte die Mimik der Richter, des Gegners und seines Anwalts und schwenkte in seiner Beschreibung immer wieder auf Rosenboom, den er während der Verhandlung kaum angesehen hatte.

»Zum Schluss musste der Gegner die weiße Fahne schwenken«, schloss er mit fester Stimme und bediente sich dabei Löffkes Ausdrucksweise.

Löffke führte in seinen Akten Kriege. Seine Schriftsätze kesselten die Gegner ein. Bisweilen ergaben sie sich vorzeitig, manchmal bäumten sie sich auf, waren erst in der Gerichtsverhandlung bezwungen und starben dann eines schnellen Todes, wenn seine prozessualen Taktiken den Gegnern die Luft nahm. In der Regel gewann Löffke seine Prozesse so, wie er es vorhergesehen hatte.

Knobel wusste, dass sein Vorgesetzter in Rosenbooms

Fall das Entscheidende übersehen hatte und schon aus diesem Grunde seine Leistung nicht besonders hervorheben konnte. Dennoch vermisste er das anerkennende Lob. Es fehlten die bestätigenden streichelnden Worte aus berufenem Mund, die er wie ein Schüler immer dann zu erheischen trachtete, wenn er sich dem anderen als ebenbürtig erwiesen oder ihn sogar übertroffen hatte. Er litt, wenn Löffke ihm die Rolle des Schülers zuwies, umso mehr schmerzte es ihn, wenn er Schüler sein wollte und nicht durfte.

Als er Lisa am Abend von seinem großen Tag erzählte, hielt sie zunächst mit ihren Erlebnissen dagegen. Anschließend tranken sie reichlich Wein und malten ihre Erlebnisse aus, jeder für sich. Zuletzt gewann er die Oberhand, und unversehens wurde Tassilo Rosenboom zur beherrschenden Figur des Abends. Er, Rosenboom, so Knobel, sei ein Mandant, den man nur richtig anfassen müsse. Ohne Zweifel würde Rosenboom ihn in der Zukunft dringend brauchen. Er, Knobel, würde ihm, Rosenboom, die juristischen Risiken erfolgsfest vom Leibe halten und mit ihm viel Geld verdienen, denn ein Mann wie Rosenboom bewege sich ständig auf juristisch riskantem Gelände, so dass im Laufe der Zeit eine partnerschaftliche, ja freundschaftliche Beziehung zu Tassilo Rosenboom genauso wenig zu vermeiden sei, wie die Tatsache, dass er, Rosenboom, ihn, Knobel, mit der Zeit Löffke, diesen schwitzenden Fleischkloß, der im Ring zu Boden ging und in Weinseligkeit nur allzu leicht zu überwinden war, vorziehen würde.

An diesem Abend zog Knobel berauscht und feierlich in eines der schönen großen Büros mit den 100er-Nummern ein.

Lisa relativierte seinen Sieg und nahm ihm das Besondere.

Knobel schüttelte in trunkener Verständnislosigkeit den Kopf.

Lisa dagegen musste keine Zimmer wechseln, ihr eigener Erfolg war nicht symbolisch.

7

Dreieinhalb Wochen später saß er mit Lisa im Fond von Dr. Hübenthals Mercedes. Sie fuhren nach Dortmund-Brechten in die Südbecke zu Tassilo Rosenbooms Geburtstagsparty anlässlich seines Sechzigsten.

Dr. Hübenthal hatte ihm die Einladung persönlich in 307 überbracht. Von gelegentlichen Besuchen Löffkes abgesehen, fanden gewöhnlich nur Sekretärinnen den Weg in sein Büro, um Akten zu- oder abzutragen. Beim Eintritt des Seniors war Knobel mit rotem Kopf aufgestanden und hatte Dr. Hübenthal sofort seinen quietschenden Ledersessel angeboten.

»Ich muss mit Ihnen sprechen«, hatte der Senior das Gespräch begonnen, und Knobel waren bei diesen Worten blitzartig verschiedene Akten vor dem geistigen Auge erschienen, deren Bearbeitung ihm nicht gelungen erschien und die er in dem Gefühl hatte abtragen lassen, dass ihm wesentliche Aspekte entgangen waren. Er hatte Dr. Hübenthals Abmahnung entgegengebebt, bereit, seine Fehler einzugestehen und nicht gewagt, dem Senior ins Gesicht zu blicken. Hübenthal hingegen hatte gütig lächelnd Knobels nervöse Anspannung beobachtet und schließlich dessen banges Warten erlöst.

»Herr Rosenboom hält große Stücke auf Sie, er ist richtig begeistert. Er lädt Sie zu seinem Jubiläum in sein Haus ein. Übrigens als einzigen Kollegen außer mir. Und Sie werden natürlich kommen.«

Knobel hatte sich beeilt, sein Kommen zu versichern.

»Wir werden gemeinsam hinfahren und gemeinsam zurückfahren. Sie brauchen sich um den Weg nicht zu kümmern und auch nicht mit Ihrem alten Auto vor Rosenbooms Haus zu parken. An diesem Abend sind Sie ein erwachsener Anwalt.«

Bevor Knobel antworten und für die Einladung danken konnte, hatte der Senior schon die Eckpunkte des Protokolls markiert.

»Dunkler Anzug mit Weste, weißes Hemd, dezente Krawatte, schwarze Schuhe, wenn möglich, alles neu.«

Hübenthal zwinkerte ihm zu.

»Ich weiß, Sie werden das schon machen. Und Ihre reizende Frau sowieso. Sie wissen ja, ich kenne die Familie«.

Hübenthal erhob sich und trat ans Fenster.

»Der Ausblick ist fantastisch«.

Offensichtlich hatte er noch nie aus diesem Fenster gesehen.

Während der Fahrt redete Hübenthal pausenlos. Eigentlich sprach er weder mit seiner eigenen Frau noch mit seinen hinten sitzenden Fahrgästen, gleichwohl warfen Stephan und Lisa immer wieder ihn bestätigende Floskeln oder interessierte Nachfragen ein. Der Senior erging sich in der Prognose zur weiteren Entwicklung des Telekommunikationsmarktes, schloss die Kritik am misslungenen Umbau des Messegeländes an und verbreitete sich anschließend über die rechtlichen Probleme der Aufweichung des Nachtflugverbots am Dortmunder Flughafen.

Knobel konzentrierte sich darauf, mit einer passenden Antwort aufzuwarten, sofern er gefragt würde, und ermahnte Lisa mit einem sanften Stoß in die Rippen zur eigenen Aufmerksamkeit. Zweifellos stellte Dr. Hübenthals Repertoire ein durchaus beachtliches Potpourri der Themen der Zeit dar, die ebenso schnell wechselten, wie sie unvermittelt verschwanden. Doch wenn Knobels Nachfragen dem Wunsch zur Vertiefung gezollt waren, hatte sich der Senior monologisierend schon dem nächsten Thema zugewandt, und so schwieg Knobel schließlich, trotzdem nicht unzufrieden, weil Dr. Hübenthals ständiges Reden besser zu ertragen war als ein fortwährendes Schweigen, auf das er sich eigentlich eingestellt und deshalb sich genötigt gesehen hatte, darüber nachzudenken, was er denn von sich aus in das Schweigen hinein hätte sagen können. So blieb sein vorbereiteter Katalog bunt zusammengewürfelter interessanter und unterhaltender Themen ungenutzt.

Es fiel ihm schwer, mit dem Senior Gespräche zu führen. Wenn sie der Zufall zusammenführte und man aus einer gewissen spontanen Gelegenheit heraus miteinander ein paar Worte hätte wechseln können, fühlte er eine verunsichernde Distanz zwischen ihnen, die ihn daran hinderte, unbefangen zu reden. So musste er sich eingestehen, nichts zu finden, worüber er mit Dr. Hübenthal hätte reden können. Allerweltsthemen waren zu banal und nicht der Erwähnung wert, und rechtliche Diskussionen mied er, weil er die Überlegenheit des anderen fürchtete. Wovon man nicht reden konnte, musste man also schweigen, was ihn angesichts seiner redlichen Skrupel stillschweigend belastete.

Lisa waren solche Ängste fremd. Sie sagte, man müsse nur ein wenig mitreden können, aber eben das gelang ihm nicht. Er würde gerne spontan mitreden, antwortete er, aber eben das könne er nicht, worauf Lisa erklärte, dass er das gelassene Schweigen lernen müsse.

Das gelassene Schweigen, dachte er, was für ein großes Wort.

Rosenbooms Haus war ein großzügiges, jedoch keinesfalls protziges Gebäude, das sich in die Villengegend unauffällig einfügte.

Seine Frau öffnete.

Dr. Hübenthal tauschte mit ihr Wangenküsse aus. Gemeinsam schritt man durch das große Wohnzimmer auf die Terrasse, die in eine gepflegte, an einem Buchenwald endende Rasenfläche mündete. Seitlich versperrten hoch aufragende, maigrün sprießende Thuja-Hecken den Blick auf Rosenbooms Grundstück, wo sich unter ihrem Schutz auf dem frisch gemähten Rasen die Schar der Gäste in festlicher Garderobe versammelt hatte, darunter lokale Prominenz aus Politik und Wirtschaft. Manche Gäste kannte Knobel aus der Zeitung.

Lisa war mit einigen persönlich bekannt und tauschte Höflichkeiten aus. Man fragte nach dem Befinden ihres Vaters, und sie parierte mit Anekdoten und Aperçus. Knobel stand still neben ihr an einem der Stehtische und nippte an seinem Glas.

Rosenboom hatte einige ältere Herren um sich geschart, deren amüsiertes Gespräch immer wieder in schallendes Gelächter mündete.

Knobel wollte seinen Mandanten dort nicht begrüßen.

Sie mochten eine gute halbe Stunde dort gestanden haben, als Rosenboom auf sie zukam, während die Eheleute Hübenthal zeitgleich aus der anderen Richtung dazu stießen. Der Gastgeber trug einen eleganten weißen Anzug.

Knobel gratulierte nervös, wünschte geschäftlich und privat alles Gute, vor allem Gesundheit, Glück und Zufriedenheit, und dankte für die Einladung. Seine Worte waren geübt, doch kaum ausgesprochen, erschienen sie ihm bereits unpassend. Er wusste nur wenig über Rosenboom. Sein Wunsch für das Private kam aus dem Nichts und ging ins Nichts. Seine Kenntnisse über die Geschäfte des Jubilars reichten nicht über das hinaus, was man im Büro gemeinhin über Rosenboom wusste und das Fundament eines über jeden Zweifel erhabenen Respekts vor einer Karriere bildete, die sich aus bescheidenen Anfängen heraus entwickelt hatte. Eine Scheidung vor einigen Jahren, anschließende Neuheirat, wertungsfreier Neubeginn im Privaten ohne Allüren, begleitet von einer nicht enden wollenden glanzvollen unternehmerischen Entwicklung. In dieses im Detail gänzlich unbekannte Leben hatte Knobel also seine allerbesten Wünsche für das Geschäftliche und das Private abgesetzt. Er errötete bei dem Gedanken, vielleicht zu privat geworden zu sein, aber Tassilo Rosenboom verneigte sich leicht und gab die Wünsche zurück. Sein Händedruck war fest und herzlich.

»Einen prächtigen Jungen hast DU da«, lobte er Dr. Hübenthal, »einen richtigen Pfiffikus.«

Der Senior lächelte.

»Lass ihn auf der Erde, Tassilo.«

Rosenboom zwinkerte ihm zu.

»Der große Julius Hübenthal ist immer so übervorsichtig. Aber irgendwann treibt der Hunger einen doch nach vorn. Und ich denke, mein lieber Knobel, Sie haben die ersten Schritte gemacht. Ich war ja sozusagen Ihr Pate.«

Als Knobel nach Worten suchte und abermals danken wollte, stieß Lisa ihn sanft mahnend unter dem Tisch an. Doch er ließ sich nicht beirren und dankte umständlich für das entgegengebrachte Vertrauen. Es klang wie die Bilanz einer langjährigen Geschäftsbeziehung.

Als sie heimgekehrt waren, blickte Knobel auf einen gelungenen Abend zurück. Er fand, dass Tassilo Rosenboom ein eher bescheidener Mensch und ein besonders aufmerksamer Gastgeber sei. »Er hat Klasse«, fasste er bewundernd zusammen.

Seine Gattin erwiderte dies und das.

Es war wie vor ein paar Wochen, als Löffke seinem Sieg vor Gericht das anerkennende Lob versagte.

Im Bett beugte er sich über sie, streichelte ihr Gesicht und erinnerte sie flüsternd an den Feldweg im Rapsfeld, eroberte ihren Körper mit leisen Worten und schloss in der Erinnerung die Augen, während seine Hand ihren warmen Körper zart massierte. Die Erinnerung erregte ihn, er malte die Vergangenheit in den schillerndsten Farben aus und küsste und liebkoste sie mit Worten. Doch sie erlöste ihn nicht.

8

Rosenboom sandte nun alle Post, die seine privaten Rechtsstreitigkeiten betraf, an *Herrn RA Knobel persönlich c/o Kanzlei Dr. Hübenthal & Partner*. Und so arbeitete er sich in die Mietprozesse ein, die aus Rosenbooms zahlreichen Immobilien erwuchsen, führte Bauprozesse, klagte auf Schadensersatz wegen einer fehlerhaften Klempnerarbeit, in deren Folge das Kellergeschoss in Rosenbooms Privathaus unter Wasser gesetzt wurde, und kümmerte sich um die Rosenboom turnusmäßig zugehenden Bußgeldbescheide wegen überhöhter Geschwindigkeit. Einige der Firmensachen bearbeitete er weiterhin mit Dr. Hübenthal gemeinsam, während die zahlreichen Beratungsmandate für die Firma Rosenboom dem Senior vorbehalten blieben. Knobel bekam diese meist dünnen Akten, die sich nach Dr. Hübenthals Worten in gutachterlichen Stellungnahmen zu drängenden rechtlichen Fragen erschöpften, nie zu Gesicht.

Die Adressierung *Herrn RA Knobel persönlich c/o Kanzlei Dr. Hübenthal & Partner* hob ihn heraus und schützte ihn.

Löffke ließ von seiner lieb gewordenen Gewohnheit ab, ihn mit nahezu jedem Fall zu behelligen, dessen Lösung ihm nicht bereits bei flüchtiger Prüfung präsent war. Knobel behielt zwar sein Büro in 307, aber er fand über das Privileg, häufiger gemeinsam mit Dr. Hübenthal und dessen Sozien aus dem Erdgeschoss mittags zum Essen gehen zu dürfen, allmählich Anschluss an die 100er-Riege.

Man ging in das *Dubrovnik*, ein bürgerliches Restaurant an der Kaiserstraße, schräg gegenüber vom Landgericht und nur wenige hundert Meter von der Kanzlei entfernt. Auf dem Weg dorthin führte Dr. Hübenthal hastend die kleine Gruppe an, flankiert von Löffke, der die Prozessergebnisse des Vormittags referierte. Ihnen eilte Dr. Reitinger aus 102 hinterher, um Anschluss an Dr. Hübenthal bemüht und doch zumeist darauf verwiesen, mit Kollegin Meyer-Söhnkes aus 103 in zweiter Reihe vorlieb zu nehmen. Zu ihnen gesellte sich Knobel, wenn er mit den Sozien zum Essen gehen durfte.

Hin und wieder ließ sich Dr. Hübenthal in die zweite Reihe zurückfallen und erkundigte sich beiläufig bei Knobel nach dem Stand der von ihm betreuten Rosenboom-Mandate.

Knobel vermutete, dass die Einladungen zum Mittagessen allein darin bestanden, die Neugier des Seniors zu stillen, nachdem er sich der direkten Kontrolle über diese Akten begeben hatte.

Das Privileg des gemeinsamen Mittagessens mit den Sozien im *Dubrovnik* erwies sich indes als zweifelhaft.

Löffke vervollständigte in dem schummrigen Lokal die auf dem Fußweg begonnene Berichterstattung seiner erfolgreich abgeschlossenen Fälle. Seine farbigen Schilderungen waren voller Dramatik, die Knobel in seinen eigenen Gerichtsterminen so misslich entbehren musste. Die Zivilprozesse kannten keine flammenden Plädoyers. Doch bei Löffke musste es anders sein. Er redete die Richter nieder, wenn sie anfänglich noch anderer Auffassung waren und überraschte mit frei vorgetragenen Zitaten aus höchstrichterlichen Entscheidungen, die der ohnehin nur selten drohenden Niederlage gerade noch rechtzeitig den entscheidenden Impuls zur Wende gaben.

Frau Meyer-Söhnkes, eine kleine zarte Frau mit blassem Sommersprossengesicht, die während ihrer Arbeit in der Kanzlei kaum ihr Büro verließ und auf den ersten Blick schüchtern und schwach wirkte, pflegte unter dem Eindruck der beim Mittagstisch ausgetauschten Erfolge eine der seltenen Gesprächspausen auszunutzen, um dann schließlich unerwartet lärmend von ihren Fällen zu berichten.

Einzig Dr. Reitinger erging sich nicht in der Schilderung einzelner Fälle. Stattdessen wartete er mit statistischen Auswertungen seiner Leistung auf, wusste von vierundzwanzig eigenen Posteingängen an einem einzigen Tag, einer in zweieinhalb Stunden gefertigten sechsunddreißigseitigen Klageschrift und sieben Mandantenbesprechungen am gestrigen Nachmittag zu berichten.

Zusammen feierten sie bei Tisch viele Erfolge.

Knobels stilles Resümee seiner ersten Monate war eher nüchtern: Neben dem erarbeiteten Erfolg gab es den fast zufällig gewonnenen, ebenso den unverschuldet verlorenen Prozess und schließlich auch die verschuldete Niederlage. Doch er übte sich darin, bei Tisch mitzuhalten. Es gab Tage, an denen auch er ausschweifend von der Kapitulation des Gegners berichten konnte.

9

An einem heißen Juliabend fuhr er zu Rosenboom hinaus in die Südbecke. Rosenboom hatte ihn zu Hause angerufen und um ein persönliches Gespräch über einen neuen Fall gebeten.

Lisa war noch nicht aus der Kanzlei zurück. Gewöhnlich arbeitete sie nun länger als ihr Mann und kehrte häufiger mit ihrem Vater heim. Im Sommer nahmen sie manchmal das Abendbrot zu dritt auf der Terrasse ein. Lisa saß dann auf der alten blaulackierten Holzbank, die ihr Vater vor vielen Jahren erworben hatte, und legte ihre Beine übereinander geschlagen auf die Bank, während ihr Vater, der Anzugjacke entledigt, noch immer mit Krawatte, ihr gegenüber Platz nahm. Lisa und ihr Vater redeten über Personen, die Knobel entweder gar nicht oder nur vom Namen her kannte. Wenn er Lisa selbstzufrieden halb sitzend, halb liegend auf der Bank sah, fühlte er sich ihr gegenüber fremd. Er wusste nicht, warum gerade dieses Bild ihn erst fremdeln ließ und schließlich sogar verärgerte, doch er sagte nichts. Seine Wut schäumte nicht nach außen, sie war vergänglich, und er wartete still, bis sie sich verflüchtigte.

Solange ihr Vater mit am Tisch saß, blieb Lisa geschäftlich. Zumeist ging es nicht um wirklich wichtige Belange.

Knobel merkte, dass Lisa mit ihrem Vater am besten belanglos reden konnte, wenn sie mit ihm über das Geschäft sprach. Das lockere Gespräch mit seiner Tochter löste ihn und ließ die Strenge aus seinem Gesicht weichen, die Knobel noch immer auf Distanz hielt.

Lisa und ihr Vater durchstreiften in ihren Unterhaltungen die Kanzlei und ihr geschäftliches Umfeld und ergötzten sich in leichter Plauderei an einem unerschöpflich scheinenden Fundus amüsanter Geschichten. Sie gaben einander Stichworte, die manchmal an längst vergangene Begebenheiten erinnerten und genüsslich zum wiederholten Male dargeboten werden wollten.

Knobel wartete stets geduldig, bis sich ihr Vater verabschiedet hatte und Stille hinterließ. Dann nahm er Lisa versöhnt in den Arm, als habe er auf diesen Augenblick gewartet, um sie aus ihrer Geschäftigkeit befreien zu können.

Rosenboom erwartete ihn in hellgrauer Tuchhose und kurzärmeligem grellbuntem Sommerhemd und wies ihn mit einer Handbewegung an, auf dem Bürgersteig neben der Grundstückszufahrt zu parken. Rosenbooms saloppe Kleidung nahm Knobel die Schwellenangst, die ihn beschlichen hatte, seit er sich dem Villenviertel genähert hatte.

Rosenboom führte ihn am Haus vorbei in die Garage.

»Bei diesem schönen Wetter werden wir einfach etwas hinausfahren«, entschied Rosenboom. »Es wird Ihnen gefallen und …«, er klopfte lächelnd auf seine Armbanduhr, »es wird nicht lange dauern. Die Zeit guter Anwälte ist bekanntlich kostbar.«

Vor ihnen öffnete sich lautlos das Garagentor und gab den Blick auf einen schwarz glänzenden blitzsauberen Sportwagen frei, dessen Scheinwerfergläser im Halbdunkel der Garage funkelten.

Knobel blieb einen Augenblick unsicher im Tor stehen, bis ihn Rosenboom sanft ins Innere schob und zugleich das Licht anschaltete. Die aufflackernde Neonröhre spiegelte sich auf dem polierten Metall. Unsicher abwägend, wie er sich über das Auto bewundernd äußern sollte, fühlte er, dass Rosenboom ihm etwas in die Hand drückte. Er betrachtete das kleine schwarze Gerät.

»Nun los, oben links«, forderte Rosenboom.

Knobel drückte auf die Fernbedienung, und das Verdeck des Autos öffnete sich mit leichtem Surren, schob sich langsam zurück und faltete sich hinter den Sitzen gleichmäßig zusammen. Das Surren hielt an und begleitete das Absenken der Seitenfenster in die Türen.

Knobel sah auf die schwarz glänzenden Sitze. Der Duft frischen Leders breitete sich in der Garage aus und mischte sich mit dem Geruch der Autopolitur.

»Was sagen Sie jetzt?«

Rosenbooms Augen blitzten stolz und kindlich ungeduldig.

»Grandios.«

Knobel verstand nicht viel von Autos. Keine Details, über die er hätte fachsimpeln können.

»Na?« bohrte Rosenboom nach.

»Wunderbar«, versicherte Knobel.

Rosenboom schwang sich auf den Fahrersitz, startete den Motor, ließ den Wagen aus der Garage rollen und stieß die Beifahrertür auf.

Knobel schlüpfte hinein und sammelte in Gedanken Fragen, die er zur Leistung und Ausstattung des Autos stellen könnte.

Rosenboom verließ den Ort, nahm mit Schwung die Auffahrt zur B 236 Richtung Schwerte und beschleunigte, dass Knobel sanft in den Sitz gedrückt wurde. Der Fahrtwind jagte am Auto vorbei und machte eine Unterhaltung unmöglich.

Rosenboom schaute manchmal stolz zu ihm herüber, und er erwiderte diese Blicke mit einem anerkennenden

Lächeln, versuchte Rosenbooms Ziel zu erraten, als dieser den Wagen röhrend über die freie Strecke jagte, dann viel zu schnell in den Wambeler Tunnel eintauchte und mit quietschenden Reifen auf die A 44 Richtung Soest wechselte.

Knobel entspannte sich weiter und begann das Fahren im Cabrio zu genießen, ohne sich auf eine Unterhaltung zu fixieren. Er lehnte sich behaglich in seinen Sitz zurück, lauschte dem Dröhnen des Motors und dem flatternden Pfeifen des Fahrtwinds, das kurz von dem Brummen der überholten Fahrzeuge übertönt wurde, die schnell hinter ihnen zurückfielen. Sie mochten etwa fünfzehn, zwanzig Kilometer gefahren sein, die stadtnahe Bebauung hatte inzwischen weiten Feldern Platz gemacht, in denen sich gleichförmig wirkende kleine Dörfer verteilten, die in der flirrenden Hitze in einiger Entfernung an ihnen vorbeizogen.

Dann verließen sie die Autobahn und fuhren, die tief stehende Sonne im Rücken, auf einer Landstraße einem bewaldeten Höhenzug zu, der die Autobahn am Horizont in blasssilbrigem Grünblau begleitet hatte.

Rosenboom nahm die kurvenreiche Straße mit hoher Geschwindigkeit, bremste erst in einer Senke vor einer kleinen steinernen Flussbrücke ab und lenkte den Wagen unmittelbar dahinter auf einen dem Wasserrinnsal folgenden Feldweg, bis der Weg seine Konturen in einer Wiese verlor, die in hohen Schilfbewuchs mündete.

Rosenboom sprang aus dem Auto.

Knobel folgte ihm über einen Holzsteg durch das Schilf zu einer ausgebleichten grobschlächtig gezimmerten Anglerbank. Das splitternde Holz hatte sich im Laufe des heißen Tages erhitzt, Mücken tanzten über der stillen Wasserfläche. Eine Libelle schnellte in ruckartigem Flug an ihnen vorbei. Knobel setzte sich neben seinen Mandanten und schwieg unsicher.

»Lieben Sie die Natur?«

»Ja, natürlich«, versicherte Knobel.

Rosenboom lächelte geduldig.

»Natürlich lieben Sie die Natur, weil jeder die Natur liebt. Aber ich meine, ob Sie richtig in der Natur aufgehen können, förmlich nach ihr verlangen.«

Knobel zuckte unschlüssig mit den Schultern. Ihm fiel ein, dass er damals, als er Lisa fragte, ob sie ihn liebe, hatte herausfinden wollen, ob sie ihn für ihr Leben gebrauche und nach ihm verlange. Sie hatte nie gesagt, dass sie ihn verlange. Seither mochte er dieses Wort nicht und wollte selbst auch nicht verlangen.

»Sie wollen sich nicht festlegen, weil Sie nicht wissen, worauf ich hinaus will«, vermutete Rosenboom.

»Worauf wollen Sie hinaus?«, fragte Knobel folgsam.

Doch Rosenboom ließ ihn scheitern.

»Ob Sie die Natur aus tiefstem Herzen lieben oder ob Sie diesem kleinen sterbenden See nichts abgewinnen: Mein lieber Knobel, das soll mir einerlei sein.«

»Sicher«, entschuldigte sich Knobel.

Er wünschte sich in das Auto zurück, in den pfeifenden Fahrtwind hinein, gegen den man nicht anreden konnte.

»Ich brauche noch mal Ihre Hilfe in so einer Geschichte«, erlöste ihn Rosenboom.

»Gern.«

Knobel kehrte dankbar auf vertrautes Terrain zurück.

»Sie wissen, dass ich nach und nach meine Mietshäuser verkaufe. Die alten Dinger lohnen sich nicht mehr.«

Knobel wartete aufmerksam und schnippte Mücken von seinen Unterarmen.

»Beim Haus Brunnenstraße 8 gibt's Probleme. Unten ist eine Wirtschaft drin, und im Keller darunter sind die Wände nass.«

Rosenboom sah ihn prüfend von der Seite an.

»Es wäre normal, wenn Sie sich darüber wundern würden, dass es schon wieder um ein feuchtes Haus geht. Es wäre auch normal, wenn Sie angesichts der Wiederholung der Ereignisse denken würden, dass dies kein Zufall sein kann und ich mit Methode feuchte Häuser an den Mann bringen will. Normal wäre also, dass Sie in mir einen Betrüger vermuten. Wie denken Sie darüber?«

»Es wird Zufall sein«, folgerte Knobel.

»Der vermeintliche Zusammenhang ist Zufall«, beharrte Rosenboom. »Ich habe die Häuser nach und nach vor ein paar Jahren günstig erwerben können. Aber der Kauf war ein Fehler. Sie sind zu marode. Sie müssen grundsaniert und insbesondere isoliert werden. In absehbarer Zeit werden sie also mehr kosten, als sie abwerfen können. Darum stoße ich sie ab, Stück für Stück.«

Rosenboom schien zufrieden, dass die Häuser zumindest bisher erklecklichen Profit abgeworfen hatten.

»Der Käufer, ein Herr Weinstein, fordert saftigen Schadensersatz, aber er hat das Haus unter Ausschluss jeglicher Gewährleistung gekauft.«

»Wo ist das Problem?«

»Herr Weinstein sagt, ich hätte von der Feuchtigkeit gewusst und sie ihm beim Kauf verschwiegen.«

Rosenboom beobachtete eine Regung in Knobels Gesicht.

»Mit Verjährung ist hier nichts zu machen«, nahm Rosenboom vorweg. »Die Sache ist noch nicht lange genug her. Und dieser Herr Weinstein ist von anderem Kaliber als der junge Mann, mit dem wir zuletzt zu tun hatten. – Ich verspreche Ihnen, dass wir mit Franz Weinstein noch viel zu tun haben werden.«

Knobel rekapitulierte sein Wissen.

»Im Falle des arglistigen Verschweigens des Mangels kann der Käufer von dem Vertrag zurücktreten oder Schadensersatz fordern.«

Rosenboom schüttelte den Kopf.

»Sie müssen die entscheidende Frage stellen, ob ich von der Feuchtigkeit tatsächlich gewusst habe oder nicht.«

»Der Weinstein wird sich doch vorher das Haus angesehen haben«, vermutete Knobel.

»Gewiss hat er. Nur nicht den Keller unter der Wirtschaft. Wie es der Zufall wollte, stand der nämlich voll mit Stühlen und Tischen aus dem alten Gesellschaftsraum der Gastwirtschaft.«

Rosenboom hatte das Wort *Zufall* betont und sah Knobel erwartungsvoll an.

»Wie ist Ihr juristischer Ansatz?«

»Der Käufer müsste darlegen und beweisen, wenn der Verkäufer den Mangel gekannt und verschwiegen hätte.«

Knobel scheute vor dem konkreten Fall. Er rekapitulierte Lehrsätze im Konjunktiv. Der abstrakte Lehrsatz blieb unverbindlich, anwendbar auf ein Fallkonstrukt, einer Seminararbeit im Studium vergleichbar, die den erfundenen vorgegebenen Sachverhalt sezierend mit Obersätzen abprüfte. Doch sein Mandant duldete die Unverbindlichkeit nicht.

»Sie reden so umständlich. Also: Weinstein muss beweisen. Richtig?«

»Richtig.«

»Und? Haben Sie Probleme damit?«

Rosenboom prüfte die Loyalität seines Anwalts: Zog der eigene Anwalt den Zufall in Zweifel, der Weinsteins Blick in den Keller verhindert hatte?

Knobels Argwohn keimte auf, bohrte zuerst an der Standesehre. Ein konturenloses Gebilde, von dem er nicht viel mehr wusste, als dass es erlaubte, was des Anwalts ureigenste Aufgabe war und verbat, was sich aus den gleichen Gründen mit seiner Aufgabe nicht vereinbaren ließ. Gewiss war der Anwalt dazu verpflichtet, wahrheitsgemäß vorzutragen. Er spürte, dass die zu verteidigende Standesehre nur unbedeutende Kulisse war. Der Sache nach ging es darum, im Prozess vorzutragen, dass Rosenboom nichts verschwiegen hatte. Eigene Schuld des Herrn Weinstein, nicht auf die Räumung des Kellers bestanden zu haben. Entschlossene Zurückweisung des gegnerischen Vorwurfs, dass der Keller womöglich nur zugestellt wurde, um den Zutritt und damit die Entdeckung des Wandschwamms zu vereiteln. Es würde sein Auftrag sein, den Betrugsvorwurf des Herrn Weinstein in das Reich der Phantasie zu verweisen und mit Häme zu entgegnen, dass Herr Weinstein aus Dummheit einen voll gestellten Keller unbesichtigt gelassen habe.

In der Konsequenz sollte Knobel betrügen helfen.

»Als mein Anwalt beraten Sie mich mit der richtigen Strategie, und die kann, wenn ich Sie eben richtig verstanden habe, nur lauten: Wir werden alles bestreiten.«

Knobels prompte Zustimmung überzeugte nicht, und Rosenboom machte einen Schritt zurück.

»Sie müssen nur prozessstrategisch denken. Bei Ihrer Verjährungseinrede im letzten Prozess haben Sie sich auch nur einer Strategie bedient. Ob an der Sache ansonsten etwas dran war oder nicht: Sie haben es hinweggefegt. Man könnte doch mit dem armen Käufer Mitleid haben. Jetzt hat er einen nassen Keller und bekommt kein Geld.«

Knobel wollte etwas einwenden, aber er unterließ es.

»Als Anwalt stellen Sie sich doch zuerst die Frage: Was ist für meinen Mandanten drin?«, sagte Rosenboom. »Sie prüfen die Sachlage und erkennen: Da will einer etwas von meinem Klienten, aber er wird es nicht durchsetzen können, weil er die für ihn sprechenden Fakten nicht belegen kann. Und mit dieser Überlegung führen Sie den Prozess. Alles andere muss Ihnen doch egal sein. Sie wären ein schlechter Anwalt, wenn Sie dem Mandanten erklärten, dass er im Prozess die Klage zugeben soll, obwohl Sie den Prozess taktisch gewinnen könnten.«

»Es heißt *Klage anerkennen*«, korrigierte Knobel.

»Klage anerkennen«, wiederholte Rosenboom folgsam und nickte. »Natürlich, da sind Sie Fachmann. Das ist eine Welt ganz eigener Begriffe. – Sie wollen doch gewinnen, und Sie müssen gewinnen, weil Sie ohnehin oft genug verlieren, wenn Sie nichts beweisen können. Sie verstehen, was ich meine.«

Knobel verstand ohne Not. Rosenbooms Worte offenbarten keine neuen Erkenntnisse, aber sie erhoben sie zu einem dem Gebot der Selbstverständlichkeit folgenden Prinzip, schworen ihn in bisher nicht gekannter Deutlichkeit auf seine Partei ein und weckten ein klares Bewusstsein für seine Rolle als Parteivertreter. Es war ein Abschied von der unschuldigen Theorie, die Konfrontation mit der Praxis. Rosenboom hätte Knobels Appell an die Wahrheitspflicht belächelt, ihn in der Kanzlei diskreditiert und, was noch das Geringste gewesen wäre, ihm die eigenen Mandate entzogen. Womöglich hätte Rosenboom der Kanzlei enttäuscht den Rücken gekehrt oder zumindest mit einem Wechsel gedroht. Er dachte flüchtig an die zu erwartende Reaktion Dr. Hübenthals, wenn er über sein Versagen Rechenschaft ablegen müsste, an Löffkes schweißglänzendes wutgeschwängertes Gesicht, an die ätzenden Worte des Zorns.

Knobel sah in Rosenbooms weiches ruhiges Gesicht, es erschien ihm freundschaftlich, ja väterlich. Dennoch fühlte er sich dümmlich verlegen und kindlich naiv.

»Sie haben die Unterlagen zu Hause?«, fragte Knobel dienstbeflissen.

»Sie können sie gleich mitnehmen«, sagte Rosenboom.

Knobel bereute, dass er sich angedient hatte. Er wollte Rosenboom vermitteln, dass ihm die Sache lästig sei, wollte Unnachgiebigkeit spüren lassen, eine letzte Bastion verteidigen.

Sie verließen den Steg. Der schwarze Sportwagen glänzte im Abendlicht.

Rosenboom warf ihm die Schlüssel zu. Er durfte fahren.

Während Knobel vorsichtig das Auto zur Autobahn lenkte, wie ein Fahrschüler seine ganze Konzentration auf das Schalten des Wagens, die Straße und die Verkehrszeichen richtete, der Fahrtwind wegen der geringen Geschwindigkeit noch nicht pfeifen und Rosenboom das Radio nicht anschalten wollte, bot er zum Dank an, mit Rosenboom am nächsten Tag die Immobilie Brunnenstraße zu besichtigen, um die Örtlichkeit und die seinerzeitige Besichtigung durch den Prozessgegner anschaulich darstellen zu können. Knobel empfahl sich mit der Gewissenhaftigkeit des um die Belange seines Mandanten besorgten Anwalts.

10

Die Brunnenstraße lag im Dortmunder Norden abseits der Geschäftsstraßen inmitten schmuckloser alter Mietskasernen, durch die sich ein gleichförmiges Straßenraster zog. Einige Kastanienbäume ragten zwischen Fahrbahn und Gehsteig aus ziegelummauerten Inseln knorrig auf und verästelten sich zu einem grünen Gewölbe, das die Straßen beschattete und zugleich den Blick auf die grauen Häuserfassaden mit ihren hohen schmalen Fensterhöhlen versperrte.

In der Brunnenstraße war es laut. Aus den offenen Fenstern quollen Radiomusik und Kindergeschrei, manchmal von den Müttern übertönt, die gegen die in der wabernden Hitze lärmenden Kinder anschimpften.

Rosenboom hatte sein Auto abseits geparkt, und sie liefen das restliche Stück bis zum Haus Nummer 8, einem unscheinbaren Gebäude mit ausgebleichter Fassade. Im Erdgeschoss befand sich das *La dolce vita* mit stumpfem bräunlichem Glas in den Fenstern und dem Namenszug aus gelben Neonröhren darüber.

Sie strebten auf den links der Wirtschaft liegenden Hauseingang zu.

Knobels Blick fiel auf die Klingeltafel mit rund zwanzig ausländischen Namen.

Rosenboom drückte energisch so lange auf alle dunkelroten Klingelknöpfe, die er mit den ausgestreckten Fingern gleichzeitig erreichen konnte, bis ein schnarrendes Geräusch die Tür freigab.

Sie traten in ein dunkles Treppenhaus, in dem lautes Fluchen und Türenschlagen aus den oberen Stockwerken widerhallte.

Knobel beobachtete, wie die Strahlen der Abendsonne durch die schmutzblinden Flurfenster krochen und die blassgrünen Treppenhaus-Fliesen trüb aufglänzen ließen, dann huschte sein Blick über die ausgetretenen steinernen Stufen und die mattierten alten Deckenleuchten unter dem gräulich schimmernden Deckenputz. Er hatte sich Rosenbooms Häuser anders vorgestellt.

Im Schein einer nackten Glühbirne stiegen sie die enge Kellertreppe hinab. Kühle modrige Luft umfing sie.

Rosenboom eilte an Holzlattentüren vorbei auf eine getünchte Wand zu. Er rüttelte an der Klinke einer versperrten Verbindungstür.

»Dahinter ist der Kellerflur der Wirtschaft, und von dort gelangt man in den nassen Keller«, erklärte er.

Knobel übte sich in strukturierter Sachverhaltsermittlung und fragte nach dem Ablauf der Hausbesichtigung durch Weinstein, während er mit wenigen Strichen die Lage der einzelnen Kellerräume auf einem Block skizzierte. Ob der Käufer darauf bestanden habe, alle Kellerräume zu sehen und ob er einmal konkret nach Feuchtigkeit oder jedenfalls so gefragt habe, dass man hinter der Fragestellung ein Begehren auf Auskunft darüber habe erblicken können. Seine Fragen waren umständlich und verschachtelt. Er wiederholte sie in wechselnden Formulierungen und schlug damit die Zeit im Keller tot. Die Frage, ob sein Mandant den Umstand, dass der Keller vollgestellt war, möglicherweise ausgenutzt, diesen vielleicht sogar arrangiert hatte, unterließ er.

Rosenboom schlug vor, ins *La dolce vita* zu wechseln, um von dort in den Keller zu gelangen.

Hinter dem Tresen stand eine junge Frau. Sie hatte ihre dünnen schwarzen Haare zu einem kurzen Zopf zusammengebunden. Einige Strähnen pendelten an ihren Schläfen in dem hastigen Rhythmus, in dem sie in der Spüle Gläser schrubbte. Knobel schätzte sie auf Mitte zwanzig. Er blieb im Hintergrund. Die abgestandene schwüle Luft, der Geruch von verschaltem Bier und säuerlichem Schweiß stießen ihn ab. Er sah, dass sich Rosenboom über die Theke beugte und die Frau das Gläserspülen unterbrach, hörte, wie sein Mandant nach den Kellerschlüsseln fragte und beobachtete, dass die Frau hinter der Theke in verschiedenen Schubladen wühlte, ihre Suche dann achselzuckend abbrach und ihre Hände wieder in das Spülwasser tauchte. Unverrichteter Dinge verließen sie das *La dolce vita.*

11

Knobel arbeitete sich in den Fall Weinstein ein, nahm die überlassenen Unterlagen zur neu angelegten Akte und hielt in einem Vermerk den Sachverhalt fest. Jedoch schrieb er nicht, dass Rosenboom nach Lage der Dinge dem Käufer den feuchten Keller gezielt vorenthalten und ihn deshalb getäuscht hatte. Er veränderte die Tatsachen nicht, er unterließ es lediglich, die Rückschlüsse schriftlich festzuhalten, die sich unweigerlich aufdrängten. Der Vermerk im Fall Weinstein war rein. Es war die Schilderung einer nachvollzogenen Besichtigung des Kellers im Hause Brunnenstraße 8, ein Gang aus den Augen des Herrn Weinstein, der die Mietskaserne flüchtig in Augenschein genommen, das ausländische Stimmengewirr im Flur gehört, Küchenausdünstungen gerochen und einen kurzen Blick in das Kellergeschoss geworfen hatte, ohne darauf bestanden zu haben, auch den unter dem *La dolce vita* gelegenen Keller zu besichtigen. Knobel beschrieb, er wertete nicht.

Er hatte anwaltliche Gepflogenheiten erlernt. Seine Schriftsätze hatte er der Ausdrucksweise seiner Kollegen angeglichen. Er folgte ihrem Beispiel und bediente sich gelegentlich lateinischer Begriffe, die er kanonartig wiederholte und mit denen er den Mandanten vermitteln wollte, dass seinem Fall mit den geheimnisvollen Weihen examinierten Wissens zum Erfolg verholfen werde. Der Mandant las, dass er de lege lata und nicht de lege ferenda obsiegen werde und aus welchen Gründen der Gegner a priori scheitern müsse und cum grano salis der Vortrag des

Gegners unbeachtlich sei. Dr. Hübenthal erinnerte immer wieder daran, dass der Anwalt auch für seinen Mandanten schreibe, und darum wurde vieles geschrieben, was in der Sache nichts sagend war.

Am Ende eines jeden Schriftsatzes prangte ein Ergebnis, dass dem Gegner die Erfolglosigkeit seines Vorhabens attestierte. Knobels Schriftsätze waren über jeden Zweifel erhaben.

Inzwischen empfing Knobel auch eigene Mandanten in 307, und es missfiel ihm, dass sein Mansardenbüro nicht mit den Zimmern im Erdgeschoss konkurrieren konnte. Deshalb hatte er mit billigem Antiquariatsmaterial seine Bürokulisse vervollkommnet und einige mehrbändige Werke im Blickfeld des Betrachters platziert, nachdem er aus den anderen Zimmern keinen nennenswerten Bestand an Büchern abziehen konnte. Etliche an sich unbrauchbare, aber wegen ihres Goldeindrucks auf den Buchrücken nützliche englischsprachige Textausgaben und auch ein amerikanisches Anwaltsverzeichnis waren darunter. Die alten muffig riechenden Bücher mit ihren dunklen Einbänden und zusammenpappenden Blättern verliehen seinem Büro etwas von der Bibliotheksatmosphäre der unteren Zimmer.

Knobel lernte, seinen Auftritt vor Gericht wirkungsvoller zu gestalten, wenn ihn sein Mandant dorthin begleitete und ihn angewiesen hatte, in der Verhandlung alle Register zu ziehen. Er fürchtete die Klientel, die ihn in eine Schlacht peitschen wollte, und schulte sich darin, ihre Kriegslüsternheit geschäftsmäßig mit schneidigen Zeugenbefragungen und monologisierenden Wiederholungen des eigenen Rechtsstandpunktes vor Gericht zu bedienen. Doch er tat es leidenschaftslos. Er schlüpfte in seine Robe wie in ein Kostüm, und er empfand Gerichtsverhandlungen wie

Schauspiele, in denen jeder die ihm zugedachte Rolle auszufüllen hatte.

Knobel griff geübt auf jene Plattitüden zurück, derer sich seine Kollegen wortgewaltig und gönnerhaft bedienten, wenn sie einen lästig gewordenen Prozess aus der Welt schaffen wollten. Auch er wollte dann »Kühe vom Eis holen«, Prozesse »in der Mitte durchhauen« und »Säcke zumachen«. Nach den mühsam errungenen und manchmal unausgewogenen Einigungen empfand er ein Gefühl gerechter Befriedung. Es waren die wenigen Momente, in denen er sich in seiner Robe wohl fühlte. Der Streit blieb ihm fremd. Darin war er anders.

Knobel begriff, dass er im mittäglichen Forum des *Dubrovnik* nicht nur die erfolgreich beendeten Fälle rekapitulieren, sondern auch die damit erzielten Umsätze feiern musste. Löffkes Berichte über die eigenen gewonnenen Prozessschlachten gipfelten stets in einer Berechnung der verdienten Gebühren. Löffke stieß dann ein Zahlenwerk aus, dessen Summe den errungenen Sieg krönte. Dr. Reitinger hielt bei diesen Gelegenheiten entgegen, dass alle Umsätze partnerschaftlich zum großen Ganzen zusammenflössen und leitete auf seine persönliche Statistik über, die abermals eine Steigerung seiner durchschnittlichen täglichen Posteingänge und durchschnittlichen wöchentlichen Mandantenbesprechungen auswies.

Alle Fälle, die im *Dubrovnik* nicht Tischgespräch waren, liefen regelmäßig im Verborgenen und blieben auch dort. Am Mittagstisch glänzte nur die Spitze des Erfolges. Knobel erwähnte den Fall Weinstein dort nicht. Er hatte das Gefühl, mit der Schilderung des Falles etwas zu beschmutzen. Die Brunnenstraße 8 passte nicht zu den sauberen und lukrativen Mandaten der Firma Rosenboom. Und er befürchtete, dass er sich selbst mit dem Eingeständnis zurücksetzen würde, dass die überaus wichtigen Rosenboom-Mandate sich in seiner Person nicht mit leuchtenden Großmandaten aus der Geschäftswelt, sondern mit feuchten Kellerwänden in schmuddeligen Mietshäusern verbanden.

Zugleich fühlte er sich Tassilo Rosenboom persönlich verbunden und behütete dankbar die Erinnerung an Rosenbooms Freude nach dem gewonnenen Prozess, an seine Aufwartung auf der Geburtstagsfeier und an die Rückfahrt im Sportwagen.

Knobel verstaute die Akten, die die laufenden privaten Fälle Rosenbooms betrafen, nunmehr in seinem Büro. Dort waren sie zwar nicht vor fremdem Zugriff sicher, aber sie entzogen sich der zu leichten fremden Einsichtnahme im Aktenraum.

Der Fall Weinstein sollte geheim bleiben.

12

Knobel hatte die Klageerwiderung in der Sache Weinstein vorbereitet, darin bildhaft die gemeinsame Besichtigung des Hauses durch Rosenboom und Herrn Weinstein geschildert und aus seiner Darstellung den zwingenden Schluss abgeleitet, dass der Käufer eine genaue Prüfung des feuchten Kellers gar nicht wünschte, obwohl ihm Rosenboom zu einer vollständigen Besichtigung geraten habe. Nun wollte Knobel noch den Keller unter der Wirtschaft sehen, Weinsteins flüchtigen Blick ins Dunkel, den er vorausschauend bereits geschildert hatte, atmosphärisch nachvollziehen und seinen vorbereiteten Text gegebenenfalls um Eindrücke ergänzen, die er in Weinstein hineinprojizieren und zu einer lebensnahen Darstellung ausfeilen würde.

Die wabernde Hitze der vergangenen Tage war nach tagelangem Sommerregen angenehmer Frische gewichen und machte den Aufenthalt im *La dolce vita* erträglich.

Die junge Frau hinter der Theke sah ihn misstrauisch an.

»Heute ohne Begleitung?«

»Herr Rosenboom hat heute keine Zeit«, erklärte er und bestellte schnell ein Mineralwasser.

»Werden die Mieten wieder teurer?«, fragte sie weiter.

Er spürte ihre Feindseligkeit.

»Ich bin sein Anwalt«, klärte er auf.

»Also braucht er jetzt schon einen Anwalt?«

Ihr hämisches Lächeln beunruhigte ihn.

»Herr Rosenboom wird die Mieten kaum erhöhen können, er ist nämlich nicht mehr Ihr Vermieter.«

»Ach.«

Sie verstummte überrascht.

»Was haben Sie gegen meinen Mandanten?«

Sie hielt seine Ahnungslosigkeit für gespielt, seine Frage für spionierend. Ihr war nicht klar, wie weit sie gehen konnte, beugte sich über den Tresen und begann, Gläser zu polieren.

»Sie meinen wohl, die Wohnungen seien überteuert«, half er, aber sie blickte nicht auf.

Zweifellos wurde in der Brunnenstraße minderwertiger Wohnraum überteuert vermietet. Aber hatte er über seinen Mandanten moralisch den Stab zu brechen? Waren Wohnungen in dieser trotzdem noch niedrigen Preisklasse anderenorts überhaupt zu haben? War die Ausstattung dort zwingend besser? Gab der Umstand, dass zahlungssäumige Mieter in Rosenbooms Häusern nicht selten über Nacht mit unbekanntem Ziel die Wohnung räumten, nicht jenen Vermietern darin Recht, von größeren Investitionen in die Häuser abzusehen? Hatte er Rosenboom nicht schon einige Male raten müssen, seine Forderungen aus Mietrückständen und aus Ansprüchen wegen zerstörter Installationen auszubuchen, weil sie uneinbringlich bleiben würden? Musste er überhaupt die Kalkulation seines Mandanten rechtfertigen, von dem er selber lebte?

»Vielleicht bringt's jetzt Herr Weinstein in Ordnung – jedenfalls in diesem Haus,« sagte er versöhnlich.

Sie sah ungläubig auf.

»Hier im Keller soll es feucht sein«, fuhr er ruhig fort.

»Feucht?«

Ihre Augen funkelten spöttisch.

»Es ist nass, es riecht so penetrant faulig, dass man den Schimmel fast in der Nase spürt. Aber das dürfte für Ihren Mandanten ja jetzt nicht mehr wichtig sein. Oder sind Sie deswegen gekommen?«

»Ja.«

»Deshalb wollten Sie letztes Mal schon in den Keller?«

Er bejahte erneut.

»Warum?«

Knobel dachte daran, dass er zur Verschwiegenheit verpflichtet war. Andererseits hoffte er auf weitere Details. Also erzählte er ihr alles.

Sie lächelte erstaunt.

»Wenn dieser Weinstein das Haus überhaupt gesehen hat, wenn er auch nur eine einzige Wohnung von innen gesehen hat, dann weiß er allerdings, dass er von diesem Haus nichts Gutes erwarten kann. In keinem Winkel.«

»Darf ich vielleicht den Keller sehen?«

Sie schüttelte den Kopf.

»Geht nicht. Ich habe schon nach Ihrem letzten Besuch alles nach dem Schlüssel abgesucht. Er ist weg, aber das ist letztlich auch egal. Es ist ohnehin ein neues Schloss an der Tür. War bei ihrem letzten Besuch wohl auch schon dran. Ich wusste es bloß nicht, weil wir den Keller eigentlich nie brauchen. Das Gerümpel darin verrottet nur. Es gehörte in den früheren Gesellschaftsraum.«

»Ein neues Schloss«, wiederholte er nachdenklich.

»Ist jetzt ein richtiger Tresor«, fuhr sie fort. »Es ist ohnehin die einzige Stahltür im Keller. Wohl noch vom Krieg. Da haben sie sich vor den Bomben drin versteckt. Und wegen der befürchteten Staubwolken und Druckwellen gab's eine Stahltür. Das Schloss wurde später ausgebaut und ein Riegel auf die Tür geschweißt, durch den das Vorhängeschloss in den Maueranker greift. Aber es ist ein neues Schloss dran. Ein richtig gutes teures Schloss. Und ein neuer Anker im Mauerwerk. Von außen kriegt man den nicht ab.«

»Aber es ist doch trotzdem ein Raum, der zur Wirtschaft gehört«, entgegnete er.

»Es ist eigentlich ein Hausmeisterraum. Und da es hier schon lange keinen Hausmeister mehr gibt, durften wir den Raum einfach mitbenutzen. Wenn es sich jetzt erübrigt, für die alten Klamotten den Sperrmüll holen zu müssen, ist es umso besser. Den Schlüssel hat mit aller Sicherheit der Neue.«

Knobel nickte. »Sie meinen Weinstein.«

Der Keller blieb geheimnisvoll.

13

Lisa redete unerwartet über das Geld. Sie sagte, dass ihr Vater nunmehr Miete verlangen wolle und sie sich im Verhältnis ihrer Einkommen die Kosten teilen sollten. Es war das erste Mal, dass sie über Geld sprachen.

Fröstelnd wappnete er sich, ohne zu wissen, gegen wen er sich aus welchem Grunde zu verteidigen hatte.

Lisa mochte oder wollte seine Frage nach der Höhe der Miete nicht beantworten. Zunächst solle es allein um die Frage des Verhältnisses gehen, in welchem sie an ihren Vater zahlen würden.

Er wandte ein, dass Lisa sein Gehalt kenne, doch sie ließ ihn die Zahl wiederholen. Er erfuhr, dass sie im Durchschnitt mehr nach Hause brachte. Sie setzte die Zahlen zueinander ins Verhältnis und rechnete. Sie kam zu 1:1,3 zu ihrem Nachteil. Die Zahlen verletzten ihn, nicht wegen des Umstands, dass Lisa mehr verdiente. Ihm war klar, dass sie in der väterlichen Kanzlei einen Bonus genoss, an »Geld gewordener Vaterliebe« verdiente oder sich schlicht ihr Geld hart erarbeitet hatte. All das mochte und durfte so sein, aber er litt unter den ins Verhältnis gesetzten Anteilen und rang mit ihr darum, sich die Miete hälftig zu teilen, aber Lisa blieb bei ihrer Meinung.

»Wir zahlen jeder nach Quote«, schloss sie.

Ihre anwaltliche Geschäftigkeit machte ihn erst zynisch. Dann versuchte er, sich ihr im Scherz zu nähern und wollte den Vertrag mit einem Glas Sekt beurkunden, aber sie wollte keinen Sekt. Seine Gedanken durchstreiften den sich neigenden Tag, irrten durch die Kanzlei, schweiften ins *La dolce vita*, dann zu Rosenboom, weiter zu Dr. Hübenthal und schließlich zurück in seine, ihre, ihres Vaters Wohnung in der Dahmsfeldstraße, gierten nach Szenen und Ideen, nach erzählenswerten Belanglosigkeiten, die aus dem Tal hätten herausführen können, suchten die rettende Kulisse der Normalität. Schließlich berichtete er von dem verschwundenen Schlüssel, und Lisa riet ihm, gemeinsam mit Herrn Weinstein in den Keller zu gehen. Sie ermahnte ihn, dabei nicht den gegnerischen Anwalt zu übergehen. Lisa ließ sich von ihm lenken, diskutierte seinen Fall unter der Prämisse, dass Weinstein seine Behauptungen beweisen und unter der Prämisse, dass er sie nicht beweisen könne.

Sie hatte noch nicht alle Fakten beleuchtet, nicht alle prozessualen Chancen und Risiken gegeneinander abgewogen, sie hatte noch nicht alle Fragen, deren zugehörige Antworten sie für ihre abschließende Beurteilung benötigt hätte, gestellt, als er plötzlich nicht mehr zu ihr fand.

Es war ein Zufallsbefund. Er hatte nicht gesucht und nicht vermisst. Er hatte den Verlust nebenbei bemerkt, zunächst in einer der Gewissheit nahen Erwartung, dass sich alles wieder finden werde, bis er nichts fand. Der Abend lag bleiern auf seiner Suche, während er mit ihr redete und insgeheim in Bildern blätterte. Seine Lieblosigkeit entsetzte und beschämte ihn. Er hörte ihr aufmerksam zu und dankte für ihr Zuhören. Ihm war, als benutze er sie. Reuig fühlte er sich in sie ein und liebkoste sie mit seinem frühen Bild von ihr. Andenkengleich ruhte es behütet in ihm, in hellen Farben die Leichtigkeit ihres Zusammenkommens beleuchtend, und er widmete diesem Bild seine schuldig bleibende Liebe, während er rastlos sein Gehirn quälte, damit es die Gründe des Verlusts preisgebe.

Doch er fand keine Gründe. Schuldbeladen wurde er fürsorglicher. Der Wunsch seiner Frau war ihm Befehl. Er verwöhnte sie gegen seine bohrenden Fragen. Gemeinsam tranken sie am Abend des heimlichen Verlustes eine Flasche Wein. Alles, was er sagte, jede noch so belanglose Bemerkung, verlangte nach Zutritt zu einer sich entfernenden Welt. Die zarte Erinnerung wucherte zu einer potemkinschen Kulisse, zu deren trister Rückseite hin er sich gestoßen fühlte. Es gab keine Briefe von ihr, die er zunächst verliebt überflogen und dann gierig ein zweites und ein drittes Mal gelesen hätte, um sich ihretwegen bei lauter Musik mit Sekt zu betrinken und dem Impuls zu ergeben, sie allen zu zeigen, nachdem er in stolzer Heimlichkeit sie glückselig unter seinem Kopfkissen versteckt hatte.

Es gab auch nicht solche Briefe von ihm.

Im Herbst des vorletzten Jahres, etwa drei Monate vor ihrer Heirat, war er mit Lisa für einige Tage nach Brügge gefahren. Nahe der Altstadt fanden sie im Hotel *Montovani* Quartier und nahmen von dort zu Fuß ihren Weg über die Hoefijzerlaan, verließen die belebte Hauptstraße am 't Zand und tauchten über die Noordzandstraat zwischen den alten Handelshäusern in das Stadtzentrum ein, besichtigten die Liebfrauenkirche, das Groeningemuseum, das Rathaus und den Beginenhof, die Basilika vom heiligen Blut und das Gruuthusemuseum und kreuzten mit einem kleinen Boot durch die Altstadtkanäle. Doch am Ende fanden sie immer wieder zum Marktplatz zurück. Dort verweilten sie in den noch geöffneten Straßenrestaurants, die vom mächtigen Hallenturm und dem neogotischen Verwaltungsgebäude der Provinzregierung sowie den Zunfthäusern umsäumt waren. Sie lauschten dem Echo der Pferdehufe, das von den Kutschpferden auf den widerhallenden Pflastersteinen kam, die ihre Rundfahrten hier begannen und beendeten. Morgens beim Kaffee und mittags bei einem Salat saßen sie hier und kehrten am späten Nachmittag nochmals auf den Platz zurück, nachdem sie sich im *Montovani* schnell mit wärmerer Kleidung versorgt hatten. Dann ließen sie im stillen Genuss die Nacht über den Platz einbrechen, verfolgten, wie den Kutschen rot leuchtende Schlusslampen aufgesetzt und die Pferde noch immer zu neuen Fahrten angetrieben wurden. Es waren Stunden wohliger Gemeinsamkeit, die sie schweigend hier verbrachten.

Am Samstagabend, als die letzten Sonnenstrahlen den Platz verlassen hatten, die Pflastersteine noch die Reste der gespeicherten Wärme abgaben, die sie im herbstlich milchigen Sonnenlicht des Tages aufnehmen konnten, mild die kühle Abendluft einzog, der Atem der keuchenden Pferde dampfte und der Hallenturm in das goldgelbe Licht unsichtbar montierter Scheinwerfer getaucht und der Platz noch lebendiger als tagsüber und dennoch viel geborgener war, hatten sie sich verlobt. Er hatte die leisen Worte gewagt, sie bebend fast verschluckt, bevor er bangend wieder auf den Platz sah, auf dem erwachsen werdende Jungen ihre Motorräder aufheulen ließen. Lisa hatte sich verlegen durchs Haar gestrichen, gezaudert, dann seine Hand genommen und fest gedrückt, bis sich das Motorengeheul in den abgehenden Gassen verloren und der Platz seine geschäftige Geborgenheit zurückerobert hatte. Ihr ›Ja‹ war leise und doch fest. Sie waren an einem Ziel angekommen.

Der Moment brannte sich in ihm ein. Er gehörte zum Album seines Glücks.

14

Der Prozesstermin in der Sache Weinstein gegen Rosenboom fand Mitte August statt. Knobel hatte seinen Mandanten bereits vor dem Dortmunder Landgericht getroffen. Gemeinsam strebten sie durch die Säulenhalle über eine breite steinerne Treppe in die erste Etage, von dort in den Altbau mit seinen Kassettendecken über hohen widerhallenden Fluren und weiter in den Anbau. Hastig erklärte er Rosenboom nochmals seinen letzten Schriftsatz, prognostizierte, dass das Gericht aller Wahrscheinlichkeit nach nicht ohne Beweisaufnahme den Rechtsstreit entscheiden könne, weil geklärt werden müsse, ob die Kellerfeuchtigkeit, wie von Rosenboom behauptet, sich tatsächlich erst nach dem seinerzeitigen Erwerb des Hauses gebildet haben könnte. Dann nämlich sei es um so nachvollziehbarer, dass Rosenboom diesem Kellerraum selbst keine besondere Beachtung geschenkt und jedenfalls von einem arglistigen Verschweigen keine Rede sein könne.

Tassilo Rosenboom lief schweigend neben ihm her und nickte, wenn Knobel kurz einhielt und mit fragendem Blick prüfte, ob Rosenboom das prozessuale Vorgehen verstanden hatte.

Knobel resümierte, dass das Gericht der Klage der Gegenseite jedenfalls nicht ohne weiteres stattgeben könne, weil es die vom Kläger behauptete Arglist Rosenbooms nicht ohne weitere Prüfung als wahr unterstellen dürfe.

Rosenboom bestätigte, dass er verstanden habe, was das Gericht alles nicht ohne weiteres tun dürfe, während Knobel eine Glastür zum nächsten Flur aufstieß und seine Ausführungen mit dem Bemerken schloss, dass man abwarten müsse, was das Gericht meine.

Knobel ließ bei der Prognose über den Ausgang von Prozessen Vorsicht walten. Die Vorfreude des Mandanten auf einen für sicher gehaltenen Sieg schlug in herbe vorwurfsvolle Enttäuschung um, wenn sich das prophezeite Ergebnis nicht einstellen wollte. Knobels Vorhersagen blieben vage, und er versetzte sie mit weiteren Unwägbarkeiten, an die der gerechtigkeitsgläubige Mandant noch gar nicht gedacht hatte. Knobel sprach von der Misslichkeit wechselnder Kammerbesetzungen, der mangelnden Aktenkunde des Gerichts, der den Vorsitzenden belastenden eigenen Scheidung und der verdrießlich stimmenden Arbeitsüberlastung des Gerichts, die zur Oberflächlichkeit verleite. Der Mandant, der eben noch hoffte, dass sein Fall als der mutmaßlich wichtigste des ganzen Sitzungstages in allen Einzelheiten gewürdigt, in seiner Historie aufgearbeitet und keine vom Gegner beigebrachte Schmach ungesühnt bleiben werde, argwöhnte nun, einer unberechenbaren Macht ausgeliefert zu sein und klammerte sich noch fester an seinen Anwalt. Knobel hatte sich, Löffkes Beispiel folgend, angewöhnt, den Mandanten vor Sitzungsbeginn durch dieses Fegefeuer zu schicken. Der verlorene Prozess traf dann nicht mehr unvorbereitet, und der gewonnene Prozess ließ die eigene Leistung umso leuchtender hervortreten.

Doch bei Rosenboom war diese Prozedur verfehlt. Rosenboom duldete keine Phrasen, er forderte mit unaufdringlicher Autorität eine verständige Würdigung der Erfolgschancen. Mehr als beim ersten Rosenboom-Prozess, als Knobel aus dem Schatten hervorgetreten und trotz aller Nervosität den Sieg fast spielend eingefahren und seinem eigenen Aufstieg den Weg geebnet hatte, fühlte er nun die Last seiner persönlichen Verpflichtung, das Verdienst der ihm gewährten Privilegien stets erneut zu rechtfertigen. Zunehmend begann ihn die Verantwortung für die Fülle der umsatzträchtigen Rosenboom-Firmenmandate zu drücken, schließlich hing deren Fortführung durch die Kanzlei Dr. Hübenthal ganz wesentlich von der Qualität seiner Arbeit in den persönlichen Rosenboom-Fällen ab.

Franz Weinstein war nicht zum Prozess erschienen. Ein smarter Anwalt um die fünfzig vertrat ihn. Vorn saßen dieselben Richter wie beim ersten Prozess.

Der Vorsitzende fragte höflich, ob beide Anwälte überhaupt noch zur Sache verhandeln wollten.

Knobel wurde unruhig. Die Frage legte nahe, dass das Gericht das Verhandeln für überflüssig hielt. Sie ließ unheilvoll erahnen, dass eine Partei in der bisherigen Prozessführung etwas so grundlegend falsch gemacht hatte, dass es für diese Partei geboten schien, sich ohne Verhandlung zur Sache der Gegenseite zu unterwerfen. Knobel suchte in der Mimik des Vorsitzenden vergeblich nach beratender Hilfe, doch dessen Gesicht blieb ausdruckslos.

Der Klägeranwalt bejahte die Frage des Vorsitzenden.

Knobel schloss sich unsicher an.

Der Vorsitzende gab die Anträge zu Protokoll und lehnte sich zurück.

Knobels Blick wechselte auf den linken Beisitzenden und erwartete dessen referierende Einführung in den Sach- und Streitstand. Doch der Beisitzer schwieg.

»Der Klägeranwalt hat mir gestern telefonisch mitgeteilt, dass sich die Parteien heute einigen werden«, fuhr der Vorsitzende fort. »Können wir schon eine Einigung zu Protokoll nehmen? Ich nehme an, man hat im Vorfeld der heutigen Sitzung zumindest die grobe Linie abgesteckt.«

Die Stimme des Vorsitzenden war weich, klang ermutigend und wohlwollend. Die Aussicht auf eine Einigung der streitenden Parteien stimmte wohlgesinnt, verhieß eine Erledigungsziffer und befreite vom Zwang, den Rechtsstreit entscheiden zu müssen.

Der linke Beisitzer blickte noch freundlicher. Ihm würde die Einigung ersparen, in dieser Sache das Urteil schreiben zu müssen. Die Blicke des linken Beisitzers wechselten hoffnungsvoll zwischen Kläger- und Beklagtenanwalt.

Der Klägeranwalt verschränkte seine Arme und gab sich wichtig.

»Ich denke, der Herr Beklagte wird eine Erklärung abgeben. Oder vielmehr: Der Herr Kollege wird für den Herrn Beklagten eine Erklärung abgeben.«

Knobel stieß Rosenboom raunend in die Seite.

»Welche Erklärung?«

Rosenboom schnaufte, richtete sich auf und überging Knobels flehentliche Bitte um vertrauliche Information. Laut und deutlich sagte er in den Saal:

»Ich möchte mich bei Herrn Weinstein in aller Form entschuldigen. Ich werde alles zahlen.«

Knobel verlangte eilig nach einer Sitzungsunterbrechung und zog Rosenboom mit rotem Kopf aus dem Saal. Draußen rang er nach Luft, aber Rosenboom kam seinen Fragen zuvor.

»Lassen Sie es gut sein, mein Junge.«

Knobel bohrte nach und begann Chancen und Risiken aufzuzählen, die eine Fortführung des Prozesses mit sich brachte. Eindringlich machte er klar, dass noch nichts verloren sei. Er erging sich in juristischen Details, aber Rosenboom unterbrach ihn unwirsch.

»Sie sind mein Anwalt, und ich weise Sie jetzt an, die Klage anzuerkennen. Nicht wahr, so heißt es doch?«

Knobel unterließ die Frage, warum man sich nicht besser gleich der Klage der Gegenseite unterworfen habe, statt mit umständlichen Recherchen die Zeit zu vergeuden.

Wütend eilte er wieder in den Saal und formulierte, während er sich setzte, das schmachvolle Anerkenntnis wie beiläufig.

Der Vorsitzende gab seine Worte zu Protokoll, und die mädchenhafte Stimme der Protokollführerin wiederholte sie wortgetreu:

»Der Beklagte erklärte: Ich erkenne die Klage an.«

Der Vorsitzende nickte zufrieden, und der linke Beisitzer dankte mit entspanntem Gesicht.

Der Weg zurück über die Flure und Treppen wollte nicht enden. Es gab keine gerichtliche Entscheidung, über die man sich hätte freuen oder ärgern, und keinen Gegner, über dessen ungebührliches Verhalten man sich hätte ereifern können. Es gab nichts zu bilanzieren als ein unbegreifliches Anerkenntnis, eine vielleicht in der Gerichtskantine erzählenswerte heitere Episode über eine mit wortgewaltigen Schriftsätzen des Herrn Rechtsanwalts Knobel geführten Verteidigung, die mit einer demutsvollen Unterwerfung des Mandanten Rosenboom im Nichts verpuffte.

Knobel fühlte sich der Lächerlichkeit preisgegeben.

Rosenboom dankte ihm, als sie sich vor dem Gerichtsgebäude trennten.

Knobel erwiderte knapp, dass es nichts zu danken gebe.

15

Am nächsten Morgen rief ihn Dr. Hübenthal in sein Büro.

Der Senior nahm eine Zigarre aus einer Mahagonischatulle und beroch sie genussvoll, bevor er sie anzündete.

Knobel harrte gespannt aus.

»Wie lange sind Sie jetzt bei uns?«

Dr. Hübenthal schmauchte ungerührt weiter und ließ den schweren grauen Qualm unerbittlich in das Zimmer wolken.

»Fast acht Monate.«

»Das ist nicht viel.«

Das Gesicht des Seniors verzog sich zu einem Schmunzeln.

»Jedenfalls nicht für das, was wir mit Ihnen vorhaben.«

Knobel blieb still.

»Wir sind sehr zufrieden mit Ihnen«, erklärte Dr. Hübenthal, offen lassend, wen das ›*Wir*‹ umfasste und worauf sich die Zufriedenheit genau bezog.

Knobel zuckte unsicher mit der Schulter. Er empfand seine Leistungen als durchschnittlich. Er blickte auf gewonnene und verlorene Prozesse zurück, unter letzteren auch einige, deren Niederlage vermeidbar gewesen wäre. Es waren jene Prozesse, deren Ausgang er gegenüber dem Mandanten mit Beschimpfungen über die Unfähigkeit des Gerichts kommentierte und zugleich davon abriet, gegen das Urteil Berufung einzulegen.

Er hatte gelernt, die vermeidbaren Niederlagen ohne Erröten darzustellen. Ein wesentlicher Posten auf der Habenseite seiner kurzen Bilanz.

»Wir wollen Sie zum Sozius machen«, schloss Dr. Hübenthal. »Es hat natürlich auch damit zu tun, dass Sie in unserer Mandantschaft einen ganz großen Freund haben.«

»Herr Rosenboom?«

Der Senior nickte und wurde leutselig.

»Situationen wie gestern müssen Sie einfach übergehen. Ich soll Ihnen das von Tassilo sagen. Es tut ihm leid, wenn er Sie gestern in eine etwas peinliche Lage gebracht haben sollte. Er wünscht sich weiterhin eine sehr enge Zusammenarbeit mit Ihnen.«

Der schwellende Stolz über die bevorstehende Soziierung hatte Knobel den gestrigen Tag schon vergessen lassen, und so unterließ er es, die Fragen zu stellen, die ihn gestern noch beschäftigten.

Der Senior erhob sich, und Knobel tat es ihm gleich.

»Dann darf ich Sie als Sozius in unserer Kanzlei begrüßen!«

Sie gaben einander fest die Hand.

Knobel konnte noch immer keine spontanen Reden halten. Seine Worte blieben hölzern, aber sie waren ehrlich und von spürbarer Rührung getragen, als er für das entgegengebrachte Vertrauen dankte und versicherte, dass er keinen Tag in der Kanzlei bereut habe.

Dann lösten sich ihre Hände voneinander.

Knobel war versucht, noch weiterzureden. Die Soziierung war erarbeitet, sie war von ihm gewollt, auch wenn er ihre Bedeutung anfangs nicht erkannte, und jetzt, wo sie Wirklichkeit geworden war, erschien sie wie eine Weihe, die trotz allen Strebens zum jetzigen Zeitpunkt noch unverdient war.

Dr. Hübenthal forderte ihn auf, die weiteren Details jetzt mit Dr. Reitinger zu besprechen, weil er mit Löffke zu einer wichtigen Konferenz fahren müsse. Seine Worte beschrieben zugleich das Stellvertreterprinzip, wonach alle Macht von Dr. Hübenthal ausging und in der Reihenfolge der Soziierung von den nachgeordneten Sozien stellvertretend ausgeübt wurde. In dieser Reihenfolge war er nunmehr die Nummer fünf, sich anschließend an Dr. Hübenthal, Löffke, Dr. Reitinger und Frau Meyer-Söhnkes. Es stand also nicht zu befürchten, dass er führen müsste.

16

Dr. Reitinger war ihm stets fremd geblieben. Anfangs tauschte Knobel mit ihm Floskeln aus, die ein Gespräch entzünden sollten, aber es gab nichts, was sie gemeinsam oder aneinander interessierte. So blieb es dabei, dass jeder von ihnen sich bei Gelegenheit höflich nach dem aktuellen Fall des anderen erkundigte, stillschweigend darin einig, sich vertiefender Nachfragen zu enthalten.

Dr. Reitinger empfing ihn in 102 hinter seinem mit Akten überhäuften Schreibtisch, an dessen vorderer Kante sich ein kleiner Platz behauptete, auf dem sich Diktiergerät, Stifte, Vermerkzettel und ein Aschenbecher drängten.

Knobel bemerkte, dass rechts und links neben Dr. Reitingers Platz weitere Akten auf dem Boden lagen.

»Es freut mich außerordentlich, Sie im Kreise der Sozien begrüßen zu dürfen.«

Knobel dankte und suchte nach weiteren Worten, aber es fielen ihm keine ein. Umständlich sammelte Dr. Reitinger die Akten vom Boden auf und stapelte sie auf Diktiergerät, Stifte, Vermerkzettel und den Aschenbecher, bevor er sich wieder setzte.

»Ich hoffe, Sie begreifen die Soziierung nicht als eine Art des Einkaufens. Es ist eine Auszeichnung, zu uns zu gehören.«

»Zweifellos«, versicherte Knobel.

Dr. Reitinger bedeutete ihm, sich einen Stuhl zu nehmen und sich neben ihn zu setzen.

»Als Partner haben Sie natürlich Einblick in unsere Buchhaltung.«

Dr. Reitinger widmete sich der Tastatur seines seitlich stehenden Computers.

Knobel verfolgte die Ausführung der rasch aufeinander folgenden Bedienbefehle auf dem Bildschirm.

»Schauen Sie hier ...!«

Dr. Reitingers Finger huschten flink über die Tastatur. Auf dem Bildschirm baute sich eine Tabelle mit den Namen aller Anwälte und den jeweiligen Umsatzerlösen auf.

»Hier sehen Sie alles im Jahresüberblick.«

Er strich mit dem Zeigefinger auf dem Bildschirm über seinen eigenen Namen.

»Sehen Sie: 256.083,17. Bis jetzt. Was sagen Sie?«

Knobel wusste die Zahl nicht zu werten. Er blickte auf die Namen der anderen Anwälte und die ihnen zugeordneten Umsatzzahlen. Der Senior führte mit über 730.000. Dann folgte Löffke mit 380.000, Frau Meyer-Söhnkes stand kurz vor 180.000. Einige der angestellten Anwälte wiesen ebenso hohe, teilweise sogar noch höhere Zahlen auf. Er selbst fand sich bei 112.000.

»Beeindruckend«, sagte Knobel.

»Frau Meyer-Söhnkes ist jetzt fast 80.000 hinter mir. Letztes Jahr um diese Zeit lagen wir nur 30.000 auseinander.«

Dr. Reitinger seufzte zufrieden.

»Es wird schwer werden für die Gute. Sie hat ihre dicksten Mandate schon abgerechnet.«

»Haben Sie viele Außenstände?« Knobel gab sich interessiert.

»In zwei ganz großen Sachen sind die Rechnungen noch nicht raus. In der Summe um die 40.000. Zusammen mit den normalen Mandaten erreiche ich bis zum Jahresende bestimmt 320.000 bis 340.000. Gegenüber dem Vorjahr eine Steigerung um bis zu acht Prozent. Was sagen Sie?«

Knobel wollte ihn beglückwünschen, aber Dr. Reitinger redete sofort weiter.

»Ihre Zahlen werden natürlich höher werden«, sagte er, wobei er mit dem Zeigefingerknöchel auf die 112.324,60 auf dem Bildschirm klopfte. »Sie wird höher werden müssen«, korrigierte er. »Bei den unteren Zahlen ist es noch recht einfach, sich zu steigern. Erst wenn Sie sich in höheren Umsatzregionen befinden, wird es schwieriger. Dann beginnt man auszureizen.«

Knobel wurde bewusst, dass er sich dem Wettbewerb in der Kanzlei nun stellen musste, in den er zwar von Anfang an eingebunden war, ohne jedoch auf sein eigentliches Räderwerk schauen zu können, weshalb er bis jetzt von ihm auch unbelastet geblieben war. Nun fühlte er sich auf einmal unvermittelt in die Pflicht genommen, von nüchterner Fallbearbeitung hinweggezerrt zu einem Buhlen um geldträchtige Mandate und gewinnbringende Streitwerte.

Dr. Reitinger sprang durch Tabellen und Auswertungen, die der Computer bereitwillig preisgab. Er jonglierte mit Zahlen und Stichworten, dokumentierte wirtschaftliche Zusammenhänge, die er virtuos mit der Tastatur abrief und die Knobel eher stumm als neugierig machten. Er scheute vor Dr. Reitingers Rekapitulation in Fleisch und Blut übergegangener wirtschaftlicher Grundmaximen zurück und wehrte sich hoffend und entschuldigend, dass er dies alles mit der Zeit lernen müsse. Er bejahte und verneinte Dr. Reitingers rhetorische Fragen, reproduzierte willenlos ihres Zusammenhangs beraubte Zahlenwerke und ersehnte sinnlos plappernd ein Ende des furchtbaren Gesprächs.

Dr. Reitinger fasste zusammen:

»Jetzt sind Sie also Unternehmer!«

Er wechselte zur Umsatzstatistik zurück. Auf dem Bildschirm baute sich die Ausgangstabelle erneut auf.

»112.324,60. Das ist ein Anfang.«

Knobel bejahte matt.

»Wie viele Mandantenbesprechungen haben Sie durchschnittlich an einem Tag?« wollte Dr. Reitinger wissen.

»Mal zwei, mal vier, mal keines. Es ist unterschiedlich.«

Dr. Reitinger entließ ihn nicht.

»Wie viele Besprechungen entfallen auf Neumandate, wie viele auf Folgebesprechungen in bereits laufenden Sachen?«

Knobel wusste es nicht. Er peitschte seine Erinnerung durch die letzten Wochen und zuckte hilflos mit den Schultern.

Dr. Reitinger wechselte das Programm. Auf dem Bildschirm erschien eine fallende Kurve.

»Die Linie zeigt die durchschnittliche Anzahl meiner Besprechungen mit dem Mandanten bezogen auf die Dauer des Mandats«, erläuterte er. »Wie Sie sehen, bin ich effektiver geworden. – Vergleichen Sie das mal mit Kollegin Meyer-Söhnkes!«

Knobel hob ratlos die Schultern, ohne zu vergleichen.

»Sie werden im Laufe der Jahre all diese Überlegungen selbst anstellen.«

Dr. Reitingers Worte klangen gönnerhaft, beruhigend und nahmen ihn zugleich in die Pflicht.

Knobel verspürte erstmals seine Pflicht, Mandate gewinnbringend zu verwerten. Er überschlug in Gedanken die zu erwartenden Erträge seiner laufenden Prozesse und konzentrierte sich schließlich auf Tassilo Rosenboom. Ihm wurde bewusst, wie groß die Bedeutung dieses einen

Mandanten für seinen Stand in der Kanzlei war. Es lag auf der Hand, dass er Rosenboom die Soziierung zu verdanken hatte, und dennoch verspürte er erstmals das Bedürfnis, dass gerade die von ihm betreuten Rosenboom-Mandate noch nachhaltiger seine Umsatzstatistik beeinflussen müssten. Niemals zuvor hatte er den Zeitaufwand, den er für seinen wichtigsten Mandanten trieb, zu dem Ertrag dieser Mandate ins Verhältnis gesetzt. Die plötzliche Gier relativierte sich bei dem Gedanken, dass Geld für Rosenboom offensichtlich keine Rolle spielte, so lange er nur gut bedient wurde. Die Idee, die zahlreichen geschäftlichen Gespräche, die er mit Rosenboom außerhalb der Kanzlei führte, auf Basis eines Stundenhonorars abzurechnen, verwarf er als undankbar und unangemessen, aber sie war gedacht und schnell im Groben gerechnet.

Sein bislang lediglich zur Koordination der Besprechungs- und Gerichtstermine genutzter Computer verlor mit einem Mal seine Unschuld als publikumswirksames Requisit, das sich mit dem Ensemble der von ihm arrangierten Bücher zu einer wirkungsvollen Kulisse vereinigte. Nun geriet der Computer zum unerbittlichen Dokumentationsinstrument täglich neu zu überprüfender Umsatzübersichten, des scheu erduldeten Datenabgleichs, pendelnd zwischen der bangen Erwartung, dass die Statistik der anderen durch Buchung beachtlicher Geldeingänge uneinholbare Sprünge nach vorn gemacht haben könnte und der stillen Hoffnung, dass die Fortschreibung der eigenen Zahlen die nachstehenden Kollegen zurückgeworfen haben möge.

17

Lisas Vater überraschte mit teurem Champagner. Er wartete im schwarzen Dreiteiler mit einer Lobesrede auf seinen Schwiegersohn auf, hob bewegt sein Glas und stieß auf das Paar an, bevor er weiterredete. Seine Worte bemühten das Glück ihrer Ehe und fanden ihren Anlass in Knobels Soziierung. Die Ansprache wechselte zwischen der Soziierung und der Ehe hin und her, aber sie war nicht der Versuch, das eine mit dem anderen zu verbinden.

Knobel verstand, dass ihr Vater nur eine Gelegenheit gesucht hatte, gegen ein Fremdeln anzureden, das zwischen ihm und Lisa wie ein Tumor wucherte.

Ihr Vater umarmte ihn nach seiner Rede, was er nicht einmal bei ihrer Hochzeit getan hatte.

Knobel stand dicht neben Lisa, wie es in diesem Augenblick sein musste, als ihr Vater den Werdegang seines Schwiegersohns skizzierte, seine Zeit bis zum Eintritt in Lisas Leben streifte und sich dann ausschweifend und farbig der Gegenwart, der Zeit des Aufstiegs, widmete.

Lisa sagte beschämt: »Lass nur, Vater«, doch er fuhr mit fester lauter Stimme fort, das begonnene Bild auszumalen. Es war ein Gemälde sich fügender glücklicher Umstände, und Lisa stand im Zentrum dieses Bildes.

Als sie erneut das Glas erhoben, nahm Knobel seine Frau in die Arme, drückte sie an sich und stellte fest, dass er nichts an ihr auszusetzen hatte.

Lisas Vater lud in ein nobles Restaurant ein, und er moderierte dort gelöst weiter. Keines seiner Worte ließ das

Besondere dieses Tages vergessen. Spät am Abend erlebte er sich plaudernd selbst nach, schmeckte noch mal das lang zurückliegende ehrgeizig betriebene eigene Studium, sein entbehrungsreiches, zur harten Lebensschule erhobenes Streben, die fast ertraglosen Anfängerjahre im Beruf. Jahre des Anbiederns und folgsamen Abarbeitens, immer das Ziel der Selbständigkeit vor Augen, der Sprung ins kalte Wasser, ein verwaistes Ladenlokal in Dortmund-Huckarde als erste eigene Kanzlei, alte Vorhänge als Sichtschutz zur Straße, die Schreibmaschine aus Studentenzeiten als erstes Schreibgerät im Büro. Pergamentpapier als Durchschreibbogen, ausrangierte fremde Aktendeckel mit eigenem Stempel bedruckt. Seine erste Schreibkraft, Marga, eine schwedische Studentin, zur Aushilfe tätig, dann schwanger werdend. Jetzt kam es nebenbei heraus, in der vom Alkohol schnell gewordenen Sprache des Vaters fast verschluckt, aber Knobel stach es kraftvoll ins Bewusstsein: Marga war Lisas Mutter. Lisa kam auf die Welt, ein Tag und Nacht schreiendes und keuchendes Kind. Die Mutter liebte und schüttelte ihr Kind, verzweifelte in durchwachten Nächten, wurde hysterisch und still, floh vor dem Kind, kam zurück und riss wieder aus. Die Ärzte stellten eine paranoid-halluzinatorische Psychose fest. Sie nahmen sie in die geschlossene Akutstation auf, verlegten sie bald in die offene Station und mussten sie wieder in die geschlossene nehmen. Es ging rauf und runter, zuletzt nur nieder. Marga verschwand über Nacht und kehrte nach Schweden zurück. Lisas Eltern trennten sich endgültig. Die Mutter ließ dem Vater das Kind. Er umsorgte und pflegte sein Herz, sein Gold, nahm es mit in die Kanzlei. Seine Erinnerung streifte das Puppenhaus neben seinem Schreibtisch, das Versteckspiel in der abendlichen Dämmerung, Lisa dabei in die väterliche schwarze Robe gehüllt, ein heulendes Gespenst. Lisa hatte ihn nach ganz oben begleitet, die sachlich nüchtern und überlegen gewonnenen Prozesse bewundert und die Mundpropaganda verfolgt, die ihm immer mehr Mandanten zutrieb. Knobel griff unter dem Tisch an Lisas Oberschenkel und streichelte sie. Er wagte nicht, sie anzusehen. Ihr standen Tränen in den Augen. Er wusste es.

18

Anfang September hatte Knobel mit lukrativen Firmenmandaten seinen Umsatz auf über 193.000 steigern und damit Frau Meyer-Söhnkes überrunden können. Mit der wachsenden Routine wuchs sein Selbstbewusstsein. Es erlaubte ihm, sich immer weiter aus dem Versteck hervorzuwagen, in das er sich anfangs schutzsuchend und lauernd verkrochen hatte. Er bestand die täglichen Gänge ins *Dubrovnik* mit leichter Plauderei, verstand es, über die faden Witze seiner Kollegen wie auf Zuruf herzhaft zu lachen und machte rundum eine gute Figur. Es gelang ihm, Unterhaltungen zu lenken und ohne Scheu Diskussionen über Medizin und Architektur, Politik und Geologie zu entfachen. Wenn er seine erfolgreich beendeten Prozesse schilderte, illustrierte er grob und pointiert. Er hatte sich an Löffkes hämmernden Berichten ein Beispiel genommen, denen er oft nicht zu folgen wusste, weil sie zu einem wirren Geflecht verwuchsen und bereits aus diesem Grunde den am Ende stehenden klaren Erfolg umso deutlicher hervortreten ließen.

Anfang September also hatte er sich etabliert und fühlte sich auch etabliert, als der Senior ihm lächelnd eröffnete, dass draußen eine Überraschung auf ihn warte.

Eilfertig lief Knobel die Treppe hinunter. Seine wiederholte Frage an den Senior (»Was ist denn?«) klang höflich geduldig und zugleich vorausahnend freudig erregt.

Als sie die Kanzlei verlassen, den kurzen, heckengesäumten Weg zur Prinz-Friedrich-Karl-Straße durch das schmiedeeiserne Tor hinter sich gelassen hatten, stand am Straßenrand ein nagelneuer schwarzer Mercedes.

Dr. Hübenthal präsentierte das Auto mit leichter Verbeugung, und Knobel rief, ungläubig das glitzernde Gefährt bestaunend, überwältigt ein »Oh!« aus.

Erst jetzt nahm er Löffke wahr, der gemeinsam mit Rosenboom seitlich auf dem Gehsteig stand. Knobels Blicke wanderten irritiert zwischen dem Auto und seinem Mandanten hin und her. Er betrachtete die getönten Scheiben, die das elegante Aussehen noch steigerten, strich mit der Handfläche sanft über den Lack, erkundete das eine und das andere Detail, ohne dass er alles in sich aufnehmen konnte.

»Nun?«

Löffke war vorgetreten und wartete auf Worte, die Knobels Überwältigung Rechnung trugen, aber Knobel staunte bloß regungslos.

Schließlich glitt er auf den Fahrersitz. Alles im Auto roch neu. Er umgriff das Lenkrad, als würde er das Auto fahren. Dann zog er die Tür zu und war allein in dieser neuen Welt, bis Rosenboom sich zu ihm ins Auto setzte und ihm die Schlüssel reichte.

»Kommen Sie, wir fahren eine Runde.«

Gehorsam startete Knobel den Wagen und konzentrierte sich auf das ungewohnte Auto. Er umklammerte das Lenkrad und folgte Rosenbooms knappen Anweisungen.

Langsam rollten sie über die Prinz-Friedrich-Karl-Straße westwärts, bogen dann rechts in den Heiligen Weg ein, fuhren am *Dubrovnik* vorbei und gelangten schließlich auf den Schwanenwall.

Es lag auf der Hand, dass er Rosenboom das Auto zu verdanken hatte, aber Knobel unterließ es, nach dem Grund für diese großzügige Zuwendung zu fragen. Flüchtig dachte er an den Stand seiner Umsatzzahlen und überschlug die Summe der noch ausstehenden Mandantenzahlungen. Seit seiner Soziierung hatten seine früher an Floskeln entlang hangelnden Gespräche mit Dr. Reitinger einen handfesten Inhalt bekommen. Nunmehr glichen sie ihre Zahlen ab, und Knobel war der Versuchung erlegen, nicht nur die laufenden Akten schnell abzurechnen, sondern auch die bereits abgelegten Vorgänge danach zu untersuchen, ob nicht noch Gebühren nacherhoben werden konnten. Knobel jagte jetzt Mandate.

Sie waren im Stadtzentrum angelangt.

Knobel steuerte den Mercedes ehrfürchtig und umsichtig durch die vollen Straßen, zweimal umrundeten sie die Innenstadt auf dem Wallring, und manchmal empfand er, als schauten die Passanten dem nagelneuen Auto bewundernd hinterher.

Sein Mandant wies ihm den Weg ins Kreuzviertel und ließ ihn nahe des *Café Swabedo* parken. Sie fanden in dem heckenumsäumten Garten an einem kleinen Tisch Platz. Rosenboom bestellte Cappuccino.

Knobel sank in einen Korbsessel und blickte auf sein in der Spätsommersonne funkelndes Auto.

Rosenboom betrachtete zufrieden die Glückseligkeit in Knobels Gesicht und verfolgte seine stolzen Blicke zum Auto. Die Freude sprudelte nicht aus Knobel heraus. Er saugte still an ihr und teilte sie wortlos mit Rosenboom.

Sie saßen lange an dem kleinen Tisch im *Swabedo*.

Die Gäste an den anderen Tischen waren gegangen und andere gekommen, auf der Straße eilten Pendler zur nahen Stadtbahnhaltestelle, Mütter zerrten ihre kleinen Kinder zum Einkaufsbummel, der Autoverkehr nahm zu und brandete an der nahen Straßenkreuzung auf, wenn die Ampel an der Möllerstraße auf Grün umsprang.

Knobel fühlte sich in dieser Lebendigkeit geborgen.

Sein schwarzes Auto ruhte am Straßenrand, und er beobachtete, wie sich die hektische Betriebsamkeit der Straße verzerrt in seinem Lack spiegelte.

Sie mochten über eine Stunde dort gesessen haben, als Rosenboom geschäftlich wurde.

»Sie erinnern sich an Weinstein?«

Knobel erinnerte sich natürlich an Weinstein, aber die Erinnerung schien in eine ferne Vergangenheit zurückzugreifen.

»Es gibt eine neue Sache mit Weinstein«, fuhr Rosenboom fort. »Er verklagt mich auf Rückzahlung eines erheblichen Geldbetrages.«

Knobel konzentrierte sich pflichtschuldig und schwieg abwartend.

»Weinstein behauptet, das Geld sei geliehen gewesen«, vollendete Rosenboom.

»Aber es war geschenkt«, ahnte Knobel.

Rosenboom nickte.

Dass Weinstein an Rosenboom Geld verschenkt haben sollte, erschien angesichts der Vorgeschichte unwirklich. Es wäre sogar unwahrscheinlich gewesen, dass Weinstein an Rosenboom Geld verliehen hätte.

Knobel stutzte. Weinstein hatte von seinem Mandanten das Haus Brunnenstraße 8 gekauft. Welche Geschäfte gab es noch?

»Kann Weinstein überhaupt beweisen, dass Sie Geld von ihm bekommen haben?«

»Ja. Er hat eine Quittung.«

»Dann ist es rechtlich einfach«, erklärte Knobel. »Weinstein muss nicht beweisen, dass er Ihnen das Geld bloß geliehen hat, sondern wir müssen beweisen, dass er es Ihnen geschenkt hat.«

»Ich weiß.«

»Können Sie es beweisen?«, fragte Knobel weich, die Antwort ahnend.

»Nein.«

»Dann macht der Prozess keinen Sinn. Weinstein wird das Geld fordern können. Sie haben keine Chance.«

»Versuchen Sie es trotzdem!«

An solcher Stelle angelangt, versuchte Knobel gewöhnlich, dem Mandanten den Prozess auszureden, besänftigend und verständnisvoll, aber unbeirrt in der Prognose, dass die Sache nicht zu gewinnen sei. Es war die Stelle, wo der Mandant vielleicht die Fortführung des Prozesses um des Prinzips willen forderte und Knobel den unbelehrbaren Klienten schriftlich über die Erfolglosigkeit seines Tuns belehren musste.

Rosenboom wiederholte seine Bitte.

Knobel unterließ es, die ungünstige Prognose zu wiederholen. Er fügte sich.

»Was soll ich denn schreiben?«

Er bat um eine plausible Geschichte.

Sein Mandant lächelte mild und stellte den Aufbau der Verteidigung gegen Weinsteins Klage in Knobels Belieben. Offensichtlich gab es keine Argumente, die glaubhaft für die von Rosenboom behauptete Schenkung des Geldes sprachen. Die Niederlage war also zwingend.

»Wenigstens ein paar Daten«, bettelte Knobel. »Wann hat Weinstein Ihnen das Geld geschenkt? Und warum?«

Rosenboom winkte den Kellner herbei.

»Wir werden wohl verlieren, mein Junge. Und deshalb ist es egal, was Sie schreiben. Vielleicht sollten Sie zunächst einen Schriftsatzentwurf fertigen. Wir sprechen dann noch mal über die Sache.«

Knobel begehrte ein letztes Mal auf.

»Wenn es aussichtslos ist, sollten wir uns erst gar nicht verteidigen.«

Doch Rosenboom erlöste ihn nicht.

»Ihre Rolle ist es allein, einen Schriftsatz zu fertigen und vielleicht noch einen weiteren, wenn es erforderlich ist. Und dann werden wir gemeinsam zur Gerichtsverhandlung gehen. Wie wir es immer tun.«

Knobel verstand, dass er weitere Nachfragen zu unterlassen hatte. Er grübelte über den Sinn des nutzlosen Prozesses nach und behalf sich mit der Vermutung, dass Rosenboom auf Zeit spielen wollte und aus irgendwelchen Gründen nicht gewillt war, Weinsteins Forderung sofort auszugleichen. Knobel entschloss sich, alle Fristen auszuschöpfen und den Prozess nach Kräften zu verzögern. Es musste um viel Geld gehen. Er fragte nicht, um wie viel, obwohl er es gern gewusst hätte, auch wegen der Höhe des sich daraus ableitenden Streitwertes. Inzwischen kannte er das Rechtsanwaltsvergütungsgesetz in groben Zügen auswendig. Die Soziierung und das Auto verpflichteten zu weiteren Anstrengungen. Mit Ausnahme seiner eher beiläufigen Zahlenvergleiche mit Dr. Reitinger waren die Umsatzzahlen in der Kanzlei nie Gesprächsthema. Aber er wusste, dass die Umsatzstatistik regelmäßig von allen Sozien abgerufen wurde. Knobel wollte, dass sich sein Aufstieg in seiner Umsatzsteigerung spiegelte. Man sollte seinen Dank in einer kontinuierlichen und zielstrebigen Fortentwicklung sehen. Er wollte keine Zahlen im *Dubrovnik* nennen müssen. Die Zahlen sollten für ihn sprechen.

Knobel entschied sich, für Rosenboom zu kämpfen, das Unmögliche zu versuchen und nicht nachzulassen, bis tatsächlich rechtskräftig feststand, dass sein Mandant das Geld an Weinstein zurückzuzahlen hatte. Er würde die Sache zu seiner eigenen machen.

19

Die Eheleute Knobel fuhren mit dem neuen Auto direkt vor das Portal des Restaurants *Haus Delecke* am Möhnesee. Das Auto glänzte im Kegel der hell strahlenden Lampen unter dem Sandsteinvorbau, in dessen Schutz man witterungsgeschützt ein- und aussteigen konnte. Knobel parkte das Auto seitwärts, nachdem er Lisa vor dem Portal abgesetzt hatte.

Als er zurückkehrte, verlangsamte er seinen Schritt und genoss es, Lisa zu betrachten.

Sie stand in ihrem leuchtend roten Kostüm vor dem Eingang des Restaurants. Alles war in weißes Licht getaucht und Lisa zum Zentrum der Szene erhoben.

Niemals zuvor hatten sie zu zweit ein vornehmes Restaurant aufgesucht. Hin und wieder nur waren sie früher in bessere Lokale eingekehrt, wenn es einen außergewöhnlichen Anlass gab, den sie im besonderen Rahmen feiern wollten. Nach ihrer Verlobung waren sie zwei Samstage hintereinander in dasselbe italienische Restaurant im Kreuzviertel gegangen, als müssten sie umso nachdrücklicher besiegeln, was sie einander auf dem Marktplatz in Brügge versprochen hatten. Er hatte sie am ersten und sie ihn am zweiten Samstagabend eingeladen, und sie wählten dieselben Speisen und Getränke wie beim ersten Mal. Sie hatten darüber gelacht und gescherzt, dass sie einander nichts schenkten. Doch das italienische Lokal war mit dem *Haus Delecke* nicht zu vergleichen.

Ein Kellner geleitete sie zum vorbestellten Tisch, bat

seine Frau mit leichter Verbeugung auf ihren Platz, und sie glitt auf einen filigranen hölzernen Stuhl mit blauem Samtbezug.

Knobel achtete darauf, dass er nicht vor ihr zu sitzen kam.

Man riet zu einem Spätburgunder Weißherbst, der vorzüglich zu dem bestellten Menü passe, und Knobel wägte mit dem trockenen Riesling ab, nickte dann kundig und folgte der Empfehlung.

Man reichte eine *amuse geule*, dann eine Gemüserahmsuppe mit Majoranklößchen und im Hauptgang tranchierte Poulardenbrüstchen im Sesam-Oreganomantel auf Chili-Paprikaconfit mit frischem Blattspinat im Fenchelblatt und Koriander-Schmörchen.

Als Lisa keuchend befürchtete, platzen zu müssen, wies Knobel den Kellner an, mit der Nachspeise zu warten.

Sie entspannten bei einer Tasse Kaffee.

Knobel resümierte, dass es ihm gut gehe, besser als den meisten, die er aus Schul- und Studienzeiten kannte. Er ließ Namen Revue passieren, denen er sonst kaum Beachtung schenkte, Mitschüler und Kommilitonen, die er aus den Augen verloren und von denen er seither nichts oder nur bruchstückhaft etwas erfahren hatte. All diese in der Vergangenheit zurückgelassenen Figuren waren ihm jetzt als Statisten willkommen. Er warf einen Blick auf die Karrieren der anderen und ersetzte Unbekanntes durch seine ausschweifende Phantasie. Stets gelangte er zu dem Ergebnis, dass sich keiner mit ihm messen könne. Und einen Mercedes fuhr von all denen auch keiner. Knobel befand, dass er als Jurist die Erfüllung finden werde. Erstmals sagte er dies, und es war ihm ernst damit.

Er berichtete von den bedeutendsten seiner laufenden Fälle, und Lisa unterstützte fachkundig seine Strategien.

Dann setzte er noch durch, dass sie die Miete fortan zu gleichen Teilen zahlen würden, und er stellte in Aussicht, dass sie in naher Zukunft bauen sollten, natürlich nahe dem väterlichen Haus. Knobel nahm die Zukunft in die Hand, während er reichlich Wein nachschenkte und seine Wangen zu glühen begannen, ohne dass ihn der Alkohol benebelte.

Lisa gestand, dass sie sich ein Kind wünsche und schon vor Monaten die Pille abgesetzt habe.

Ihr Wunsch irritierte ihn. Noch immer suchte er seine Verliebtheit wieder, obwohl er nicht mehr unter ihrem Verlust litt. Seiner Beobachtung nach veränderte sich mit der Zeit die Beziehung zwischen Mann und Frau. Er hatte die Ehen seiner Kollegen analysiert. Alles, was beiläufig im *Dubrovnik* besprochen wurde, hatte er aufmerksam aufgesogen und mit seinem Verhältnis zu Lisa verglichen. Alle Ehen vollzogen sich in einem dicht gedrängten Terminplan, der in den wenigen Urlaubswochen mit kostspieligen Fernreisen und in der übrigen knappen Freizeit mit Theaterbesuchen und Vereinsaktivitäten ausgelastet war. Die gefüllte Zeit ließ keine bohrenden Fragen nach einer verlorenen Liebe zu. In die älteren Ehen war entspannende Normalität eingekehrt, die sich von zweifelnden und zehrenden Stichen befreit hatte und in einen unbeschwerten Lauf nach vorn eingemündet war.

Er dachte darüber nach, ob ihre Wohnlage für ein Kind geeignet sei und ob Kindergarten und Grundschule in der Nähe waren. Dann stießen sie mit einem Glas Sekt auf ihr Kind an.

Knobels Erinnerung an den Moment, als er Lisa am Feldweg das erste Mal berührt hatte, war in ihm eingebrannt. Doch mit der Zeit hatte er einen Abzug dieses Bildes gefertigt und ihn zu einem anderen Bild verändert. Auf dem Abzug war es nicht mehr die jugendliche unerfahrene Lust, mit der er Lisa begehrt und entblößt hatte, sondern ein tabuloser Rausch, in dem sie sich einander hingaben; die in flüchtigen Gedanken und Träumen erlittene und gelebte Lust verband sich immer häufiger nicht mit Lisa, sondern einer anonymen gesichtslosen Weiblichkeit, mit der er seine Begierden teilte. Die Farben auf dem Bildabzug entfernten sich immer mehr von den Pastelltönen der Vorlage. Sie waren grell und die Konturen hart. Sein anfängliches Beschämen wich mit dem Ergebnis seiner Analyse, dass all dies der Lauf der Dinge sein müsse. Die heftige begehrende Verliebtheit auf dem Original schien außergewöhnlich. Sie erlebt haben zu dürfen, forderte seinen Dank und berechtigte nicht zur Klage über ihren Verlust.

Als man sich eines Tages im *Dubrovnik* über die Trennung der Eheleute Reitinger unterhielt und darüber, wie man die eigenen Ehepartner kennen gelernt hatte, erfand Knobel, wie Lisa ihn mit dem Fahrrad verfolgt und schließlich, als er erschöpft am Wegesrand angehalten hatte, ihn an sich gezogen und ihn lang leidenschaftlich geküsst habe. Alles Weitere deutete er mit unmissverständlichen Worten an und enthielt sich anzüglicher Details. Er überließ seine Zuhörer ihrer Phantasie und genoss ihr gespanntes Schweigen und Löffkes schmutziges bellendes Lachen. Der Senior beglückwünschte ihn zu seiner Gattin.

Lisa hatte sich schon Namen für das Kind ausgesucht, und Knobel kommentierte ihre Vorschläge mit kritischen Anmerkungen.

Die Nachspeise wurde serviert, und Knobel schleckte genüsslich die Schokoladen-Ingwermousse mit Zimt-Quarkschaum. Er zwinkerte ihr zu und machte eigene Namensvorschläge, jedoch nicht ernsthaft, sondern wie ein Spiel, in dem Lisa nun gefordert war, seine Vorschläge zu verwerfen. Seine Füße suchten unter dem Tisch nach ihren, und er berührte sie sanft.

20

Die Klageschrift von Weinsteins Anwalt war knapp. Auf der Blattoberseite prangte in fetten schwarzen Buchstaben der Name des Anwalts, rechts und links von noch fetteren Paragraphenzeichen flankiert. Die Klageschrift selbst führte in blasser dünner Schrift auf eineinhalb Seiten aus, dass Herr Weinstein dem beklagten Herrn Rosenboom den geforderten Betrag übergeben habe und man sich einig gewesen sei, dass Rosenboom ihn binnen drei Monaten zurückzuzahlen habe. Die drei Monate waren verstrichen, und die beigefügte Fotokopie einer Quittung belegte, dass Rosenboom das Geld erhalten haben musste. Eine weitere Kopie wies nach, dass Weinstein seinen Gegner vor Erhebung der Klage erfolglos zur Zahlung angemahnt hatte. Die Klageschrift endete mit der flüchtigen Unterschrift des Anwalts, der Weinstein schon im ersten Verfahren vertreten hatte.

Knobel prüfte den Fall mit schulmäßiger Genauigkeit, doch der ebenso kurze wie eindeutige Sachverhalt offenbarte keine Anhaltspunkte, an denen er aussichtsreich hätte einhaken können.

Er konzentrierte sich auf die wenig Erfolg versprechende Idee, sich mit der Behauptung zu verteidigen, dass Weinstein das Geld Rosenboom geschenkt habe. So sehr Knobel seine Phantasie auch angestrengt hatte, um eine Geschichte zu konstruieren, die eine Schenkung glaubhaft erscheinen ließ, es wollte ihm nichts Plausibles einfallen. Jeder seiner Einfälle überzeugte nicht, weil zum Zeitpunkt der angeblichen Schenkung Weinstein bereits gegen Rosenboom wegen des feuchten Hauses prozessierte. Dies freilich machte auch unerklärlich, warum Weinstein seinem Mandanten überhaupt Geld gegeben haben sollte. Denn auch die Behauptung des Herrn Weinstein, dass er das Geld Rosenboom geliehen habe, war vor diesem Hintergrund merkwürdig.

Weinsteins Klage schwieg sich über die Motive indes aus. Weinstein hatte die Quittung vorgelegt, und Rosenboom hatte sie als richtig anerkannt. Jedes zweifelnde Wort darüber, dass es unwahrscheinlich sei, dass Weinstein seinem Gegner überhaupt Geld gegeben habe, griff aus diesem Grund ins Leere.

Knobel flehte Rosenboom ein letztes Mal an, den aussichtslosen Prozess erst gar nicht aufzunehmen. Doch sein Mandant blieb hart und forderte barsch die Phantasie des Anwalts ein. Er verlangte eine einfache, schöne und schnelle Geschichte, die sich flüssig lesen sollte. Einen eleganten, ausgefeilten Schriftsatz, eine reife Leistung. Knobel durchlitt bleich das unglückselige Gespräch, entschuldigte sich endlich und gelobte seinen vollen Einsatz. Er schämte sich seiner Undankbarkeit, ruderte mit gewaltigen Schlägen zurück und bangte um den Schaden, den er angerichtet hatte.

Rosenbooms Stimme wurde unerwartet mild.

»Es soll nicht umsonst sein«, schloss er. »Sie berechnen Ihre Tätigkeit einfach nach Stundenaufwand.«

Knobel wehrte sich gegen das verheißene Honorar, er wollte es unter keinen Umständen haben. Matt wiederholte er, dass er alles in seiner Macht Stehende tun wolle.

21

Abends vertröstete er Lisa mit der Ausrede, beruflich noch einmal fort zu müssen. Sein Aufstieg in der Kanzlei hatte ihre früheren Fragen nach seiner Arbeit seltener werden lassen. Nun beschränkte sich Lisa lediglich darauf, erst nachzufragen, wenn er ihr die Nachfrage in den Mund legte. Die sichtbaren Zeichen seiner Karriere hatten die Frage nach dem *Warum* entbehrlich gemacht. Einsatz und Erfolg bedingten sich wechselseitig und wiesen auf ein in Umrissen erkennbares Ziel, von dem beide fest wussten, dass sie es für die zu gründende Familie erreichen mussten. Ihr Blick war in die Zukunft gerichtet, seine vergebliche Suche nach dem Glück in der Vergangenheit war der Gewissheit gewichen, dass er das vollkommene Glück erst in der Zukunft finden und er alle Fallstricke auf dem Weg dorthin mit Durchhaltevermögen überwinden müsse. Knobel war entschlossen, sich den Herausforderungen zu stellen; er würde den Wettlauf mit den Umsatzzahlen aufnehmen. Er wollte es für sich und für seine kleine Familie. Erstmals dachte er über den Tag hinaus und fühlte sich eigenartig stolz verantwortlich.

Nach dem unglücklichen letzten Gespräch mit Rosenboom hatte er sein anfängliches Zögern in einem persönlichen Fax an seinen Mandanten relativiert, ohne dass sich seine Bedenken verflüchtigt hatten. Es diente lediglich dazu, seine Loyalität zu dokumentieren. Er hatte im Nachhinein erkannt, dass die Loyalität im Grunde der wesentliche Wert war, der seine Beziehung zu Rosenboom prägte. Hatte er sich zunächst in der schwierigen Gratwanderung zwischen dienender Folgsamkeit und beratender Kritik versucht, so lernte er nun, dass die Bedeutung der Rosenboom-Mandate jede Missdeutung seines Einsatzes verbat.

Sein Fax beschränkte sich deshalb allein auf das Gelöbnis der Loyalität, und Tassilo Rosenboom antwortete umgehend, ebenfalls per Fax:

»Ich danke Ihnen, mein Freund.«

Anschließend fuhr Knobel in die Brunnenstraße.

Die knorrigen Bäume warfen die ersten Kastanien auf das Pflaster. Er vermisste die schrillen Stimmen der Mütter, die ihre Kinder riefen.

Knobel blieb unauffällig. Als er vor dem *La dolce vita* stand, sah er durch die gelben Scheiben, dass das Lokal gut gefüllt war. Musik drang dumpf nach außen und dröhnte lärmend auf, wenn sich für kurze Zeit die Tür öffnete.

Nach dem vierten oder fünften Mal sah er für Sekunden die junge Frau rauchend und lachend hinter der Theke.

Lautes Stimmengewirr und verbrauchte rauchige Luft schlugen ihm entgegen, dann fiel die Tür wieder ins Schloss, und er zog sich auf die andere Straßenseite zurück und wartete.

Er war sich nicht sicher, ob er überhaupt warten sollte und stand zunächst eine Weile unentschlossen. Dann ging er gelangweilt auf und ab. Schließlich umrundete er den Häuserblock, als er das Gefühl hatte, dass man ihn aus den Fenstern beobachtete und sich fragte, was er wolle.

Knobel wollte in Bewegung bleiben. Er lief einmal im Uhrzeigersinn um die Häuser und ein anderes Mal in der Gegenrichtung. Seine Gedanken kreisten ständig um die Frage, ob die junge Frau hinter der Theke ihm in der Sache Weinstein überhaupt weiter behilflich sein konnte.

Auf der Suche nach einer halbwegs glaubhaften Geschichte, die die angebliche Schenkung Weinsteins an Rosenboom hätte erklären können, war Knobel auf die Idee gekommen, sich dem Fall über die Person Weinsteins zu nähern und so zu einer Geschichte inspiriert zu werden. Die vom Gericht gesetzte Frist zur schriftlichen Erwiderung auf Weinsteins Klage lief in zehn Tagen ab. Von Weinstein wusste er bis auf dessen Namen und Adresse nichts. Und Rosenboom schied als Informationsquelle aus.

Knobels nächster Gedanke war auf Weinsteins Anwalt gefallen. Übereilt hatte er den Kollegen angerufen. Die herbe Stimme einer Büroangestellten hatte seinen Namen erfragt und sich artig erkundigt, in welcher Sache er anrufe. Die Stimme hatte erklärt, verbinden zu wollen und noch mal nach seinem Namen gefragt. Knobel hatte ihn gereizt wiederholt, doch als es schnarrend »Was kann ich für Sie tun, Herr Kollege?« aus dem Hörer klang, wusste Knobel nicht recht, was er sagen sollte. Er hatte sich auf das Gespräch nicht vorbereitet. Gewiss hätte er viele Fragen zu dem Fall gehabt, doch zweifellos würde der Kollege genau diese Fragen nicht beantworten können oder wollen. Hilflos hatte Knobel erklärt, dass er Rosenboom auch in diesem Rechtsstreit vertreten werde.

»Aha.«

»Es kann sein, dass ich Fristverlängerung brauche«, sagte Knobel.

»Die kann Ihnen nur das Gericht gewähren.«

»Ich wollte Sie nur informieren.«

»Ich bin ohnehin überlastet«, schnaufte der Kollege.

»Kann ich auf Ihr Einverständnis hoffen?«

»Kommt auf meinen Mandanten an.«

»Würde Ihr Herr Weinstein denn der Fristverlängerung zustimmen?«

Knobel hatte gehofft, mit dieser belanglosen Frage wenigstens etwas über Weinstein zu erfahren. Würde Weinstein so hart sein, dass er sich selbst einer unbedeutenden Fristverlängerung verweigerte?

»Ich werde mit ihm sprechen, wenn es soweit ist«, war die kurze Antwort.

Kurz darauf hatte Knobel das Gespräch ergebnislos beenden müssen.

In den Fenstern in der Brunnenstraße erlosch nach und nach das Licht. Hinter einigen Fenstern flackerte noch bläulich das Fernsehen.

Knobel umkreiste auf fester Route den Häuserblock. Alle zehn Minuten passierte er das Haus Brunnenstraße 8 und lauschte im Vorbeigehen der Lautstärke der nach außen dringenden Stimmen. Kurz vor Mitternacht bezog er gegenüber dem *La dolce vita* Stellung.

Vereinzelt tropften noch Gäste aus der Wirtschaft. Die Musik erreichte ihn leiser und klarer.

Knobel blieb stehen.

Aus den Häusern beobachtete ihn keiner mehr.

Er hatte sich Worte überlegt, mit denen er das Gespräch beginnen könnte. Am frühen Abend hätte er sein Erscheinen im Lokal als launiges Vorbeikommen nach Büroschluss abtun können, aber sein nächtliches Warten riss die vorbereitete Kulisse ein. Das stundenlange Warten machte ihn nackt. Sein Atem stieß in gräulichen Schleiern in die Nacht. Hände knetend wechselte er zwischen den Straßenseiten diesseits und jenseits des *La dolce vita*.

Den neuen Fall Weinstein gegen Rosenboom hatte er nicht mit Lisa besprochen. Wenn er Lisa von Rosenboom erzählte, redete er von einem normalen Mandanten, dem keine herausragende Stellung zukam. Gelegentlich berichtete er von einigen Rosenboom-Firmenmandaten, deren Bearbeitung er sich mit Dr. Hübenthal teilte. Es waren unkomplizierte und nüchterne Fälle. Soziierung und Mercedes jedoch waren für Lisa vom Namen Rosenboom losgelöst.

Die Musik im Lokal endete abrupt. Knobel wartete nervös, bis das Licht erlosch und lauerte hinter einer Kastanie. Als die junge Frau auf die Straße trat und die Tür abschloss, stellte er sich hinter sie und musste dabei in den Schein der Straßenlaterne getreten sein und Schatten geworfen haben. Sie wandte sich träge um. Knobel trat schüchtern auf sie zu. Sie hatte sich eine Strickjacke über ihr blaues Kleid geworfen. Knobel roch ihren Schweiß und Zigarettenrauch.

»Ich war vor einiger Zeit schon einmal hier.«

Sie fingerte an dem Schlüsselbund herum.

Er trat aus dem Lichtkegel.

Knobel kam sich albern vor. Trotzdem sagte er seine einstudierten Worte auf.

»Ich möchte noch mal mit Ihnen reden.«

»Sie wollen was über Weinstein wissen?« wiederholte sie fragend.

Sie löste sich von ihm und ging die Brunnenstraße nordwärts.

Knobel blieb knapp hinter ihr, wie ein Schüler, der gehorsam seinem Lehrer folgt.

»Bitte, ich muss alles über Weinstein wissen.«

»Der Keller ist wieder offen, und er hat die Mieten nicht erhöht. Mehr weiß ich nicht.«

Sie war müde und gereizt.

»Was ist mit dem Keller? – Bitte! Ich würde nicht fragen, wenn es nicht wichtig wäre. Vielleicht sollte ich an einem anderen Tag wiederkommen, oder kann ich Sie anrufen?«

Sie gingen schweigend weiter.

Vor Nummer 26 blieb sie plötzlich stehen.

Der Wind rauschte durch die Baumwipfel und trieb Blätter auf den Asphalt.

»Ist der Prozess wegen dieses Kellers immer noch nicht zu Ende?«

»Doch. Es gibt schon wieder einen neuen. Wieder Weinstein gegen Rosenboom. Und ich verstehe ihn so wenig wie den ersten Prozess.«

Sie sah ihn prüfend von der Seite an, überlegend, ob er sie mit seinen vagen Andeutungen nur ködern wollte. Dann nahm sie ihn wortlos mit ins Haus. Der Flur sah aus wie im Hause Nummer 8. Sie wohnte im dritten Stock. Das schwache Flurlicht reichte nicht aus, um das unter dem Klingelknopf neben der Wohnungstür angebrachte Türschild mit schnellem Blick zu lesen.

Ihm gefiel, dass nur ein Name auf dem Schild stand.

Sie wies ihn an, durch die Diele ins Wohnzimmer zu gehen und zu warten, bis sie geduscht habe.

Er setzte sich in ein altes Sofa, betrachtete den ausgetretenen grauen Teppichboden, der ihn an sein Mansardenbüro erinnerte, und die schlichten Standregale, in denen sich übereinander geschichtete Taschenbücher mit Topfpflanzen abwechselten. An den hohen Fenstern hingen keine Gardinen. Kastanienwein und bräunlich gewordene Farne rankten aus großen Blumenampeln in die Fensternischen hinein und kaschierten etwas die hölzernen Fensterrahmen, die mit dick tränendem weißem Lack überzogen waren.

Er stand auf und griff aus einem Regal wahllos eines der Taschenbücher heraus. Ohne auf den Titel zu achten, schlug er die erste Seite auf. »Marie Schwarz, 10a«, stand da. Eine Schullektüre. Er blätterte weiter. Viele der gelblich gewordenen Seiten waren mit Anmerkungen, Pfeilen und Strichen versehen. Das Buch war von ihr durchgearbeitet, durchgedacht. Ihre in steiler Schrift geschriebenen Worte gliederten und analysierten.

Knobel hatte Interpretationen im Deutschunterricht nicht gemocht. Er empfand sie als langweiliges Sezieren einzelner Sätze und Worte. Die freigelegten Stücke offenbarten ihm wenig.

Als er aus dem Bad Wasserrauschen hörte, stellte er das Buch zurück, schlich die dunkle Diele entlang und blieb vor der Badezimmertür stehen. Das gewellte milchige Glas im Türfenster ließ die Konturen im erleuchteten Bad verschwimmen. Knobel verharrte vor der Tür und schämte sich nicht seiner Neugier. Schemenhaft sah er ihren schmalen Körper vor den blauen Fliesen, umrisshaft ihre Hände, die ihn umspielten. Der Seifenschaum glitt in schaumigen Schlieren an ihr herab. Er konnte das Wasser nicht sehen, er ahnte es nur, wenn sie sich unter dem Strahl bewegte und auf ihrer hellen Haut im Licht funkelte. Knobel sog das Bild mit unschuldiger Lust ein. Er wollte die Tür nicht öffnen, Marie nicht berühren. Er stand nur vor dem Fenster und wollte sie erahnen.

Als sie das das Wasser abdrehte, wich er in die Dunkelheit zurück und eilte ins Wohnzimmer.

Ihre Haare waren noch nass, als sie zu ihm kam.

»Kaffee?«

Er nickte.

»Ich bin Ihnen dankbar, dass Sie sich die Zeit nehmen«, sagte er.

Sie hantierte an der Kaffeemaschine und füllte Pulver ein.

Er betrachtete das schlichte und abgenutzte Inventar

ihrer Küche. Das Spülbecken war mit benutztem Geschirr gefüllt. Eine Plastiktüte mit Abfällen dünstete fauligen Geruch aus.

»Ich habe Weinstein noch nie gesehen«, erklärte sie.

Knobel setzte sich an ihren alten Küchentisch.

»Weinstein hat Rosenboom verklagt. Er will Geld zurück, dass er Rosenboom angeblich geliehen hat.«

Sie sah ihn fragend an.

»Und?«

Er schwor sie auf ihre Verschwiegenheit ein, und sie versicherte sie amüsiert, während sie eine Kerze anzündete.

Knobel ermahnte sie zur Ernsthaftigkeit und nahm ihr den Schwur ein zweites Mal ab.

Sie schenkte Kaffee ein, und dann berichtete er alles, was er wusste, erzählte vom Ausgang des ersten und dem Beginn des zweiten Prozesses Weinstein gegen Rosenboom. Er stellte seine Fragen, die er niemandem sonst stellen konnte. Frage folgte auf Frage, und er verwies auf Rosenbooms eigene Prognose, wonach der Prozess ohnehin verloren gehe und erklärte seine angesichts des sinnlosen Prozesses fragwürdige Aufgabe.

Sie hörte interessiert zu, tauchte Kekse in den Kaffee und schmatzte sie genüsslich.

»Also geht es eigentlich nur darum, ein Märchen für das Gericht zu erfinden«, folgerte sie.

Knobel bekannte, dass ihm nichts einfalle. Er entsann sich seiner Ausgangsfrage.

»Was ist mit dem Keller?«

»Es stehen noch immer die alten Klamotten drin. Der Schlüssel steckt jetzt außen im Schloss. Sogar mit Reserveschlüssel. Alles ist wie vorher. Aber es sind jetzt ein paar Klebestreifen an der Wand.«

»Klebestreifen?«

»Als hätte jemand dort Papier oder Fotos aufgehängt. Die Streifen sind über Eck angeordnet.«

Sie zeichnete mit ihren Fingern auf dem Tisch ein Rechteck, dessen Ecken mit diagonal darüber laufenden Klebebändern fixiert wurden.

»Warum sollte Weinstein meinem Mandanten Geld geschenkt haben«, fragte er.

Sie schwieg eine Weile und pulte Wachstränen vom Kerzenschaft.

»Ist der geschenkte Betrag kleiner als der, den Weinstein im ersten Prozess als Schadensersatz für das feuchte Haus haben wollte?«

Er nickte.

Sie widmete sich weiter der Kerze, ihre Augen glänzten im flackernden Licht.

»Dann könnte man einfach schreiben, dass Weinstein im ersten Prozess zuviel verlangt hatte und angesichts der aufrichtigen Entschuldigung Rosenbooms ihn nun nicht seinerseits betrügen wollte, ihm also sozusagen den Unterschiedsbetrag geschenkt hat.«

Knobel runzelte nachdenklich die Stirn.

»Die Differenz zwischen dem, was er wirklich an Schaden in der Brunnenstraße 8 hat und dem, was er ursprünglich von Rosenboom haben wollte«, erklärte sie.

»Sehr abenteuerlich«, fand er.

»Es ist immerhin eine Geschichte. Und sie macht Sinn. Um mehr geht es doch gar nicht.«

Knobel spürte, wie sehr es ihr gefiel, ihrer Phantasie freien Lauf zu lassen.

»Aber dagegen spricht allein, dass Weinstein das Geld wiederhaben will. Wie soll ich schreiben, dass Weinstein meinem Mandanten Geld geschenkt haben will, wenn er es gleichzeitig zurückfordert?«

Sie zuckte mit den Schultern.

»Er hat es sich eben anders überlegt und daran gedacht, dass Rosenboom ihn doch zunächst betrügen wollte und er es nicht verdiene, mit einer Rückzahlung belohnt zu werden. Vielleicht hat er gedacht, dass es doch dumm wäre, weniger zu nehmen als das, was Rosenboom nach dem Urteil bezahlen musste.«

Knobel warf den Kopf in die Hände und spann die Geschichte rechtlich weiter. Er referierte Paragraphen, kombinierte und orakelte über weitere Schriftsätze und prozessuale Taktiken. Es würde dabei bleiben, dass Rosenboom nicht beweisen konnte, dass ihm das Geld geschenkt wurde. Der Prozess musste deswegen verloren gehen, aber die Geschichte stimmte. Mehr brauchte er nicht.

Als er wieder aufblickte, hatte sie die Kerze ausgeblasen. Es war kurz vor zwei.

Sie brachte ihn zur Tür.

»Sie müssen mir erzählen, wie es weitergeht.«

Er versprach es ihr, verwundert und beglückt über ihr Interesse an der Sache, dankbar für die geschenkte Geschichte. Er drückte ihre schmale weiche Hand.

Lisa würde er sagen, dass er mit einem Mandanten noch in ein Lokal gegangen sei und dort die Zeit vergessen habe. Die Lüge fiel leicht, sie bewahrte vor glücklosen Erklärungsversuchen. Die Lüge hatte sich in ihre Ehe eingeschlichen, als in der Kanzlei sein Weg nach vorn sichtbar an Kontur gewann. Seine Fälle waren bedeutender, seine Siege glorreicher und die Niederlagen weniger erzählenswert geworden.

Knobel lief zurück zu seinem Mercedes. Als er nach Haus kam, schlief seine Frau schon. Er legte sich neben sie, in Gedanken schon im Büro.

22

In aller Frühe rief er Rosenboom an, doch er musste sich bis mittags vertrösten lassen, bis er endlich durchgestellt wurde. Knobel hatte sich zügeln müssen, seinem Mandanten vorab ein Manuskript seiner Klageerwiderung zuzuleiten, aber es drängte ihn, seine Idee vorzustellen und unter Beweis zu stellen, dass er seinen Auftrag prompt erledigt hatte. Er war unangenehm berührt, als Rosenboom ungeduldig fragte, was denn so Wichtiges geschehen sei, dass er viermal angerufen habe. Knobel bemühte sich, seinen Anruf nicht dringlich zu machen und wiegelte ab, aber Rosenboom war sofort interessiert und lobte ihn.

»Das ging aber schnell, mein Freund.«

Rosenbooms Lob streichelte und bestätigte ihn. Er begann, gelassen und nüchtern sein Konzept vorzustellen, aber sein Mandant unterbrach ihn sofort und bat ihn zum Nachmittag in sein Haus in die Südbecke. Rosenbooms Stimme verriet vorauseilende Anerkennung. Doch Knobel ließ sich seine Freude nicht anmerken. Geschäftsmäßig bestätigte er die getroffene Verabredung.

Als er aufgelegt hatte, erschien Dr. Reitinger in seinem Büro. Sein Gesicht war bleich. Die kleinen Augen verrieten, dass er in der letzten Nacht keinen Schlaf gefunden hatte.

Knobel bedeutete ihm mit einer Kopfbewegung, Platz zu nehmen.

»Mit Ihnen kann ich doch sprechen?«

Dr. Reitingers Blick war flehentlich.

»Natürlich.«

Dr. Reitinger nickte dankbar. Er verschränkte die Hände hinter seinem Kopf, als würde es ihn entspannen, doch es entspannte ihn nicht.

»Die Sache mit meiner Frau belastet mich sehr.«

Knobel erinnerte sich, dass die Reitingers sich getrennt hatten.

»Kann ich irgendwie helfen?«

Er wusste, dass er nicht helfen konnte.

Dr. Reitingers Kopfschütteln bestätigte ihn.

»Man gleitet immer wieder bei der Arbeit ab. Man wird langsamer und langsamer.«

Knobel hatte registriert, dass Dr. Reitingers Vorsprung bei den Umsatzzahlen gegenüber seinen Zahlen in den letzten Wochen deutlich gesunken war. Lukrative Prozesse der Firma Rosenboom, die vom Senior auf ihn übergeleitet worden waren, hatten seine Umsatzzahlen in die Höhe schnellen lassen. Frau Meyer-Söhnkes kreiste bei 186.000. Knobel war ihr uneinholbar davongeeilt und schloss zu Dr. Reitingers stagnierenden Zahlen auf.

»Es wird vorübergehen«, tröstete Knobel.

»Man kommt in einer solchen Krise nicht gegen seine Langsamkeit an«, entschuldigte Dr. Reitinger leise.

Ihm fiel auf, dass Dr. Reitinger ihm seit geraumer Zeit keine Computergrafiken mehr gezeigt hatte.

»Es wird sicher vorübergehen«, wiederholte Knobel.

Seine Worte wollten ein ihm fremd gewordenes Leiden zudecken. Das Leid der Trennung und das Leid des Verlustes war in die Vergangenheit gedrängt und zu fern, als dass er Dr. Reitingers Seelenzustand noch hätte nachempfinden können. Er wollte auch nicht nachempfinden. Knobel litt den vergangenen Lieben nicht mehr hinterher. Seine Worte waren ins Dunkle gesprochener dürrer Trost.

Er wusste so gut wie nichts über Dr. Reitinger. Die flehende Vertraulichkeit Reitingers belastete ihn.

Knobel wollte keine Nähe. Knobel wollte keine Tiefen.

Dr. Reitinger gestand, in drei komplizierten Akten auf der Stelle zu treten und nicht zu wissen, wie er die Vorgänge in den Griff bekommen solle.

Knobel verstand.

»Geben Sie mir die Akten rüber!«

Dr. Reitingers müde Augen weiteten sich zu einem flüchtigen Leuchten.

»Sie können die Akten natürlich auch selber abrechnen.«

Doch Knobel wehrte entschieden ab. Es war sein Preis für den stillen Wunsch, seine Solidarität durch Aktenbewältigung abarbeiten zu dürfen.

Dr. Reitinger nickte dankbar. Er verriet, für welche Summe er sich seinerzeit als Sozius eingekauft hatte. In so einer Krise sei es gut zu wissen, etwas bezahlt zu haben. Man könne ihm nicht vorwerfen, sich ins gemachte Nest gesetzt zu haben.

Knobel verschwieg, dass er für seine Soziierung nichts bezahlt hatte.

23

Bei Rosenbooms Geburtstagsfeier hatte Knobel das Haus seines Mandanten bloß als Durchgang zum Garten genutzt, und bei seinem zweiten Besuch war er nur bis zur Garage vorgestoßen. Jetzt fand er Zeit, sich bewundernd über das Haus zu äußern, und er drehte sich langsam auf dem edlen Wohnzimmerfußboden und pries anerkennend Rosenbooms guten Geschmack, während er sachkundig in alle Winkel blickte.

Rosenboom öffnete eine weiße Schiebetür, die das Wohnzimmer vom Arbeitszimmer trennte. Verblüfft fühlte sich Knobel an Dr. Hübenthals Büro erinnert. Die Bücherwand hinter dem gewaltigen Schreibtisch und die lederne Sitzgruppe schräg gegenüber bildeten ein vertrautes Ensemble, aber hier war jedes Mobiliar zweifellos noch edler und wertvoller als in Büro 101.

Tassilo Rosenboom setzte sich hinter seinen Schreibtisch. Die gewaltige Edelholzplatte mit kunstvollen Intarsien fasste noch mehr Bücher als der große Schreibtisch von Dr. Hübenthal und wahrscheinlich mehr, als man jemals gleichzeitig gebrauchen konnte.

Knobel wollte ihm gegenüber Platz nehmen und hatte einen der schweren Lehnstühle bereits vorgezogen.

»Hier herum«, befahl Rosenboom freundschaftlich und winkte ihn zu sich. »Ich sehe Sie doch sonst gar nicht.«

Knobel zog folgsam den Stuhl um den mächtigen Tisch, und Rosenboom ließ seine Frau den Tee servieren. Knobel fand Gelegenheit, sie eingehender zu betrachten. Er hatte von Dr. Hübenthal erfahren, dass sie um die fünfzig sein musste, doch sie sah deutlich jünger aus. Das zu einem Knoten zusammengebundene schwarze Haar machte sie streng, was zu ihren Lachfältchen in den Augenwinkeln und ihren großen braunen Augen nicht passen wollte. Sie wirkte natürlich und herzlich. Knobel mochte sie, ohne dass er bisher auch nur einen Satz mit ihr gewechselt hatte. Er sah ihr nach, bis sie die Türflügel leise hinter sich schloss.

»Nun zu uns!«

Rosenboom wurde geschäftlich, und Knobel zog prompt das Manuskript seines Schriftsatzes aus seinem neuen schmucken Aktenkoffer, den er gegen seine alte dickbauchige Tasche eingetauscht hatte.

Knobel las vor. Er hatte alles passend gemacht, Maries Grundidee verfeinert und mit Daten angereichert. Knobel sah beim Vorlesen gelegentlich zu Rosenboom auf, der in seinem wuchtigen Sessel höher saß und dadurch größer wirkte. Fast war es wie in der Schule, als sie Lerngemeinschaften gebildet und zu Hause geübt hatten, um den Jugendschreibtisch geschart, der eine auf einem Stuhl sitzend, die anderen drum herum auf Kisten oder auf dem Teppich. So war es anfangs auch im Studium gewesen, bis ihn Lisa daraus befreit hatte.

Doch in Rosenbooms Büro war die Situation keineswegs albern oder unangenehm. Befriedigt spürte er, dass sein Mandant mit sichtlichem Gefallen seinen Worten lauschte, und Knobel vervollkommnete daraufhin das Vorlesen. Er las deutlich und betonend und nicht zu schnell. Nach Absätzen hielt er inne, und bei jedem Komma hob er die Stimme. Als er endete, war sein Mandant begeistert.

»Sagen Sie, wie kommen Sie auf so was?«

Knobel tat gleichgültig.

»Phantasie gehört zu meinem Beruf.«

»Sie haben sich das alles selbst ausgedacht?«, fragte Rosenboom ungläubig.

»Natürlich.«

Knobel ging freudig ins Detail.

»Es passt auch rechtlich. Wir verbinden die erste Geschichte mit der zweiten, ohne in die Rechtskraft des ersten Urteils einzugreifen.«

Rosenboom nickte, aber Knobel merkte, dass sein Mandant nicht verstanden hatte.

»Das Rechtliche ist auch nicht wichtig«, beruhigte Knobel.

»In diesen Dingen sind Sie der Fachmann«, wiederholte Rosenboom.

»Dennoch werden wir verlieren«, erinnerte Knobel, »denn unsere gute Geschichte ändert nichts daran, dass wir beweisen müssten, dass Weinstein Ihnen das Geld geschenkt hat. Ich werde eidliche Vernehmung des Herrn Weinstein beantragen. Aber es ist klar, dass er seine Version wiederholen wird.«

Knobel unterließ es, Rosenboom nochmals die Sinnlosigkeit des Prozesses vor Augen zu halten.

»Wir werden es natürlich probieren«, sagte er stattdessen.

Der Mandant schlürfte seinen Tee und nickte zufrieden.

»Sie sind mein Anwalt.«

Knobel raffte sein Manuskript zusammen und ließ es in seinen Aktenkoffer gleiten.

»Jetzt schreiben Sie mal ordentlich Stundenhonorar für Ihre Arbeit auf«, forderte Rosenboom freundlich und dankbar.

»Die bisherige Arbeit ist mit den Anwaltsgebühren

abgegolten, die im Prozess anfallen«, erwiderte Knobel pflichtschuldig, aber sein Tonfall verriet, dass er für eine zusätzliche Vergütung empfänglich sei.

»Sagen wir: Zehn Stunden zu je vierhundert«, schlug Rosenboom vor.

Stundenzahl und Stundensatz waren maßlos übersetzt.

Knobel schwieg unsicher.

»Viertausend extra für Ihren Einsatz sind nicht überbezahlt.«

Rosenboom schmunzelte.

»Schließlich will ich Sie ja behalten.«

Knobel unterließ die eilfertige Versicherung, dass er ohnehin für seinen besten Mandanten bereitstehe. Er addierte die viertausend im Geiste auf seinen letzten Umsatzstand. Immer häufiger ertappte er sich beim heimlichen Taxieren. Für die Kanzlei, für Lisa, demnächst für ein Kind. Sie hatten begonnen, Pläne für ein eigenes Haus zu schmieden. Lisa hatte schon den Garten geplant, ähnlich demjenigen des väterlichen Hauses, und Knobel hatte ihr den Stift abgenommen und den Garten noch ein wenig größer gemalt. Sie würden ein kleines Gartenhaus errichten und eine Terrasse, von der aus man dem Kind beim Herumtollen auf dem Rasen zusehen könnte. Lisa hatte beglückt auf die Zeichnung des vergrößerten Gartens geschaut. Alles werde bald Wirklichkeit, hatte Knobel erklärt.

24

Das Dortmunder Landgericht hatte angeordnet, dass die Kontrahenten Weinstein und Rosenboom zur Aufklärung des Sachverhalts persönlich zur Verhandlung zu erscheinen hätten.

Knobel hatte Rosenboom noch wenige Tage vorher auf die eigene Darstellung des Sachverhalts eingeschworen, ihn einem Schüler gleich die vorgetragene Geschichte nacherzählen lassen und die in ihr enthaltenen Daten vokabelartig abgefragt.

Sein Mandant hatte folgsam die Prüfung bestanden und sich amüsiert für Knobels Ratschlag bedankt, sich frühzeitig bei Gericht einzufinden, um sich noch vor der Verhandlung entspannen zu können. Knobel hatte es in demselben Tonfall gesagt, in dem er nunmehr Lisa riet, sich den Belastungen des Alltags so weit wie möglich zu verweigern.

Lisa war inzwischen schwanger.

Als sie ihm ihre Schwangerschaft verraten hatte, redeten sie den ganzen Abend miteinander. Es war eine lange Zeit vergangen, seit sie das letzte Mal so lange miteinander geredet hatten. Sie stritten fröhlich über Vorzüge und Nachteile eines Doppelnamens, verwarfen schließlich ihre ersten Ideen und beschlossen, dass eine Tochter Nathalie oder Malin-Sophie und ein Sohn Felix heißen solle. Seither bemühte er sich umtriebig um Lisa und den Haushalt. Sie genoss seine wohlwollenden Ermahnungen und begehrte im Spiel gegen seine streichelnden und schonenden Worte auf, damit er sich noch bemühter um sie sorgte. Die sich ankündigende Geburt des Kindes ließ ihn durchatmen. Er fühlte sich an einem Ziel angekommen.

Tassilo Rosenboom hatte ihm versichert, dass er sich nicht um ihn zu sorgen brauche. Er werde im Gerichtstermin nicht patzen, aber Knobel wollte nichts dem Zufall überlassen und hatte den Auftritt seines Mandanten vorgedacht. Er hatte die mutmaßlichen Fragen des Vorsitzenden Richters im Voraus beantwortet und seinen Mandanten die Antworten einstudieren lassen. Rosenboom musste Rede und Gegenrede im Termin überstehen. Knobel empfahl, Richter und Gegner direkt anzusehen, auch den Blick zum Gegenanwalt nicht zu scheuen, laut und nicht zu schnell zu sprechen, und Rosenboom gelobte, auch diese Empfehlungen zu beherzigen.

Doch als die Gerichtsverhandlung begann, saß Knobel allein am Beklagtentisch. Sein Mandant hatte ihn kurz zuvor angerufen und ihm mitgeteilt, dass ihn eine Darmgrippe ereilt habe, und ein knappes Attest des Hausarztes traf zeitgleich per Fax in der Kanzlei ein.

Knobel überreichte dem Vorsitzenden entschuldigend das Papier. Der Richter nahm es schnaufend entgegen und überflog die Zeilen, während Knobel der Ordnung halber versicherte, das Original baldmöglichst nachzureichen.

Das Attest fand keinen Glauben.

»Manche Krankheiten kommen immer ganz plötzlich«, meinte der Vorsitzende kopfschüttelnd.

Knobel wollte protestieren, aber er blieb noch still.

Der Vorsitzende eröffnete die Sitzung.

Knobel musterte die aus den Vorprozessen bekannten Richter, widerstand ihren Blicken und nahm dann Gegenanwalt und Gegenpartei lauernd ins Visier.

Weinstein, ein hagerer Mann Mitte fünfzig mit schütterem grauen Haar über einem bleichen und recht faltigen Gesicht, kauerte neben seinem Anwalt, der sich über seine Akte beugte und den Antrag aus seiner Klageschrift zu Protokoll gab. Weinstein trug einen schlichten grauen Straßenanzug und wirkte auch im Ganzen grau.

Knobel beantragte, die Klage abzuweisen.

Der Vorsitzende spähte misslaunig zu ihm herüber.

»Es ist wirklich sehr bedauerlich, dass uns Ihr Herr Mandant heute im Stich lässt.«

Knobel zuckte hilflos mit den Schultern.

Der Vorsitzende wandte sich Weinstein zu.

»Sie bestreiten gewiss den Vortrag der Gegenseite zu der behaupteten Schenkung«, fragte er. »Sie wollten nicht Herrn Rosenboom Geld schenken, weil Sie zunächst zuviel Schadensersatz wegen des schadhaften Hauses gegen ihn eingeklagt hatten?«

»Es ist gelogen.«

Weinsteins Stimme war leise und ruhig.

Der Vorsitzende gab Weinsteins Worte zu Protokoll.

Knobel ereiferte sich, dass er einen solchen Vorwurf nicht auf seinem Mandanten sitzen lasse, und er versuchte, mit den Augen zu blitzen. Hilflos bellte er, dass sich Herr Rosenboom gegen solche Äußerungen zu verwahren wisse.

»Ich gehe davon aus, dass Herr Rosenboom heute eingeräumt hätte, gelogen zu haben«, erwiderte Weinstein gelassen.

Sein Anwalt schnarrte, dass man in der Tat mit einer Erklärung Rosenbooms gerechnet habe, zu der es nun leider nicht komme.

»Es ist«, schloss er, »wie der Herr Vorsitzende soeben zutreffend anmerkte, in der Tat sehr bedauerlich, dass Herr Rosenboom heute erkrankt ist.«

Beim Wort *erkrankt* hob er die Stimme und fand im zustimmenden Augenaufschlag des Vorsitzenden die gesuchte Bestätigung.

»Nun ja …«

Der Vorsitzende blätterte flüchtig durch die Akte.

»Wir werden eine Entscheidung am Schluss der Sitzung verkünden«, sagte er und schloss die Verhandlung.

25

Knobel eilte in die Kanzlei zurück und berichtete Dr. Hübenthal vom Prozess und seinem zu erwartenden Ergebnis, dass Rosenboom aller Voraussicht nach zur Zahlung verurteilt werde. Er skizzierte das geheimnisvolle Gebaren Rosenbooms im Vorfeld des Prozesses, ohne dass es ihm darum ging, Licht ins Dunkel zu bringen. Obgleich er seinen Vortrag detailliert schilderte, verschwieg er, das vor Gericht präsentierte Märchen selbst erfunden zu haben und erklärte vielmehr achselzuckend, dass dies Rosenbooms Idee gewesen sei.

Der Senior beruhigte ihn. Er wisse ja von dem neuen Prozess gegen Weinstein. Und er erwarte wie Rosenboom keinen Sieg.

Knobel atmete erleichtert auf.

»Bei dieser Gelegenheit darf ich Sie bitten, einstweilen Herrn Dr. Reitinger zu vertreten«, fuhr Dr. Hübenthal fort. »Er fällt wegen Krankheit auf unabsehbare Zeit aus.«

»Die Sache mit seiner Frau belastet ihn wohl schwer«, vermutete Knobel.

»Es ist das Herz«, erklärte der Senior, »Reitinger hat bedrohliche Herzrhythmusstörungen. Natürlich können Sie seine Akten in seinem Büro bearbeiten. Reitingers Sekretärin wird für Sie arbeiten.«

Knobel tat der kranke Kollege leid, aber er sah es emotionslos. Es war nicht nur die persönliche Ferne zu Dr. Reitinger, die ihn davor schützte, betroffen zu sein. Seine eigene glückliche Welt hatte ihn schützend umwoben und verteidigte ihn gegen alles Unangenehme, das von außen auf sie einzustürzen drohte. Knobel wollte, dass es in seiner Welt so weiterginge wie bisher und übermittelte mit einem lustigen Postkartenmotiv baldige Genesungswünsche an den kranken Kollegen.

Dr. Reitinger hatte sein Büro in dem bekannten Durcheinander hinterlassen.

Knobel setzte sich an den Schreibtisch und bat Dr. Reitingers Sekretärin über die Sprechanlage zu sich. Knobel wies sie an, das Chaos auf dem Schreibtisch zu ordnen. Frau Klabunde begann missmutig, in dem Aktenstapel zu wühlen, und Knobel registrierte befriedigt ihre aufkeimende Nervosität.

»Der Herr Doktor hat sich immer darin zurechtgefunden«, entschuldigte sie, hoffend, von der unangenehmen Aufgabe wieder entbunden zu werden.

»Es wird sich hier viel ändern«, sagte Knobel mit schneidendem Unterton und trug ihr auf, binnen vier Stunden das Gröbste zu erledigen. Bis dahin wolle er sich in 307 zurückziehen.

Als er erneut in 102 erschien, waren die Akten auf dem Schreibtisch nach Posteingängen und Fristen sortiert und zu sorgfältigen Stapeln geschichtet. Die Schreibtischunterlage war von Notizzetteln und Stiften befreit und gesäubert worden.

Frau Klabunde wechselte aufgeregt zwischen dem Büro und ihrem benachbarten Sekretariat hin und her, schaffte Unterlagen herbei und wieder weg und beeilte sich, die aus dem Computer abgeforderten Ausdrucke zusammenzustellen und zu erläutern.

Knobel sichtete kritisch die Unterlagen, während Frau Klabunde unter seiner Strenge litt, nach der ihm plötzlich war. Es gefiel ihm, unnahbar zu sein. In 102 machte er einen

Neubeginn. Es gab kein Ertasten der neuen Umgebung, kein Einleben, kein Gestalten von Kulissen. Er hatte sich gesetzt und gleich mit der Arbeit begonnen.

Frau Klabunde sehnte sich nach Dr. Reitinger zurück und betete für dessen Genesung, die kommende Zeit fürchtend, barg sie doch offensichtlich den nahen Abschied von lieb gewonnenen Gewohnheiten.

Knobel genoss ihre verzweifelte Unterwerfung, und er entließ sie mit einer flüchtigen Handbewegung wieder in ihr Zimmer.

Knobel brauchte nicht lange, bis er in vielen Akten ein stets gleiches Prinzip entdeckte. Dr. Reitinger hatte Fälle geteilt und aus ein und derselben Sache zwei oder sogar noch mehr Vorgänge gemacht.

Dies war ohne Zweifel unpraktisch, erhöhte aber die Fallzahlen.

Frau Klabunde gestand weinerlich, dass der Doktor der Übersichtlichkeit halber dies schon länger praktiziert habe.

Knobel fiel in ein grunzendes Lachen, demjenigen von Löffke nicht unähnlich, und ordnete an, dass sie die mehrbändigen Akten zusammenführen und die künstlich geschaffenen Aktenzeichen löschen solle. Knobel begann, Dr. Reitingers Aktenbestand mit rückhaltloser Gründlichkeit zu lichten und zu säubern.

Beim nächsten Gang ins *Dubrovnik* trug er Dr. Hübenthal die aufgedeckten Missstände vor. Es war ein Verrat ohne Not und ganz nebenbei, aus dem Gespräch heraus begangen, eine erzählenswerte Episode wie ein gerade gewonnener Prozess. Er hatte im Detail berichtet, aber der Senior hatte ihn nicht gelobt, und Knobel hatte sich unvermittelt als Verräter gefühlt.

Knobel wollte das Gesagte ungesagt machen und gelobte

insgeheim, Dr. Reitinger nach dessen Rückkehr dauerhaft zu entlasten. Sein Schuldbewusstsein bemühte die Kette aller Faktoren, die sich unheilvoll ausgewirkt hatten, und wies ihnen Mitverantwortung zu, ohne dass es ihm gelang, sich rein zu waschen. Die Zeit würde die Schuld verblassen und den Verrat vergessen lassen. Er setzte auf die Zeit.

Als sie vom *Dubrovnik* zurückkamen, zählte er die Stufen hinauf zu seinem Büro. Würde die Summe eine gerade Zahl sein, geriete die Sache in Vergessenheit.

Das Schicksal meinte es gut mit ihm, denn er zählte vierundvierzig Stufen. Knobel suchte in verfahrenen Situationen nach Gottesurteilen.

26

Marie erwartete ihn am nächsten Dienstag vor dem *Café Erdmann* am Westpark. Sie hatten sich an ihrem freien Tag für den frühen Nachmittag dort verabredet.

Sein nächtlicher Besuch bei ihr, der Blick durch das Badezimmerfenster war in seinen Gedanken so gegenwärtig geblieben, dass er Lisa unweigerlich zu betrügen glaubte, wenn er nur an Marie dachte. Er hatte sich auf Lisa, auf das Kind und das geplante neue Heim konzentriert und fest gewollt, die Erinnerung an Marie abzuschütteln. Er empfand keine Sehnsucht nach Marie. Er kannte sie kaum und hatte nur einen Augenblick lang in ihr Leben geschaut, das mit seinem nur wenig gemein zu haben schien.

Knobel hatte sich weder in Marie verliebt, noch verlangte ihn nach ihrem Körper; auch war er nicht versucht, ihr ein paar Zeilen zu schreiben. Aber die Erinnerung an den Abend in ihrer Wohnung war ein Bild vertrauten Zusammenseins, auf wenige wesentliche und prägende Eindrücke beschränkt, und sie wurden um so intensiver, je mehr er gegen die Erinnerung ankämpfte. Ohne dass er sie musterte, blieb sie unaufdringlich bei ihm, ließ sich fragen und fragte selbst. Sie blieb, ohne dass er hätte benennen können, was ihn an ihr fesselte.

Als das Urteil des Landgerichts in der Kanzlei zugestellt worden war, suchte er erneut Marie auf.

Das Gericht hatte Rosenboom zur Rückzahlung des Darlehens nebst Zinsen verurteilt. Die Entscheidungsgründe des Urteils waren knapp gehalten. Zwischen den Zeilen las Knobel heraus, dass das Gericht nicht einen Moment die Version Weinsteins angezweifelt, Rosenbooms Behauptung dagegen jede Glaubhaftigkeit abgesprochen und in den Bereich des Absurden verbannt hatte. Obwohl das Urteil wie erwartet ausfiel, las Knobel es mit rotem Kopf. Es las sich wie eine Verhöhnung seiner Geschichte. Knobel wusste, dass die Unwahrheit in gerichtlichen Verfahren ihren festen Platz hatte. Aber es traf ihn, dass man mit seiner Unwahrheit nicht anständiger umgegangen war, seinen Sachvortrag nicht als glaubhaft vorstellbar, aber leider unbewiesen gewürdigt hatte, bevor man der Darstellung Weinsteins folgte.

Unmittelbar nach Eingang des Urteils hatte er seinen Mandanten pflichtschuldig über die Möglichkeit einer Berufung belehrt, aber Rosenboom hatte erklärt, dass er das Urteil annehme und sofort an Weinstein Zahlung leisten werde. Sein Mandant erkundigte sich auch nach den Kosten für Weinsteins Anwalt und den Gerichtskosten, die er gleich mit überweisen wolle. Damit sei der Prozess erledigt.

Doch die schnelle Erledigung störte Knobel.

Maries Atem bildete kleine Wölkchen. Knobel hatte sie bislang nur in der dämmrigen Wirtschaft oder im Lampenlicht ihrer Wohnung gesehen. Im neblig blassen Licht dieses frühherbstlich kühlen Tages sah ihr Gesicht frisch und rosig aus. Sie trug einen dicken Strickpullover, der ihren schmalen Oberkörper aufblähte. Ihre Hände waren in den Taschen ihrer Jeanshose versteckt.

Knobel schlug vor, dass man einen Spaziergang durch den Park machen solle. Sie nahmen ein kurzes Stück einen der Hauptwege und schwenkten in die kleineren Wege ein, die sich durch den Park zogen. Das Herbstlaub sammelte sich auf dem festgetretenen Granulat, und Knobel stieß mit den Schuhspitzen in die rostigen Blätter, die die Gärtner zu kleinen Haufen zusammengekehrt hatten. Der Rosenboom-Prozess verband ihn mit Marie und machte das Gespräch mit ihr leicht. Er berichtete in allen Einzelheiten, widerstand der Versuchung, sie mit rechtlichen Details zu langweilen und erzählte lebhaft und flüssig.

»Ich denke, dass der Ausgang des Verfahrens von Anfang an klar war«, folgerte sie.

»Natürlich. Ich hatte ja gesagt, dass wir wohl verlieren würden. Auch Rosenboom wusste das.«

Marie schüttelte den Kopf.

»Ich meine es anders. Ich meine, dass der Prozess nicht nur so ausgehen musste, sondern dass er auch so ausgehen sollte.«

Sie schwiegen eine Weile. Knobel hatte diese Möglichkeit selbst kurz in Betracht gezogen, dann aber unterlassen, ihr weiter nachzugehen.

»Dann hätte man sich den Prozess und damit den Aufwand und alle Kosten sparen können«, meinte er.

Sie erwiderte nichts.

»Arbeiten Sie schon lange im *La dolce vita*?«

»Seit dem zweiten Semester. Als Job nebenbei. Bis auf die Dienstage. Da habe ich weder Vorlesungen noch Tresendienst.«

Sie hatte ihre Hände aus den Hosentaschen genommen.

»Jura?«

»Germanistik.«

Ihm fiel ihr Taschenbuch mit den vielen Anmerkungen ein. Er hatte nie gerne gelesen. Zu Hause zierten die Bücher, die er in der Schule lesen musste, das Regal. Einiges von Hesse, sogar der *Ulysses* von Joyce, als Jubiläumsausgabe auf Empfehlung des Deutschlehrers gekauft und ungelesen ins Regal gestellt, Fromms *Kunst des Liebens*, erworben, als er mit allen anderen in der Obertertia die Liebe durchdrang, nach einigen Seiten beiseite gelegt und heute wieder gut sichtbar eingereiht, doch noch immer nicht weiter gelesen.

Lisa hatte mehr gelesen als er. Sie entschied schnell, ob sie ein Buch lesen wollte oder nicht. Wollte sie es lesen, las sie es zügig und immer ganz durch, selbst dann, wenn es sie zu langweilen begann. Lisa hatte ihm, als sie zusammenzogen und ihr Bücherregal füllten, einige ihrer Lieblingsbücher zu lesen gegeben. Er hatte sie durchgearbeitet wie eine Hausaufgabe im Deutschunterricht und war auf Fragen zum Inhalt vorbereitet. Wirkliche Freude hatte ihm die Lektüre nicht bereitet. Doch sie fragte nie danach und so hatte er es wieder aufgegeben.

»Wenn der Prozess so ausging, wie er ausgehen musste und wie er ausgehen sollte, dann ist das Ganze wie ein Spiel«, meinte Marie.

Ihre Neugier erinnerte ihn an seine Frau, aber Marie war in ihrer Art jugendhafter und forschender. Lisa hatte aufgehört, entdecken zu wollen.

Er hatte Marie die Aufgabe gestellt, das Geheimnis der Rosenboom-Prozesse zu lösen, und er merkte, dass er ihre Ideen nur abzuwarten brauchte. Die Rosenboom-Fälle gestatteten ihm, ihr unaufdringlich nah zu sein. Sie bildeten einen Fluchtpunkt, über den debattierend er mit ihr durchs Laub schlendern konnte. Wenn sie schweigend nebeneinander liefen, war es nicht bedrückend. Bei ihr belastete das Schweigen nicht.

Sie durchkreuzten den Westpark, schlenderten ziellos von der einen Seite zur anderen, wendeten, bevor sie einen der Ausgänge erreichten und gingen manche Wege ein zweites Mal.

»Wenn der Ausgang der Prozesse so abgesprochen war, wenn also die Prozesse nur zum Schein geführt wurden, dann muss es zwischen Weinstein und Rosenboom eine Verbindung geben, von der wir nichts wissen«, folgerte Knobel.

Marie schüttelte den Kopf »Wir wissen aus dem Verlauf der Prozesse schon mehr: Rosenboom muss nämlich immer verlieren. – Jede Wette, dass Weinstein bald einen neuen Prozess gegen Rosenboom beginnt.«

Er war versucht, es bei der Erledigung der Prozesse zu belassen und musste sich zugleich eingestehen, dass er sich dadurch nicht des Problems entledigen konnte.

»Trotzdem machen die Prozesse keinen Sinn«, erwiderte er. »Wenn Weinstein meinen Mandanten in der Hand hat, wird er das Geld auch ohne Prozesse von ihm bekommen können. Mit den Gerichtsverhandlungen macht er die Erpressung ja praktisch öffentlich.«

Es gefiel ihm, aus der Rolle des dem Mandanten ergebenen Anwalts herauszuwachsen, der sich auf die Informationen beschränkt, die ihm zugetragen wurden. Die pünktlich bezahlten Honorarrechnungen, die großzügigen zusätzlichen Stundenvergütungen, das Auto und die auf Rosenboom zurückgehende Soziierung verfingen jetzt nicht. Sie erzeugten kein schlechtes Gewissen, kein beklemmendes Gefühl der Illoyalität. Der Entschluss, die Rosenboom-Prozesse nicht auf sich beruhen zu lassen, weckte einen unbekannten Ehrgeiz. Er war nicht länger Unterlasser. Trotzdem war der mit Marie geschlossene Pakt unschuldig. Nichts verband ihn hier mit der Kanzlei oder wandte sich gegen sie. Seine Gedanken verirrten sich nicht in 101, suchten keine Rechtfertigung in einem imaginären Gespräch mit Dr. Hübenthal, keine respektheischende Kulisse, vor der er sich kleinlaut würde verantworten müssen, keine Fortsetzung einer demütigenden Beichte gegenüber den Sozien im *Dubrovnik*.

Er löste sich.

»Wo fangen wir an?«

Seine Frage war offen, neugierig und einladend.

Es schien, als habe sie nur auf ein Startsignal gewartet. Sie werde in Zeitungsarchiven nach Artikeln über Rosenboom stöbern, die einen Hinweis auf Weinstein eröffnen könnten. Er dagegen könne vielleicht die ihm unbekannten alten Rosenboom-Akten auf Weinstein hin durchforsten. Möglicherweise komme man auch über Rosenbooms Lebensdaten weiter. Denkbar wäre auch, dass zum Beispiel zu Ehren seines sechzigsten Geburtstags eine Chronik oder Ähnliches verfasst worden sei.

Knobel notierte ihre Vorschläge in seinen Taschenkalender. Zu jeder Jahreswende begann er, seine Termine sorgfältig im neuen Taschenkalender zu notieren, befleißigte sich, berufliche und private Termine mit unterschiedlichen Farben zu kennzeichnen, um allerdings anschließend regelmäßig erst die farbliche Markierung zu vernachlässigen und schließlich es ganz zu unterlassen, seine Termine zu erfassen. Ungeachtet dessen dienten die Taschenkalender weiter als Notizbuch.

Marie verfolgte seine Mitschrift und animierte ihn, mit der Aktenrecherche zu beginnen. Sie sei von allen möglichen Spuren die einfachste.

Er ging mit Marie bis zur U-Bahnstation *Städtische Kliniken* und begleitete sie bis zum Bahnsteig. Die außergewöhnliche Wärme der zurückliegenden Tage lastete drückend im Gewölbe und mischte sich in der verbrauchten Luft mit dem teerigen Geruch der Schwellen. Still gingen sie bis zur Mitte des Bahnsteigs und warteten in eigentümlicher Vertrautheit. Die Zeit, sich ihr mit ertastenden Fragen zu nähern, war nutzlos verstrichen, dennoch bedauerte er es nicht.

Die U-Bahn fuhr ein. Als sie einstieg, bedankte er sich für die Zeit, die sie ihm geschenkt hatte. Er sah dem Zug nach, bis sich die roten Lichter in der schwarzen Röhre verloren und das Singen der Schienen verstummt war.

In die Kanzlei zurückgekehrt, blätterte er durch sämtliche Rosenboom-Akten, die er in 307 aufbewahrte. Die Vorgänge waren ihm bekannt, der Name Weinstein seiner Erinnerung nach in keinem Zusammenhang erwähnt, gleichwohl prüfte er sorgfältig alle Akten und die in ihren Einschlägen verstauten Unterlagen, derer er bisher keine besondere Aufmerksamkeit gewidmet hatte.

Er fand nichts.

Lisa berichtete er von einem langweiligen Ortstermin in einer Bausache, nichts, was der Rede wert sei, und er murmelte etwas von mangelhaft ausgeführten Drainagen und Verstößen gegen DIN-Vorschriften. Ein Fall, der sich nicht rechne, weil der Arbeitsaufwand in keinem Verhältnis zu den zu erwartenden Gebühren stehe. Ein Fall, den die Kanzlei mit durchziehe. Er winkte überdrüssig ab.

Lisa ließ ihn ihren Bauch fühlen und dann in die Kataloge blicken, die sie tagsüber im Büro gewälzt hatte. Er studierte Badezimmerausstattungen, Kücheneinrichtungen und einen italienischen Prospekt über Lichtdesign. Die Hochglanzbroschüren entführten ihn in eine neue Welt. Staunend verweilte er bei einzelnen Fotos, die sie angekreuzt hatte.

»Unser Architekt wird gute Preise aushandeln«, meinte sie, und er erwiderte, dass er den Architekten in die Pflicht nehmen werde. Ihr gefiel seine Entschlossenheit, die sie zärtlich belohnte, und er demonstrierte Entschlossenheit, als folgte er einer Regieanweisung, die in bestimmten Abständen ein solches Signal von ihm forderte. Sie hatten ihren Weg gefunden, und er beschritt ihn in der Gewissheit, dass der vorgezeichnete Weg für sie zum Besten sei. In diesen Momenten war ihm Marie fern. Sie war jenseits seiner gefügten Welt. Doch wenn er an sie dachte, beschämte ihn, dass er sich von ihr verleiten ließ, Tassilo Rosenbooms Geheimnis zu erforschen und Verrat an ihm zu begehen. Rosenboom gehörte zu seiner diesseitigen Welt, er speiste sie mit saftigen Honoraren, und Knobel war wieder versucht, die Angelegenheit Weinstein auf sich beruhen zu lassen. Seine Überzeugungen wechselten, ohne dass es ihn quälte, denn sie konkurrierten nicht miteinander, schließlich waren sie keinem Prinzip verpflichtet, dass Geradlinigkeit anmahnte und Konsequenz einforderte. Er hätte nur seine Nachforschungen einstellen müssen. Er brauchte nur zu unterlassen.

27

Am Morgen des 12. Oktober empfing ihn Frau Klabunde mit verheultem Gesicht in ihrem kleinen Sekretariat. Der Herr Doktor Reitinger sei letzte Nacht nach einem Herzstillstand verstorben.

Knobel erschrak heftig. Unwillkürlich umgriff er die kleine rundliche Frau und strich ihr sanft über den Rücken.

Frau Klabunde heulte daraufhin noch mehr und wollte gar nicht mehr aufhören.

Hilflos ließ er von ihr ab und ließ sie auf einen Stuhl sacken. Knobel beeilte sich, ihr eine Tasse Kaffee zu kochen. Umständlich bediente er die Kaffeemaschine, kramte in einem kleinen Schrank nach einer Tasse und Zucker und arbeitete gegen Frau Klabundes nicht enden wollendes Heulen an.

»Sein Herz«, stieß sie hervor, »sein Herz! Er hatte so ein gutes Herz!«

Er lief verstört auf und ab, sehnte das Gluckern der Kaffeemaschine herbei, fragte nach dem *Warum*, ohne darauf eine Antwort zu finden, und verfiel in lähmendes Schweigen.

Knobel suchte nach Taschentüchern und stahl sich aus dem Sekretariat in Dr. Reitingers Büro. Als sein Blick auf den aufgeräumten Schreibtisch und die Miró-Drucke an der Wand fiel, musste er schlucken.

Als Frau Klabundes klagendes Schluchzen selbst durch die geschlossene Tür drang, suchte er Zuflucht in 101.

Dort saßen Löffke, Dr. Hübenthal und Frau Meyer-Söhnkes betroffen um den kleinen Couchtisch zusammen. Die Stimme des Seniors war leise und brüchig. – Dreiundfünfzig, mein Gott, kein Alter – verschwendetes Leben – verlorenes Leben. Selbst schon zweiundsechzig. Keine Spuren hinterlassen, die von Dauer sind. Kanzlei aufgebaut – was bleibt davon? Sie schwiegen trauernd, gemeinsam, gleich wie nie, Sozien der Trauer.

»Wir übernehmen die Kosten der Beerdigung«, schlug Knobel vor, Schuld abtragend, wiedergutmachend. »Das Mindeste, was wir tun können.«

Sie beschlossen es einstimmig. Der Tod veränderte.

Schweigend gingen sie auseinander. Knobel zog sich in 307 zurück und entwarf eine Todesanzeige für die Tageszeitung. Eine persönliche Anzeige für einen zu spät erkannten Freund, in die Ewigkeit nachgesandte Nähe, posthume Treue. Knobel malte zitternd Worte aufs Papier, auf Endreime bedacht, Vergangenheit und Zukunft klammernd, Verbundenheit auf Dauer, Andenken auf ewig bewahrend. Seine Worte wirkten blass und trotz Steigerungsform dürftig.

Das Telefon riss ihn aus den brüchigen Versen.

Frau Klabundes brüchige Stimme verband ihn mit Weinsteins Anwalt.

»Herr Kollege Knobel?«

Die schnarrende Stimme klang fordernd.

»Ja?«

»Das Urteil des Landgerichts in der Sache Weinstein gegen Rosenboom ist mittlerweile rechtskräftig.«

Die schnarrende Stimme wurde schärfer.

»Und Ihr Herr Mandant hat immer noch nicht gezahlt. Ich gebe ihm letzte Gelegenheit, bis zum Ende der kommenden Woche zu zahlen. Ansonsten werde ich Herrn

Weinstein empfehlen, die Zwangsvollstreckung aus dem Urteil zu betreiben.«

Knobel versicherte, dass es sich nur um ein Versehen handeln könne und er Rosenboom zur sofortigen Zahlung auffordern werde. Im Übrigen gehe im Moment wegen eines Todesfalles in der Kanzlei alles durcheinander.

»Oh …«

Schlagartig verlor die Stimme des anderen an Schärfe. Übergangslos erkundigte sie sich teilnahmsvoll.

»Ich habe Kollege Reitinger gestern Abend noch gesehen«, sagte der Kollege. »Er wohnt doch fast um die Ecke. – Wirklich, gestern habe ich ihn noch gesehen. Vielleicht hat ihn danach niemand mehr gesprochen …«

Frau Klabunde verband Knobel schwermütig mit einer Mandantin.

»Neue Sache, eine Frau Audero.«

Knobel horchte. Am anderen Ende der Leitung kicherte Marie.

»Mein Tarnname. Audero steht für *Aufklärung der Erpressung Rosenboom.*«

Er hielt strafende Distanz, berief sich auf den Todesfall und hängte Marie ab.

28

Knobel hatte Zimmer 102 zunächst mit scheuer Ehrfurcht in Besitz genommen und sich dann um so entschlossener dort eingerichtet, gleichwohl er nicht abließ zu betonen, dass nichts das Geschehene ungeschehen machen könne.

Frau Klabunde hatte die Bücherregale auf Knobels Bitte leer geräumt und ausgewischt, während sie weinend ihren Erinnerungen nachtrauerte.

Knobel ließ ihr Zeit und drückte ihr ein Belegexemplar von Dr. Reitingers Dissertation *Das antizipierte Besitzkonstitut* in die Hand, damit sie etwas von ihm behalte.

Frau Klabunde nahm es, dankte und schluchzte auf.

Knobel behielt die Bücher, die in Dr. Reitingers Büro standen. Er ordnete sie anders und gruppierte nach Farben. Aus 307 nahm er nur wenig mit, vor allem das mit seinen goldgeprägten Einbänden imposante mehrbändige amerikanische Anwaltsverzeichnis von *Martindale/Hubbel.* Der Schreibtischsessel mit hoher Rückenlehne war ein wesentlicher Fortschritt gegenüber dem quietschenden und ächzenden Gefährt im Mansardenbüro. In dem neuen Sessel reichte die breite lederne Lehne bis an den Hinterkopf. Der große aufgeräumte Schreibtisch offenbarte seine jahrelang unter den Aktenbergen verborgen gebliebene elegante buchene Oberfläche. Einzig die Schreibtischunterlage erwarb er neu, weil die alte verkratzt war und den gediegenen Gesamteindruck störte. Halbkreisförmig gruppierte er Diktiergerät, Telefon, Schreibgerät und Notizblock um die schwarzlederne

Unterlage. Dann hielt er einige Minuten inne und antizipierte, wie er in diesem Büro repräsentieren würde. Erstmals war ihm mit Frau Klabunde eine eigene Sekretärin zugeordnet. Sie würde die Mandanten in sein Büro führen und auf Wunsch Kaffee und Gebäck servieren. Dieses Büro, obwohl in Größe und Ausstattung mit demjenigen Dr. Hübenthals trotz allem nicht vergleichbar, war das letzte wichtige noch fehlende Symbol seines beruflichen Erfolges.

Er ließ Lisa in die Kanzlei kommen. Sie musste nicht lange gedrängt werden. Knobel hatte sie mit der Bemerkung gelockt, dass er eine attraktive junge Frau zur Sekretärin habe.

Lisa erschien und war beruhigt zu sehen, dass die korpulente Frau Klabunde gut und gerne auf fünfzig geschätzt werden konnte.

Knobel verfolgte den belanglosen Wortwechsel zwischen den beiden Frauen durch die angelehnte Tür, dann trat er in sein Sekretariat, umarmte seine Frau und küsste sie auf die Stirn.

Frau Klabunde war ganz gerührt.

Anschließend zeigte Knobel Lisa sein Büro, fiel vor ihren Augen in den großen schwarzen Sessel hinter dem Schreibtisch und unterzeichnete die Tagespost.

Lisa sah sich zufrieden um und verglich sein Büro mit dem ihres Vaters. Sie waren etwa gleich groß.

Während er konzentriert die Briefe las und sie dann schwungvoll unterzeichnete, wartete Lisa still.

Knobel hatte seine Unterschrift perfektioniert. Das angedeutete *K* mündete in ein verschlungenes *b*, dann zog er den Stift schnell und weit nach rechts aus.

Knobel nahm einen Anruf von Weinsteins Anwalt entgegen.

Die Stimme des Kollegen hechelte.

»Es wundert mich, dass Ihr Mandant Rosenboom es so weit hat kommen lassen.«

Knobel zeigte sich erstaunt.

»Ich habe Ihrem Mandanten die Zwangsvollstreckung angekündigt, wenn er nicht fristgemäß zahlt. Die Frist ist nun über eine Woche verstrichen. Und gerade hat mich Ihr Herr Mandant angerufen und angekündigt, dass er gegen die Zwangsvollstreckung klagen werde. Es ist geradezu grotesk!«, schrie er.

»Mit welcher Klage?«

»Rosenboom behauptet, dass er auf das Urteil bereits alles gezahlt habe.«

Knobel blieb ruhig.

»Wenn er alles gezahlt hat, wird er dies nachweisen können.«

»Aber hat er nicht. Ganz ohne Zweifel.«

»Es wird sich alles aufklären«, rettete sich Knobel ins Vage.

»Hat Rosenboom vielleicht an Ihr Büro überwiesen, und ist das Geld versehentlich nicht an Herrn Weinstein beziehungsweise meine Kanzlei weitergeleitet worden?«, fragte der Kollege.

Knobel bat Frau Klabunde, dies sofort zu klären.

Schließlich kam sie mit der erwarteten Antwort zurück.

»Nein«, gab er an Weinsteins Anwalt weiter.

»Dann soll er klagen, bis er schwarz wird«, schnaubte die Stimme und beendete das Gespräch.

Lisa sah ihn besorgt an.

Er zuckte lässig mit den Schultern.

»Neue Sache, Vollstreckungsgegenklage. Herr Rosenboom hat auf ein gegen ihn ergangenes Urteil bereits gezahlt, aber der Gegner vollstreckt trotzdem. Schöner Streitwert, schnelles Geld.«

29

Die Dortmunder Universität verfügte neben ihren Hauptgebäuden in Eichlinghofen über Nebengebäude in der Innenstadt. Das Institut für Germanistik hatte sich in ein altes Gebäude an der Sonnenstraße einquartiert. Knobel trat durch eine schwere dunkle Eichentür mit ausgeleierter Klinke in eine säulengefasste Vorhalle. Der Linoleumboden war stumpf und ausgetreten. Unschlüssig folgte er den Hinweisschildern zur Studienberatung, geriet in einen Pulk Studenten, der über eine bevorstehende Klausur diskutierte. Als unbekanntes Gesicht zog er einige neugierige Blicke auf sich und lächelte verlegen zurück, las einen Aushang über die Lehrangebote in den Studiengängen Germanistische Linguistik, Germanische Mediävistik und Neuere deutsche Literaturwissenschaft und blickte in die rechts und links des Flurs gelegenen Seminarräume und Hörsäle hinein. Das Haus erinnerte ihn an seine alte Schule. Die Hörsäle waren klein und überschaubar, mit sechzig bis achtzig stufenförmig vom Dozentenpodest aus ansteigenden Holzklappsitzen. Das Haus kündete von Vorlesungen, in denen der Professor seine Studenten namentlich kennt. Kein Meer der Anonymität wie in seinen früheren Juravorlesungen, keine von Lehrstuhlassistenten herbei geschleppten Wäschekörbe mit Hunderten korrigierter Klausuren, die langwierig an die Masse verteilt werden mussten. Knobel dachte sich in eine Vorlesung in diesen kleinen Sälen hinein, fühlte die heimelige Atmosphäre im Hörsaal, während draußen der Regen aus grauen schweren Wolken an die Fenster peitschte. Er ließ sich den Flur entlang weitertreiben und gelangte zum Dekanat.

In einem Schaukasten hing die Teilnehmerliste eines Seminars über die Lexikologie des Deutschen aus. Er fand Maries Namen im oberen Drittel. Dann las er die anderen Namen, wissend, dass sie ihm unbekannt sein würden: Beate Wirtz, Reiner Grundmann, Ursulla Möller, Klaus Marks, Susi Henske, Sabine Schriewer, Diana Seelmeyer, Thomas Stapperfend, Andrea Adamik, Ingrun Hoffmann, Thomas Höch, Andrea Wassermeyer, Frank Dudda, Kerstin Köhn, Christian Scherney, Meike Großpietsch, Saskia Busch, Norbert Kinzel, Andrea Beatrix und so weiter. Es war ein Blick in ihre Welt, ihre Freunde, Bekannten, Lerngemeinschaften, die sich in ihrer Wohnung trafen, paukten oder nur plauderten, Pizza backten und Wein tranken. In der Summe mehr weibliche als männliche Namen. Das beruhigte ihn. Seine nebulöse Eifersucht analysierte die Namen der männlichen Seminarteilnehmer. Er dachte an die eigene Studentenzeit zurück und wollte sie nicht ein zweites Mal erleben. Knobel ging in die Kantine, setzte sich in eine Ecke und befreite den Tisch von bunten Flugblättern und stehen gelassenen Pappbechern. Dann schrieb er Marie einen kurzen Brief. Er bot nichts an, keine Einladung auf eine Tasse Kaffee oder zum Abendessen.

Seine Entschuldigung war schnörkellos und anwaltlich nüchtern. Ein Bekenntnis seiner Feigheit. Kein Liebesbrief, sondern ein Rückblick auf den Spaziergang im Westpark, enttäuschtes Vertrauen, Vertrauen auf ein Wiedersehen. Er schrieb die Zeilen in eine Nische, die Lisa niemals ausfüllen würde. Er verriet sie nicht, betrog sie nicht, spielte sie nicht gegeneinander aus, bemühte keine Komplimente. Lisa war ohne Komplimente und ohne Eroberungsfeldzüge seine Frau geworden, studierend, Paragraphen lernend. Schleichend waren sie in ihre Gemeinsamkeit getreten. Das Jawort in Brügge war eine Atempause auf ihrem konsequenten Weg. Überwältigt vom Augenblick hatten sie mit einem Ja auf dessen logische Fortsetzung geblickt. Seine Worte an Marie waren einfach, doch noch nie von ihm so gesagt oder geschrieben. Er beschrieb den Augenblick, schrieb den Brief ein zweites und ein drittes Mal, machte die Sätze flüssiger und die Schrift gleichmäßiger. Es sah aus wie aus einem Guss. Er schrieb ihr auch, wo er sich befand, und dass er das Institut für Germanistik an einem Tag aufgesucht hatte, an dem er sie dort nicht antreffen konnte. Es war ein Dienstag, ihr vorlesungsfreier Tag. Er schrieb ihr, dass er jetzt die Orte kennen gelernt habe, an denen sie einen Großteil ihrer Zeit verbrachte: das *La dolce vita*, ihre Wohnung und nun die Universität. Er hätte ihr noch mehr schreiben können, doch es blieb dabei. Als er den Brief an der Hauptpost eingeworfen hatte, fasste er in die Klappe des Briefkastens nach und vergewisserte sich, dass das Kuvert nach unten in den Kasten fiel.

30

Wenn Tassilo Rosenboom turnusmäßig die Kanzlei an der Prinz-Friedrich-Karl-Straße besuchte, pflegte er erst ein längeres Gespräch mit Dr. Hübenthal in Büro 101 zu führen, bevor er anschließend seinen üblichen Gang durch die anderen Büros absolvierte, sich nach dem Befinden erkundigte und die Fragen nach seinem Befinden beantwortete.

Rosenboom hatte die Kanzlei wieder mit neuen lukrativen Firmenmandaten bedacht und bei seinem Rundgang wiederholt die »netten kleinen Sachen« angesprochen, die er soeben mit Dr. Hübenthal vorbesprochen hatte. »Mein Ärger ist Ihr Geschäft«, verkündete er immer wieder und ließ diesen Satz unbeantwortet im Raum stehen. Zwar mochte man ihm keinen Ärger wünschen, aber weitere Geschäfte wollte man trotzdem.

Mit lautem Hallo trat Rosenboom in Knobels Büro.

»Ich muss doch sehen, wo mein Anwalt abgeblieben ist. Aber ich sehe schon, mein Anwalt residiert jetzt.«

Rosenboom besichtigte ausgiebig das neue Büro, trat an die große Bücherwand, nahm einzelne Fachbücher in die Hand und stellte sie anerkennend wieder an ihren Platz zurück.

Knobel kürzte ab.

»Sie haben gewiss einen Fall für mich?«

Sein Mandant lächelte.

»Weinsteins Anwalt hat schon mit Ihnen gesprochen?«

Knobel bejahte.

»Dann wissen Sie, was Sie zu tun haben.«

Knobel spielte nervös mit einem Stift und bat Rosenboom, Platz zu nehmen.

»Herr Rosenboom!«

Seine Stimme zitterte ein wenig.

»Ihre Fälle gegen Weinstein sind merkwürdig. Als Ihr Anwalt muss ich wissen, was dahinter steckt.«

Rosenboom sah ihn verblüfft an.

»Ich habe den Eindruck, dass die Prozesse nur Schauspiel sind«, fuhr Knobel fort. »Lassen Sie mich ehrlich sein: Ich glaube, dass Sie die Prozesse verlieren müssen, und ich glaube, dass Sie von vornherein wissen, dass Sie die Prozesse verlieren müssen. Im letzten Prozess war es Ihnen sogar egal, was wir vortragen sollten. – Was will Weinstein von Ihnen? Erpresst er Sie?«

Knobel wagte nicht den Blick in Rosenbooms Gesicht, fixierte den Stift und drückte ihn fest in die Schreibtischunterlage.

Rosenboom erhob sich und trat ans Fenster.

»Sie haben gelernt, die Dinge beim Namen zu nennen. Meinen Glückwunsch!«

Knobel wartete.

»Der Rückschluss war natürlich nicht schwer«, meinte Rosenboom. »Sie haben Recht. Es ist eine Art Spiel.«

Er wandte sich abrupt um.

»Aber zwingen Sie mich bitte nicht. Ich gehe davon aus, dass die Geschichte ohnehin bald erledigt ist.«

Knobel schwieg.

»Ich weiß, Sie fordern das Vertrauen des Mandanten ein«, sagte Rosenboom. »Aber der Anwalt muss auch Vertrauen zu seinem Mandanten haben und seinen Auftrag so ausführen, wie es der Mandant wünscht, jedenfalls soweit er nicht gegen seine Ehre handelt. Und gegen Ihre Ehre handeln Sie ja nicht. Sie arbeiten gern, und Sie arbeiten gut, sehr erfolgreich sogar. Bedenken Sie nur, was Sie in kurzer Zeit alles erreicht haben.«

Knobel verstand den Hinweis.

»Ich habe gewiss keinen Grund zu klagen.«

»Ich bitte Sie nur, meinen Auftrag auszuführen und zu akzeptieren, dass Sie nicht alles über den Fall wissen, ohne dass Ihnen dies schadet. Sie werden in vielen Fällen nicht alles wissen. Der Mandant wird Ihnen immer nur seine Version der Dinge erzählen, und die wird häufig nicht der Wahrheit entsprechen. Vielleicht lügt der Mandant Sie noch nicht einmal an, sondern ist wahrhaftig davon überzeugt, dass das, was er Ihnen erzählt, richtig ist. Sie müssen den Mandanten hinnehmen und Sie müssen seine Version hinnehmen. Was glauben Sie, wie sich der Mandant fühlt, wenn Sie ihn und nicht den Gegner hinterfragen? Ich will es Ihnen sagen: Der Mandant wird sich verraten fühlen.«

Knobel schwieg weiterhin.

»Es kann also keinen Unterschied machen, ob Sie von der Version des Mandanten überzeugt sind, obwohl Sie in Wirklichkeit falsch ist, oder ob Sie ahnen, vielleicht sogar wissen, dass sie nicht richtig oder nicht vollständig ist. Vor Gericht kämpfen doch die Parteien gegeneinander. Die Anwälte sind nur ihre Soldaten. Was können Sie anders tun als die Sache Ihres Mandanten zu vertreten? Die Frage heißt eigentlich: Was dürfen Sie anders tun?«

Rosenboom hatte mittlerweile das Fenster verlassen. Die Hände auf dem Rücken lief er im Büro auf und ab.

Knobel empfand es als künstliches Schreiten, eine ihn anwidernde Geste des Dozierens. Er hätte entgegnen können, dass der Anwalt nicht das Werkzeug seines Mandanten sei, aber er unterließ es. Die Bedeutung des Mandanten Rosenboom für die Kanzlei, die Bedeutung der ihm von Rosenboom übertragenen Mandate, die Gewichtung des Faktors Rosenboom bei der Entwicklung seiner Umsatzzahlen verboten es. Knobel verdrängte den befremdenden Gedanken der eigenen Käuflichkeit. Rosenbooms Ansicht war nicht wirklich falsch, eher war sie nur pragmatisch. Es gab keine Grenze zu ziehen, keine Bastion zu verteidigen. Es war lediglich eine Frage der Moral in der laufenden Geschäftsbeziehung, an dieser Stelle deplaziert und unangemessen vom Kanzleijunior gestellt, die alte Seilschaft zwischen Dr. Hübenthal und Rosenboom übergehend, das eigentliche Band des Erfolges und der Grundstein des Mandats.

Knobel korrigierte.

»Es liegt mir viel daran, Ihnen zu helfen, wenn Sie in Schwierigkeiten sind.«

Sein Mandant stellte das Schreiten ein und setzte sich.

»Ich weiß. Und ich weiß Ihre Loyalität zu schätzen. Ich habe Sie nicht ohne Grund als Ansprechpartner für meine privaten Angelegenheiten ausgewählt. Ich will keinen Terrier, keinen Löffke. Ich will den sensiblen Anwalt.«

Knobel versprach, behilflich zu sein.

An diesem Abend blieb er länger im Büro. Er wartete, bis das Licht in den anderen Büros erlosch und auch die Putzfrauen das Gebäude wieder verlassen hatten. Lisa hatte er anrufen und ihr mitteilen wollen, dass er später kommen werde. Er erreichte nur ihren Vater und erfuhr, dass sie zur Gymnastik gegangen war und danach noch zu einer Freundin wolle.

»Du arbeitest viel in letzter Zeit, Junge«, sagte ihr Vater.

»Es ist so viel zu tun, Du kennst ja den Beruf.«

»Lass das Mädchen nicht allein.«

Er stockte.

»Du lässt sie doch nicht allein?«, fragte er hastig nach.

»Natürlich nicht, Vater.«

Knobel konnte sich nicht erinnern, ihn jemals *Vater* genannt zu haben. Die Anrede war fremd. Er benutzte sie nicht einmal seinem eigenen Vater gegenüber.

»Unaufschiebbare Klageerwiderung, Fristablauf morgen«, ergänzte er entschuldigend.

Knobel ging in den Aktenraum im zweiten Stock. Er fühlte sich unbefugt und aus den gegenüberliegenden Häusern der Prinz-Friedrich-Karl-Straße beobachtet. Die meisten Fenster waren dunkel, hinter einigen flackerte das Fernsehen. Im Neonlicht des Aktenraumes durchsuchte er die hier untergebrachten Rosenboom-Akten, zumeist mehrbändige Vorgänge mit langwierigen Prozessen. Er nahm Ordner für Ordner in die Hand und suchte auf jeder Seite den Namen Weinstein.

Er fand ihn nicht.

31

Seit seiner Soziierung hatte Knobel nicht mehr mit Dr. Hübenthal allein in dessen Büro gesessen.

»Ich weiß, dass die Vertretung meines Freundes Tassilo in den Prozessen gegen Weinstein unbefriedigend ist«, gab der Senior zu. »Doch so sehr Ihr Nachbohren verständlich ist, das ja geradezu notwendiges Engagement des Anwalts sein muss, bitte ich Sie, jetzt in der Sache nicht weiter zu insistieren.«

Dr. Hübenthal wiederholte Rosenbooms Worte, und Knobel wiederholte sein Angebot gegenüber Rosenboom, behilflich sein zu wollen, aber seine Worte klangen matt und dünn.

Der Senior lächelte väterlich.

»Ich möchte Sie in weitere Mandate einbinden. Professor Sebastian von Mösenbechtel von der Wirtschaftsförderungsgesellschaft, Johann Kriegelstein, Geschäftsführer der gleichnamigen Lederwaren GmbH, Friedemann Vogelbrenner, jüngst in den Vorstand eines Autokonzerns berufen. – Beste Namen aus der Wirtschaft.«

»Alles Freunde von Rosenboom«, stellte Knobel fest. »Jedenfalls waren sie auf seinem sechzigsten Geburtstag.«

Dr. Hübenthal nickte. »Sie wissen, dass Rosenboom Mandatmultiplikator ist. – Gottlob ist es so.«

»Weshalb kommt Herr Vogelbrenner zu uns?«

»Unterhalt für eine uneheliche Tochter. Ich weiß, so was fällt eigentlich in das Fachgebiet von Frau Meyer-

Söhnkes. Aber er kann nicht mit Frauen. Jedenfalls nicht geschäftlich.«

Dr. Hübenthal lachte meckernd.

»Also machen Sie diese kleine Sache. Aus solchen Sachen wächst meist was Größeres nach. Denken Sie an seine Verbindungen. Er wird unseren Namen weitertragen.«

»Natürlich.«

Dr. Hübenthal erhob sich.

»Herr Knobel?«

Er wandte sich um.

»Ja?«

»Franz Weinstein ist der frühere Ehemann von Rosenbooms jetziger Ehefrau.«

»Ach.«

»Ich meine, Sie sollten das wissen. Da Sie keine Ruhe geben und womöglich überall Nachforschungen anstellen, sage ich Ihnen lieber gleich, was ich weiß.«

Er stand auf, zog eine Akte aus einem kleinen Schrank und reichte sie Knobel.

»Nehmen Sie sie, wenn es Ihnen hilft.«

Knobel sah flüchtig auf die Aktenbezeichnung: *Rosenboom, Tassilo, Ehevertrag*.

Zurück in seinem Büro begann Knobel die Akte zu studieren. An die Notariatsakten, die sich im Büro des Seniors unter Verschluss befanden, hatte er bei seinen Recherchen nicht gedacht. Die Feindschaft zwischen Weinstein und Rosenboom hatte seine Aufmerksamkeit wie von selbst nur auf die Prozessakten gelenkt. Er wusste, dass der seinerzeitige Verkauf des Hauses Brunnenstraße 8 bei einem Notar beurkundet worden war, den Weinstein ausgesucht hatte. Deshalb war das Notariat in der eigenen Kanzlei als Informationsquelle nicht ernsthaft in Betracht gekommen.

Knobel las den Ehevertrag. Ein wechselseitiger Ausschluss aller Verpflichtungen, die sich bei einer Scheidung ergeben könnten. Sophie Rosenboom würde also im Fall einer Scheidung von ihrem Mann nichts bekommen.

32

Am folgenden Dienstag erschien Marie in der Kanzlei. Sie hatte unter dem Namen Audero bei Frau Klabunde um einen Termin gebeten und zugleich darauf gedrungen, schnellstmöglich bei ihrem Anwalt vorsprechen zu können. Die Sekretärin wusste aus Dr. Reitingers Zeiten mit den brandeiligen Sachen umzugehen. Fürsorglich erkundigte sie sich, worum es denn gehe, während sie im Hinblick auf den übervollen Terminkalender des Herrn Rechtsanwalts den frühestmöglichen Termin erst für den kommenden Donnerstag in Aussicht stellte. Doch Marie ließ sich nicht vertrösten. Sie verriet, dass es um Leben und Tod gehe. Frau Klabunde relativierte, dass es bestimmt nicht so schlimm sei, und Marie steigerte, dass es fast schon zu spät sei. An dieser Stelle ergab sich Frau Klabunde. Sie mochte keine Verantwortung und hyperventilierte. Alle Termine waren nunmehr möglich, aber Marie nahm die unmittelbare Todesbedrohung zurück und ließ fünfzehn Uhr genügen.

Marie musterte kurz sein Büro.

»So sieht's hier also aus.«

Seine Requisiten beeindruckten sie nicht. Sie schob die Akten auf seinem Schreibtisch beiseite und entleerte ihre Tasche auf der Tischplatte. Dutzende von Fotokopien ausgeschnittener Zeitungsartikel raschelten heraus.

»Es ist alles, was über Rosenboom in den letzten zehn Jahren in unserer Presse erschienen ist.«

Knobel nahm einige Ausschnitte in die Hand. Berichte über eine Expansion der Rosenboom GmbH & Co., Aufkauf eines Zulieferanten, Jubiläen, großzügige Spenden für einen Kindergarten, bewältigte Krisen nach Umsatzeinbrüchen. Viele Artikel waren bebildert: Tassilo Rosenboom gutgelaunt im Kreise anderer Unternehmer, im Kreise von Landtagsabgeordneten, bei der Kindergartenspende von glücklichen Indianern umringt, er selbst mit Häuptlingsfeder. Manchmal blieb Rosenboom im Bildhintergrund: als unaufdringlicher Berater, als Wächter über die klug von ihm gesponnenen Fäden. Dann Rosenboom als Thema: Der Vorzeigeunternehmer, flexibel und sensibel im erfolgreichen Kampf auf dem sich verschärfenden Markt.

Knobel blätterte durch die Kopien. Rosenbooms Posen ließen sich gliedern: Rosenboom stand und lächelte, schüttelte Hände, meist schaute er in die Kamera, zeigte sich nachdenklich, geduldig zuhörend, demonstrierte Optimismus, dass sich die dunklen Wolken am Wirtschaftshimmel verzögen. Die Politiker klebten an ihm. Rosenboom war Garant des wirtschaftlichen Wachstums, ein Paradebeispiel für das *Wenn man nur will, dann kann man*, ein Gestalter, der die Politik bestätigt und keiner, der maulend etwas von ihr fordert. Die Politiker feierten gern mit ihm, denn es gab kein schlechtes Gewissen beim Champagnergenuss. Man beglückwünschte einander und durfte auf das Geleistete stolz sein. Der Politiker, weil er die Rahmenbedingungen schuf und Rosenboom, weil er den Rahmen mit maximalem Gewinn ausschöpfte.

Marie grinste. »Das eigentlich Wichtige ist dies hier …«

Sie griff in ihre Tasche und präsentierte einen Artikel aus dem Stadtanzeiger, rund drei Jahre alt, eine kurze Notiz über Rosenbooms Heirat.

… Rosenbooms neues Glück, Sophie Rosenboom, heiratete ebenfalls zum zweiten Mal. Ihr geschiedener erster Ehemann, Franz Weinstein, wartete vor dem Standesamt auf die Frischvermählten und gab seiner Exfrau einen Kuss. Tassilo Rosenboom nahm's mit Wohlgefallen …

»Und? Wie finden Sie das?« Maries Stimme klang triumphierend.

»Ungeheuerlich«, staunte er.

»Weinstein will Rosenboom fertigmachen, weil er seine Frau noch liebt.«

Knobel konnte sich nicht vorstellen, dass Weinstein aus verschmähter Liebe diesen Aufwand trieb.

»So oder so muss es etwas geben, womit er Rosenboom in der Hand hat«, sagte er.

»Wir müssen unbedingt etwas über die Scheidung Weinsteins erfahren«, sagte sie. »Bestimmt wollte *sie* sich scheiden lassen, und *er* war dagegen.«

»Ich denke, er hat zu ihrer neuen Ehe gratuliert«, wandte er ein.

»Nur zum Schein natürlich.«

»Wenn ihn die neue Ehe seiner Frau so getroffen hat, hätte er sich dieses Theater sparen können. Es passt nicht.«

Sie schwieg eine Weile.

»Könnt ihr es trotzdem versuchen?«

»Was?«

»Etwas über die Scheidung Weinsteins herauszufinden. Herr Weinstein wird sich bei der Scheidung sicher den Anwalt genommen haben, den er jetzt noch hat.«

»Der wird mir kaum was erzählen, selbst wenn er es könnte.«

Sie blieb hartnäckig.

»Herausfinden ist nicht plumpes Fragen. Unter Kollegen müsst ihr unter der Hand doch etwas rauskriegen können.«

Er stolperte über das wiederholte *Ihr*. Ungelenk bot er ihr das *Du* an, fand es längst überfällig und tat, als fände er gerade jetzt die Zeit dazu. Sie gaben sich die Hand.

Die Situation war albern.

Marie kicherte.

»Wann machen wir weiter?«, fragte sie und ließ die Fotokopien in ihre Tasche gleiten.

»Bald. Wir telefonieren.«

Er mied die konkrete Verabredung. Er hatte begonnen, ihre Gegenwart zu genießen. Er wollte ihr Bild in sich tragen und entspannt betrachten können. Solange sie sich nicht sahen, war das Bild vor der Veränderung geschützt, denn jedes Zusammensein barg die Gefahr eines unglücklichen Endes. Dennoch wollte er sie bald wieder sehen.

Als Marie das Büro verlassen hatte, spähte Frau Klabunde neugierig hinein.

»Nichts, was der Rede wert wäre«, nahm er vorweg.

»Eine nette junge Frau«, meinte sie. »Sie hat sich bestimmt extra für den Besuch beim Anwalt fein gemacht, denn man sieht, dass sie sich sonst nicht so kleidet. Und die Strümpfe hatten Laufmaschen.«

Ihm war nichts Besonderes an ihrer Kleidung aufgefallen.

»Es gibt viele, die nicht mit der Mode gehen«, sagte er und widmete sich geschäftig einer Akte.

»Wer nicht geht mit der Zeit, geht mit der Zeit«, flötete sie bedeutungsschwanger und zog die Tür hinter sich zu. Frau Klabunde zitierte gern aus ihrem reichhaltigen Sprichwortrepertoire. Manche ihrer Antworten erschienen ihm bereits zu ritualisierten Redewendungen eingeschliffen zu sein. Wahrscheinlich waren sie schon zu Dr. Reitingers Lebzeiten vorgeschliffen worden. Aber als Knobel ihr plattitüdenhaft aus einer Laune heraus das Kompliment gemacht hatte, dass sie die Seele seines Büros sei, musste er ihr etwas Neues gesagt haben, denn ihre Augen leuchteten noch tagelang, und ein paar Tage später bedankte sie sich mit einer *Pistacia lentiscus*, einer Bonsaipflanze.

Knobel nahm das Gewächs mit äußerer Verzückung entgegen. In Wirklichkeit verärgerte ihn das empfindliche Pflänzchen, und er empfahl es mit milden Worten in Frau Klabundes Fürsorge zurück. Seither pflegte sie das knorrige Bäumchen mit den ledrig dicken blaugrünen Blättern in seinem Büro. Sie sprach mit dem Bäumchen und dazwischen mit Knobel. Er begriff, dass sie genau aus diesem Grund die Bonsaipflanze in seinem Büro installiert und in ihr Kalkül gezogen hatte, dass ihm die Pflanzenpflege lästig sein würde. Der Ausspruch, dass sie die Seele seines Büros sei, beinhaltete, dass sie in sein Büro gehören wollte. Die dahergesagten Worte erstritten ein Anwesenheitsrecht, und die Pistacia lentiscus setzte es durch.

Seine Auskünfte über Marie waren unzureichend und Frau Klabundes Anspielungen unbedient geblieben, deshalb war es nur folgerichtig, wenn sie zur Bonsaipflege in seinem Büro erschien.

»Die Dame von eben hat einen falschen Namen benutzt«, bemerkte sie.

Sie zupfte mit einer Pinzette braune Blätter.

»Es gibt in ganz Dortmund niemanden, der Audero heißt. Und unter der Telefonnummer, die sie angegeben hat, meldet sich jemand, der nicht nur ganz anders heißt, sondern auch in einer anderen Straße wohnt.«

Sie sah mit prüfendem Blick auf.

»Sie kam für eine Bekannte und wollte nicht, dass man über ihren Namen auf die Identität der Bekannten schließt«, sagte er reaktionsschnell und vertiefte sich in eine Akte.

Frau Klabunde fegte die gerupften Blätter mit der Hand auf den Boden und wandte sich unerledigter Dinge wieder der Tür zu.

»Ich nehme an, für die Sache Audero wird keine Akte angelegt«, schloss sie, blitzte mit den Augen und schlug die Tür hinter sich zu.

Er rief schnell zu Hause an. Obwohl die Schwangerschaft problemlos verlief, hatte Lisa auf Anraten ihres Vaters bereits in diesem frühen Stadium ihre Schwangerschaftspause angetreten.

Seitdem sie nicht mehr arbeitete, wartete sie tagsüber zu Hause auf das Kind und dann weiter auf den Abend. Sie dachte sich in die Zukunft, wenn erst einmal alles geschafft sei. Alles werde man schaffen, versicherte Knobel stets. Sie vertrauten sich völlig der Zukunft an. Der Architekt hatte mit einer Computersimulation das Haus konkret werden lassen.

Lisa fläzte sich am anderen Ende der Leitung in ihr weißes Lieblingssofa, während er wortgewaltig über Frau Klabunde schimpfte. Er verfremdete den Anlass seiner Wut, verschwieg natürlich Marie und den Grund ihres Besuchs und tauschte Marie gegen eine namenlose Mandantin aus, die sich geweigert hatte, ihr persönliches Anliegen bereits im Vorzimmer vorzutragen. Lisa mahnte seine Autorität an und erinnerte ihn, dass aus ihm jemand geworden sei. Und sie hatte Recht. Man kannte und akzeptierte ihn. Mehr als früher folgten sie Einladungen. Lisa freute sich über diese Abwechslung, der sie leicht und unverbindlich Folge leisten konnten, wobei die Schwangerschaft sich manchmal als willkommener Anlass erwies, langweilige Gesellschaften vorzeitig zu verlassen. Nach der Geburt würde man vorzeitiges Gehen mit dem Alter oder dem Zustand des Kindes entschuldigen können. Nun war es leicht geworden, nach Lust und Laune Kontakte zu knüpfen, zu halten oder aufzugeben. Zumeist wählte Lisa aus, welcher Einladung sie folgen sollten. Sie wich auf den Gesellschaften nicht von seiner Seite, wenn man sich nach seiner Arbeit erkundigte und er von seinen bedeutenden Fällen erzählen konnte, die er farbig schilderte, ohne Namen zu nennen. Die anonymisierten Schilderungen machten seine Fälle noch geheimnisvoller. Man wähnte wichtige Personen aus Wirtschaft und Politik dahinter, und seine gewundenen Antworten regten die Phantasie seiner Zuhörer an. Man erkannte den Unterschied zwischen Recht und Gerechtigkeit und bewunderte Knobel, der virtuos mit Gesetzen umging und sich in deren Fallstricken mit Geschick bewegte und als feinsinniger Taktiker mit dem richtigen Gespür als Anwalt für alle Fälle empfahl. Er war zur geachteten und überall gern gesehenen Person geworden. Seine zwischenzeitliche Annäherung an Löffkes kämpferische Darstellung hatte sich wieder verflüchtigt, vielmehr vermied Knobel mit wachsender Selbstsicherheit die klotzige und über jeden Zweifel erhabene grobschlächtige Prahlerei, die den errungenen Erfolg in den Vordergrund drängte und wusste nun seine Zuhörer mit der spannenden Darstellung der sich im Laufe seiner Fälle entwickelnden Fallstricke zu fesseln, die es alle mit Umsicht zu entdecken und mit ausgefeilter List zu umgehen galt.

Lisa appellierte an sein Machtbewusstsein. Jetzt tat sie

es mit Blick auf Frau Klabunde. Sie erinnerte ihn daran, wie er Frau Klabunde abgebürstet hatte, als er Dr. Reitingers Vertretung übernahm. So müsse er jetzt ebenso auftreten. Er müsse das Befehlen lernen. Doch Knobel wollte noch immer kein Befehlen um der Macht willen, er wollte weiterhin das versöhnende Wort, die höfliche Bitte. Er wollte keine Macht gegen andere ausüben. Knobel setzte auf Konsens.

Lisa blieb nachsichtig. Er sei unverbesserlich, und er stimmte ihr dankbar zu. Die unverbesserliche Weichheit war Wert an sich, ein Bollwerk gegen die Verrohung, ein Schutz davor, ungerecht mächtig zu werden, und er erhob seine Weichheit zum Ideal, zur heimlichen Macht.

Als sie ihr Gespräch beendet hatten, beauftragte er Frau Klabunde mit einer Reihe nutzloser Aufgaben. Sie unterbrach missmutig seine salvenartigen Befehle und sagte, dass sie sich alles aufschreiben müsse. Er nickte und wiederholte seine Anweisungen, als sie mit Block und Stift vor seinem Schreibtisch saß. Es waren Strafarbeiten, und Frau Klabunde empfand sie auch als solche. Er ließ seine Macht blitzen und machte exemplarisch eine Ausnahme von seiner Regel.

33

»Weinstein pfändet!«, schrie Rosenboom durchs Telefon. »Zahle ich Ihnen nicht genug?«

Knobel musste gestehen, gegen Weinstein noch keine Klage auf Abwehr der Vollstreckung aus dem Urteil erhoben zu haben, aufgrund dessen Rosenboom die Darlehenssumme an Weinstein zurückzuzahlen hatte.

»Sie müssen die Zahlung an Weinstein nachweisen«, haspelte Knobel, »senden Sie mir den Zahlungsbeleg, aus dem sich ergibt, dass Sie die ganze Summe schon an Weinstein überwiesen haben. Ich erhebe dann sofort Klage gegen die Pfändung.«

»Wir haben uns vor einigen Tagen über das Problem unterhalten. Ich erwarte Ihre Loyalität, nichts weiter. Aber Sie enttäuschen mich.«

Rosenboom schnappte hörbar nach Luft.

»Nichts haben Sie getan. Absolut nichts!«

Knobel bemühte sich um Sachlichkeit.

»Haben Sie denn schon an Weinstein gezahlt?«

»Sie sollen klagen! – Ich werde Ihnen noch heute eine vierstellige Summe zahlen. Honorar, verstehen Sie? Erstellen Sie über diesen Betrag eine Gebührenvereinbarung, damit Ihr königliches Honorar für diese kleine Sache buchhalterisch darstellbar ist. Damit es nicht an den so wichtigen Formalien mangelt. Und dann, verdammt noch mal, werden Sie endlich klagen.«

Knobel staunte, dass er sich nicht so erregte, dass ihm die Worte versagten.

»Wenn Sie an Weinstein noch nicht gezahlt haben oder die Zahlung aus irgendwelchen Gründen nicht nachweisbar sein sollte ...«

»Erheben Sie Klage!«, unterbrach Rosenboom ihn schroff. »Viertausend für Ihr Honorarkonto. Oder sagen wir fünftausend. – Wo stünden Sie jetzt, wenn Sie mich nicht hätten? Wo stünde die Kanzlei? Wer sorgt für immer neue Mandate, eigene und neue, herangekarrt aus alten Freundschaften, aus Unternehmerzirkeln, aus Verbänden, aus der Politik? – Nun, wer?«

Knobel antwortete nicht.

»Na also«, keuchte Rosenboom. »Das Honorar gelangt noch heute zu Ihnen.«

Dann hängte sein Mandant ein.

Knobel ließ sich die letzte Prozessakte Weinstein gegen Rosenboom bringen, las das Rubrum der gegnerischen Klageschrift und ersah daraus, dass Franz Weinstein in der Märkischen Straße wohnte. Dann ließ er sich von Frau Klabunde mit Weinstein verbinden.

»Ich bin froh, dass ich Sie erreiche. Wir haben uns vor einiger Zeit vor Gericht gesehen. Sie erinnern sich bestimmt: Ich bin der Anwalt von Herrn Rosenboom«, begann er. »Ich sage Ihnen gleich vorweg, dass ich zuvor nicht mit Ihrem Anwalt gesprochen habe, Sie also mit meinem Anruf sozusagen überfalle. Aber ich muss dringend mit Ihnen sprechen«, rechtfertigte er.

Weinstein lachte heiser.

»Also tut sich endlich was.«

»Wo kann ich Sie treffen? – Wir sprechen unter vier Augen.«

Weinstein war über seinen Anruf so überrascht, dass ihm kein geeigneter Platz einfiel.

»Dann treffen wir uns heute Nachmittag um fünf im

Stadtgarten, direkt am Gauklerbrunnen«, bestimmte Knobel und beschrieb den Ort der Verabredung.

Weinstein bestätigte, immer noch überrascht.

34

Nervös bereitete er sich auf das Gespräch mit Weinstein vor. Er fürchtete, dass dieser vorab mit seinem Anwalt Kontakt aufgenommen hatte.

Knobel bat Frau Klabunde, alle Gesprächstermine für den Nachmittag abzusagen.

»Eine unvorhergesehene Sache«, erklärte er. »Unaufschiebbar.«

»Sozusagen auf Leben und Tod«, bemerkte sie spitz.

Sie schaute prüfend über die Gläser ihrer Lesebrille hinweg und nahm versöhnt zur Kenntnis, dass er errötete.

»Ich mische mich nicht in Ihre privaten Angelegenheiten ein, Herr Knobel«, versicherte sie. »Soll ich Ihre Frau anrufen und sagen, dass es später wird?«

»Es ist eine dienstliche Sache«, sagte er.

»Selbstverständlich«, bekräftigte sie.

»Die Sache Weinstein gegen Rosenboom.«

»Sie treffen doch nicht etwa Weinstein?«

Er bereute, Frau Klabunde damit beauftragt zu haben, Weinsteins Telefonnummer herauszusuchen.

»Außergerichtlicher Einigungsversuch mit dem Gegner«, sagte Knobel vage.

»Herr Rosenboom war vorhin sehr ungehalten am Telefon«, sagte sie. »Er hatte mich böse beschimpft, als ich ihm sagen musste, dass in seiner Sache noch nichts diktiert sei. So habe ich Herrn Rosenboom noch nie erlebt.«

»Er wird sich wieder beruhigen«, meinte er.

»Herrn Rosenboom dürfen Sie nicht unterschätzen. Er ist mit dem Chef bestens befreundet.«

»Ich weiß, sie kennen sich aus der Schule.«

»Sie sind mehr als gute Freunde.«

Sie wurde vertraulich leise.

»Von allem, was Herrn Rosenboom betrifft, weiß automatisch auch Herr Dr. Hübenthal.«

Er schüttelte den Kopf.

»Sie wissen doch: Ich berate Herrn Rosenboom in vielen Sachen allein.«

Frau Klabunde hob unschlüssig die Schultern.

»Ich meine ja nur, dass Sie vorsichtig sein sollen. Was ich Ihnen sage, weiß ich von Dr. Reitinger.«

»Was hat er Ihnen erzählt?«

»Nur, dass man Herrn Rosenboom im Grunde nicht als Mandanten, sondern als Teil der Kanzlei betrachten muss. Der Herr Doktor ist an dieser Stelle nicht recht konkret geworden.«

»Sie mochten den Doktor sehr?«

Frau Klabunde nickte heftig.

»Er war so schrullig. Auf der einen Seite penibel wie ein Buchhalter, auf der anderen Seite ein Chaot in seiner schrecklichen Unordnung. Aber in seinem Computer hat er immer alles erfasst. Er hat auch immer die besseren Mandanten haben wollen. Sie wissen schon: die mit mehr Geld und den dicken Aufträgen. Aber er bekam die größeren Sachen seit Langem nicht mehr. Höchstens mal zwei oder drei große Mandate im Jahr, und dann eher zufällig, weil sich die Dinge plötzlich so entwickelten und am Anfang nicht nach Geld aussahen. Den Doktor hat es ganz krank gemacht, dass er nicht mehr weiterkam. Er hat immer wieder mit mir darüber gesprochen.«

»Aber er ist ja weitergekommen«, entgegnete Knobel. »Schließlich war er Sozius.«

»Er hat sich wohl nur eingekauft«, hielt sie entgegen.

Knobel erinnerte sich an sein Gespräch, als Dr. Reitinger ihm die Summe verraten hatte.

»So was ist nicht unüblich«, relativierte er.

»Ich weiß. Aber bald nach seiner Soziierung kam er nicht mehr weiter. Der Herr Doktor kam einfach nicht an die großen Sachen ran. Der Herr Doktor wollte immer weiter nach vorne, ganz auf die ehrliche Art. Aber das klappte nicht.«

»Notfalls hat er aus einem Fall zwei gemacht, um seine Fallzahlen zu erhöhen«, nickte Knobel.

Frau Klabunde schossen Tränen in die Augen.

»Ich weiß«, sagte sie.

»Früher hat Dr. Reitinger für Rosenboom gearbeitet, nicht wahr?«, fragte er.

»Ja. Ganz am Anfang. Bis zu seiner Soziierung. Dann war Schluss.«

»Und dann übernahm Löffke die privaten Sachen Rosenbooms …«

Sie sah zu ihm auf und schien erleichtert, sich ihm mitteilen zu können. »Löffke und Dr. Hübenthal. Mal der eine, mal der andere. Nachdem Sie den ersten Prozess für Rosenboom gewonnen hatten, kamen alle privaten Sachen zu Ihnen. *Der Junge ist Klasse*, hatte Dr. Hübenthal gelobt. Dr. Reitinger hat's mir erzählt.«

»Sie behalten für sich, dass ich mich mit Weinstein treffe?«

Die Frage war überflüssig. Knobel hatte Vertrauen zu ihr gefasst. Plötzlich verstand er, was sie bislang bei ihm vermisst hatte, warum sie manchmal so böswillig erschien. Er hatte sie ausgeschlossen. Die Bonsaipflanze war nicht

Symbol ihres Eindringens in sein Büro, sondern erinnerte an die Zeit, als sie mit Dr. Reitinger eine Einheit bildete, Büro 102 nicht lediglich sein, sondern zugleich auch ihr Büro war. Sie war nicht bloß Seele des Büros gewesen, sie war Dr. Reitingers Vertraute, vielleicht seine einzige. In der Kanzlei war sie seine Partnerin, seine Sozia. Sie wünschte sich, wieder ihren Platz einnehmen zu dürfen.

Knobel drückte der behäbigen Frau warm die Hand.

Sie lächelte.

»Es bleibt alles unter uns.«

35

Weinstein saß auf einer der kleinen Mauern, die den gepflasterten Platz mit dem Gauklerbrunnen in seiner Mitte einfassten.

Knobel hatte Weinstein zunächst nicht erkannt. Er trug einen Fischgratwintermantel mit hochgeschlagenem Kragen. Es war einige Zeit vergangen, seit er ihn im Gerichtssaal gesehen hatte. Knobel hatte sich frühzeitig am vereinbarten Treffpunkt eingefunden und jenseits des Brunnens unter einer Pergola Stellung bezogen. Von dort konnte er die Örtlichkeit gut beobachten.

Weinstein war kurz nach ihm erschienen, trug eine Zeitung eingeklemmt unter seinem rechten Arm, verfolgte scheinbar interessiert das Spiel zweier Kinder, die um die Wette um den Brunnen rannten, und setzte sich schließlich auf die Mauer.

Knobel blieb noch eine Weile in seinem Versteck, bis er sicher sein konnte, dass Weinstein allein gekommen war.

Er sprach ihn an, als Weinstein bereits ungeduldig auf seine Uhr sah und entschuldigte sich für seine Verspätung. Knobel schlug vor, dass man sich im Gehen unterhalten solle, weil es kalt geworden sei.

Sie verließen den Brunnen und gingen langsam Richtung Neutor weiter. Weinstein rollte seine Zeitung umständlich zu einem dünnen Rohr.

»Ich will ganz offen mit Ihnen sprechen«, begann Knobel. »Ich weiß, dass Sie der frühere Ehemann von Rosenbooms jetziger Ehefrau sind. Ich weiß auch, dass Sie Rosenboom erpressen. Sie verklagen ihn, oder er verklagt Sie. Wie auch immer: Rosenboom muss in diesem Spiel immer verlieren. Ich kenne den Grund Ihrer Erpressung noch nicht, aber es ist nur eine Frage der Zeit, bis sich die Dinge aufklären. Vielleicht können wir das Spiel abkürzen, und Sie erklären mir alles.«

Weinstein blickte ihn erstaunt an.

»Ich dachte, Sie überbrächten ein Angebot von Rosenboom.«

»Welches Angebot?«

Knobels Frage klang hilflos. Er hatte das Wenige, das er wusste, gesagt. Er konnte nicht auftrumpfen, nichts enthüllen, mit keiner weiteren Information überraschen, die Weinstein hätte bewegen können, sich zu öffnen.

»Es hängt mit Ihrer früheren Frau zusammen, nicht wahr?«

Weinstein blieb stumm.

»Ich habe mich mit Ihnen getroffen, weil ich die Geschichte selbst nicht verstehe«, gestand Knobel. »Mehr als das, was ich Ihnen gerade gesagt habe, weiß ich nicht.«

Weinstein schnaubte abfällig.

»Das war wohl nicht schwer zu durchschauen.«

»Früher oder später werden die Fragen von anderen gestellt werden. Ihre Prozesse gegen Rosenboom werden, soweit das hiesige Landgericht zuständig ist, immer vor derselben Kammer verhandelt werden. Es mag ja noch ein- oder zweimal gut gehen, aber irgendwann wird das Gericht die Frage stellen, was sich eigentlich hinter den dubiosen Prozessen verbirgt. – Rosenboom lässt mich im Dunkeln«, fuhr Knobel fort. »Er lässt mich als seine Marionette aussichtslose Prozesse führen.«

»Wenn Sie bloß seine Marionette sein dürfen, brauchen

Sie nicht sein Anwalt zu sein«, entgegnete Weinstein höhnisch.

»Weiß Ihr Anwalt um die Zusammenhänge?«

Weinstein schüttelte kaum wahrnehmbar den Kopf.

»Rosenboom ist einer unser wichtigsten Arbeitgeber«, erklärte Knobel, nun entschlossen, alles preiszugeben, das sein eigenes Handeln erklären konnte. »Das bedeutet: Man kann einen solchen Mandanten zwar nach dem *Warum* fragen, aber man sollte nicht weiterforschen, wenn er nichts sagt. Sonst wird man das Mandat los.«

»Ein Herr Rosenboom bestimmt eben, wo es langgeht«, nickte Weinstein.

Er rollte seine Zeitung noch enger zusammen.

»Warum kommen Sie gerade jetzt?« wollte Weinstein wissen.

»Sie pfänden aus dem Urteil. Rosenboom will eine Klage gegen die Pfändung mit der vermutlich nicht nachweisbaren Behauptung erheben, dass er bereits an Sie gezahlt habe. Der Prozess wird genauso aussichtslos sein wie die beiden anderen.«

Weinstein grinste.

»Er hat ja auch bereits gezahlt.«

Es gefiel ihm, Knobel einen Blick hinter den Vorhang werfen zu lassen, wollte sich mitteilen und wollte verschweigen.

»Sie spielen nicht anders mit den Menschen als Rosenboom«, meinte Knobel, »aber dieses Spiel würden sie verlieren.«

»Warum?«

»Ich kann mich nun in dem Prozess selbst als Zeugen anbieten und aussagen, dass Sie mir gerade bestätigt haben, dass Rosenboom bereits alles gezahlt hat.«

»Nein, bestimmt nicht«, widersprach Weinstein triumphierend. »Ihr Mandant würde es nicht zulassen, dass Sie so vorgehen.«

Sie erreichten die Straßenkreuzung Neutor und blieben unschlüssig stehen. Es dunkelte. Die kalte Luft zog feucht in die Kleidung.

Weinstein zog seinen Kopf tiefer in den Kragen seines Mantels.

»Aber ich könnte es trotzdem tun«, sagte Knobel. »Auch auf die Gefahr hin, dass Rosenboom mich als Anwalt entlässt. Ich könnte einen Schriftsatz fertigen, in dem alles steht, was ich weiß. Auch wenn mein Wissen lückenhaft ist. Aber was ich schreibe, reicht in jedem Falle aus, das Gericht auf die maßgeblichen Fragen zu stoßen. Ich weiß nicht, ob Rosenboom als Sieger hervorgehen wird, aber der Verlierer sind ganz sicher Sie.«

»Und was wird aus Ihnen, wenn der beste Mandant wegbricht? Oder wenn man Sie aus der Kanzlei wirft?«

Knobel zuckte gleichgültig mit den Schultern.

»Ich könnte in die Kanzlei meines Schwiegervaters gehen.«

»Aber wird es Ihnen dann so gut gehen wie jetzt?«

»Wer sagt Ihnen, dass es mir gut geht?«

»Mein Anwalt. Er sagt, Sie seien der aufgehende Stern bei Dr. Hübenthal & Partner und säßen in der Kanzlei wie die Made im Speck.«

Knobel lachte.

»Ihr Anwalt sieht auch nicht aus, als sei er auf Almosen angewiesen.«

»Seine Kanzlei ist ganz einfach eingerichtet«, entgegnete Weinstein. »Soweit ich weiß, muss er auch noch Unterhalt an seine erste Frau zahlen. Außerdem braucht er einiges zum Leben. Er hat manchmal ein rotes Näschen, wenn Sie verstehen, was ich meine.«

Knobel verstand und zog sich aus seiner Kanzlei und aus dem Fall heraus.

»Meine Frau und ich würden unser glückliches Leben fortsetzen. Unser Kind wird auf der Welt sein, wir würden vielleicht eine einfache Mietwohnung haben, uns selbst genügen und manchmal eine kleine Reise unternehmen. Wir würden Zeit für uns und für das Kind haben.«

Knobel malte ein Bild der Beschaulichkeit, während sie sich umwandten und die Straßenkreuzung hinter sich ließen. Er liebte die herbstliche Dunkelheit, das wohlige In-sich-Sein. Als Kind begann er um diese Zeit mit den Eltern in der Stadt nach den ersten Weihnachtsbäumen Ausschau zu halten und nach den ersten Krippen, diesen heimeligen Häuschen zwischen dunklen Tannen. Es war die schönste Zeit, und das nicht der Geschenke, sondern der wohligen Gemütlichkeit wegen.

»Sie lieben Ihre Frau sehr?«

»Natürlich.«

Natürlich liebte Knobel seine Frau.

»Wir bekommen in Kürze Nachwuchs.«

»Und dann kommt irgendwann ein Tassilo Rosenboom und nimmt sie Ihnen weg.«

Knobel hatte nie darüber nachgedacht, dass ihm jemand Lisa wegnehmen könnte. Sie war nicht wegnehmbar. Das Kind. Das Haus. Dazu, was er Lisa bot, was sie an ihm bewunderte. Wie sie sich brauchten. Es gab nichts hinzuzugeben oder wegzunehmen.

»Ein Herr Rosenboom kommt nicht daher und macht auf Geld«, sagte Weinstein leise. »Er ist ganz einfach nett. Er protzt nicht einmal mit seinem Geld.«

»Wo hat er Ihre Frau kennen gelernt?«, fragte Knobel.

»Er hat uns beide kennen gelernt. In einem Eiscafé in

der Innenstadt. Der Bedienung entglitt ein Eisbecher und fiel auf das Kleid meiner Frau. Das Kleid war völlig besudelt. Rosenboom saß zufällig am Nebentisch. Er bot sich an, uns nach Haus zu fahren, weil wir ohne Auto in der Stadt waren. Selbstverständlich lud ich ihn auf einen Kaffee in die Wohnung ein und erwartete eher, dass er dankend ablehnen würde, aber er kam tatsächlich mit. Meine Frau zog sich um, kam dann hinzu, und wir haben uns fast eineinhalb Stunden unterhalten. Es war ein schönes Gespräch. Nicht so ein Blabla, wie man es kennt. Es entwickelte sich eine gute Bekanntschaft daraus. Wir telefonierten miteinander, und schließlich luden wir uns gegenseitig ein. Rosenboom war in unserer Vierzimmerwohnung und wir bei Rosenboom in seinem Haus in der Südbecke in Brechten. Ich weiß noch gut, als wir das erste Mal Rosenboom besuchten. Als wir in die Südbecke kamen und all die vornehmen Häuser sahen, sagte ich: *Hier kann es nicht sein, hier nicht.* Wir kannten den Namen Rosenboom zwar schon vorher. Man kennt doch die großen blauen Werkshallen im Industriegebiet und seine Lagerhallen am Kanalhafen. Überall steht in grüner Leuchtschrift sein Name drauf. Aber unseren Rosenboom brachten wir nach seinem ganzen Verhalten doch nicht mit diesem Rosenboom in Verbindung. Schließlich standen wir vor seinem Haus, es ist ja fast das bescheidenste der ganzen Straße, und meine Frau war erst von dem Reichtum in der Südbecke ganz erschrocken und dann ganz verzückt: *Siehst du, der ist gar nicht so*, sagte sie. Ich hatte mich gewundert, warum er mit uns zu tun haben wollte. Wir waren doch eigentlich nicht interessant. Aber Rosenboom bot sich immer wieder an. Meine Frau war von seinem ereignisreichen Leben ganz begeistert. Sie ist mir praktisch entglitten. Als ich merkte, dass sich der frisch geschiedene Herr Rosenboom nicht für uns beide, sondern nur für meine Frau interessierte, war es schon zu spät. Gegen so einen rudern Sie flussaufwärts. Irgendwann können Sie nicht mehr, und dann geht's unaufhörlich bergab.«

Knobel glaubte nicht an ein plötzliches Bergab, einen überraschenden Verlust der Frau. Er suchte Weinsteins Mitschuld.

»Vielleicht war Ihre Liebe schon vorher verloren gegangen, und nur äußerlich blieb alles beim Alten«, sagte er.

»Unsere Liebe war fest«, beharrte Weinstein. »Fest, ganz fest.«

»Also muss Rosenboom dafür büßen, dass er Ihnen die Frau weggenommen hat«, schloss Knobel.

Ihre Schritte waren in der Kälte schneller geworden. Sie hetzten über den Weg, stießen schnell auf den Friedensplatz und umrundeten das dort stehende Rathaus.

»Was haben Sie gegen ihn in der Hand?«, fragte Knobel.

Weinstein schwieg.

»Wissen Sie es wirklich nicht«, fragte er schließlich.

»Rosenboom betreibt noch andere Geschäfte. Ein Edelbordell, auch wenn er einen Strohmann vorschickt.«

Weinsteins Augen funkelten.

Knobel schüttelte ungläubig den Kopf.

»Finanziell braucht er so was doch nun wirklich nicht.«

»Möglich. Vielleicht macht es ihm ja auch nur Spaß. Vielleicht bedient er sich selbst der Mädchen. Aber ganz sicher verwöhnt er hier seine Geschäftspartner und bindet sie mit seinem Wissen an sich.«

Knobel hatte sich über Rosenbooms Moral bislang

kaum Gedanken gemacht. Seine öffentlichen Auftritte offenbarten ein seriöses Geschäftsgebaren und ein unauffälliges Privatleben ohne Fehl und Tadel.

»Wenn es so wäre, wie Sie sagen, Herr Weinstein, könnten Sie Ihre Frau doch ganz leicht zurückgewinnen. – Oder würde sie einen Bordellbesitzer als Ehemann haben wollen? Wenn Sie Rosenboom erpressen, dann müssen Sie einen Beweis gegen ihn in der Hand haben. Und dieser Beweis würde Ihrer Frau doch reichen. Zumindest könnten Sie Rosenbooms Ehe zerstören.«

Weinstein lachte bitter auf, als sei Knobels Gedanke zu vereinfachend.

»Welche Beweise haben Sie gegen Rosenboom?«, setzte Knobel nach.

Knobel suchte eine Regung in Weinsteins Gesicht, aber die Dunkelheit verhüllte seine hageren Züge.

»Sie haben gar keine Beweise«, provozierte Knobel.

Weinstein blieb gelassen.

»Wenn es so wäre, würde Rosenboom nicht zahlen. – Warum soll ich Sie einweihen und mein Druckmittel entwerten?«

»Was war im Keller unter der Brunnenstraße 8?«

»Beweisstücke. Wenn das Gericht mit Anwälten und Sachverständigen den Keller besichtigt hätte, wäre man auf die Beweisstücke gestoßen.«

»Bilder oder irgendwelche Schreiben, die an die Wände geklebt waren?«

»Exakt.«

»Und das Haus Brunnenstraße 8 hat Ihnen Rosenboom praktisch schon als erstes Schweigegeld übertragen?«

»Exakt.«

»Und der Prozess wegen Schadenersatzes sollte ein kleines Zubrot bringen? Ansonsten sind Ihnen die Schäden im

Haus egal. Es war ja auch in Wirklichkeit ein geschenktes Haus. Nur zum Schein hat man einen Kaufvertrag gemacht.«

Weinstein nickte.

»Rosenboom musste also, um eine Beweisaufnahme durch das Gericht zu verhindern, in deren Zuge man den Keller besichtigt hätte, die Klage anerkennen.«

»Jawohl.«

Es waren knappe Antworten eines Lehrers, der die gepaukten Lektionen seines Schülers zufrieden abprüfte.

»Warum kassieren Sie nicht von Rosenboom direkt? Das wäre doch viel einfacher.«

Knobel lief die Zeit davon.

»Er soll sich bekennen«, glühte Weinsteins Eifer auf. »Er soll Abenteuerliches im Prozess behaupten und es dann entschuldigend zurücknehmen. Mit jedem Prozess verliert er Geld und muss sich zugleich öffentlich demütigen und als Betrüger bezeichnen!«

Knobel tat gleichgültig.

»Was soll er Ihnen anbieten, wenn Sie gar nichts annehmen wollen, womit er sich herauskaufen könnte?«

Sie blieben stehen.

Weinstein drängte, sich zu verabschieden.

»Wir haben genug geredet. – Fragen Sie Rosenboom, ob er ein Angebot macht. Es liegt an ihm, alles zu beenden. Wenn sein Angebot steht, können wir wieder miteinander reden. – Und sprechen Sie nicht mit meinem Anwalt. Er weiß von der ganzen Sache nichts und verdient ganz ehrliche Gebühren an den Prozessen gegen Rosenboom. Sie wissen ja: Er braucht Geld für den Unterhalt und sein rotes Näschen.«

Weinstein lachte. Im Weggehen wandte er sich noch mal um.

»Ich bin übrigens auf Ihre Klage gegen die Pfändung gespannt«, sagte Weinstein. »Obwohl diese Klage eigentlich unnötig gewesen wäre.«

»Wir klagen doch nur, weil Sie es so wollen«, erwiderte Knobel schroff.

»Die Klage ist ein notwendiger Nachtrag zum letzten Prozess«, belehrte Weinstein. »Es war vereinbart, dass Rosenboom vor Gericht erklären sollte, das Geld von mir geliehen bekommen zu haben. Verbunden mit dem Bedauern, bis dahin behauptet zu haben, dass ihm das Geld von mir geschenkt worden sei. – Aber dann erscheint der Lump nicht zum Gerichtstermin, obwohl er zum Termin geladen worden war. Weil er angeblich krank gewesen sei! Aber so geht das nicht! Ich will nicht den bloßen Sieg im Prozess. Ich will sein reumütiges Eingeständnis. Darum muss er jetzt gegen die Pfändung aus dem Urteil klagen …«

»… und im Prozess erklären, dass er irrtümlich behauptet habe, bereits gezahlt zu haben«, vollendete Knobel.

»Nein!«

Weinstein trat nahe an ihn heran. Sein schnaubender Atem stieß Knobel ins Gesicht.

»Tassilo Rosenboom wird aussagen, dass er mich mit der Behauptung, bereits gezahlt zu haben, betrügen wollte!«

Weinstein löste sich von ihm und eilte hastig Richtung Stadttheater davon.

Knobel blickte ihm nach, bis er auf der anderen Straßenseite im Gewirr der Passanten untergetaucht war.

Zwei Fragen blieben.

Erstens: Was für Beweise hatte Weinstein gegen Rosenboom?

Zweitens: Was sollte sein Mandant Weinstein anbieten?

Nachdenklich fuhr er in die Kanzlei zurück.

Frau Klabunde war nicht mehr im Hause, Telefonzettel mahnten Rückrufe an. Ein handschriftlicher Vermerk von Frau Klabunde lag mitten auf dem Schreibtisch.

Honorarbareinzahlung von Herrn Rosenboom um 17.15 Uhr. Er erwartet jetzt »Pfeffer«.

Das Wort *Pfeffer* war mit dickem schwarzen Stift unterstrichen.

36

Knobel rief die Umsatzauswertung im Computer auf, schlug die noch nicht gebuchten Fünftausend von Rosenboom der ausgeworfenen Summe zu. Seine Umsatzzahl näherte sich derjenigen von Löffke. Es trennten sie noch knapp 80.000. Noch nicht abgerechnete Mandate hinzuaddiert und vorausgesetzt, dass Löffke nicht noch erhebliche Außenstände hatte, würde der Abstand bis zum Jahresende auf etwa 40.000 schrumpfen können. Knobels Umsatzsprünge nach vorn beruhten ohne Zweifel zu einem ganz wesentlichen Teil auf Rosenbooms Zahlungen, teils auf den ordnungsgemäß abgerechneten Mandaten und teils auf den Extrahonoraren in den Streitigkeiten mit Weinstein. Knobel tat es leid, dass sein Gönner und Förderer buchstäblich vorgeführt wurde. Ob Rosenboom tatsächlich ein Bordell betrieb, ob er Geschäftspartner vielleicht mittels seines Etablissements gefügig machte, war nicht wesentlich. Zweifellos würde sich die Öffentlichkeit über Rosenbooms Aktivitäten empören können, vielleicht sogar empören müssen, aber hiervon abgesehen erschien der Betrieb eines Bordells nicht als verwerflich. Schon gar nicht empfand er Mitleid mit den Geschäftspartnern, die Rosenboom seinen Prostituierten zugeführt haben mochte.

Zu Beginn des ersten Semesters, wenige Tage bevor er Lisa erstmals wahrgenommen hatte, war Knobel an einem Nachmittag mit dem Zug nach Düsseldorf gefahren. Er hatte auf die Bahnhofsnähe des Bordells vertraut, die düsteren Straßen mit den roten Lampen gesucht und war schließlich zu einer kleinen Straße gelangt, in die der freie Blick durch eine gut zwei Meter hohe graue Holzwand versperrt war. Er hatte einige Minuten ausgeharrt und dann die Wand seitlich mit klopfendem Herzen passiert und zugleich die Banknoten in seiner Jackentasche fest umgriffen. Er hatte keine Papiere dabei, nicht einmal das Monatsticket für die Verkehrsbetriebe. Mit einer Lederjacke bekleidet schlich er die düstere Straße entlang. Rechterhand die hoch gelegene Bahnstrecke, links schmale aneinander gereihte schäbige Häuser mit großen Fensterscheiben im Erdgeschoss, und hinter den Fenstern die wartenden Frauen. Junge hübsche, junge hässliche, ältere, fülligere und hagere, lächelnd und ausdruckslos. Er blieb auf der rechten Seite, sah scheu in die erleuchteten Fenster und auf die gaffenden Freier.

Knobel durchschritt die Straße wie ein die Szene beobachtender Polizist, darauf bedacht, dass ihm niemand begegnete, den er kannte.

Er wurde schneller, und als er die Straße verließ, rannte er beinah und fuhr geläutert in seine Studentenbude zurück.

Wesentlich war, dass Rosenbooms Bordellbetrieb ihn nicht nur nicht störte, sondern Rosenboom sogar interessanter machte. Das Bordell warf einen Schatten auf Rosenbooms reiche und mächtige Welt und verlieh ihr weitere Facetten. Der glänzenden öffentlichen Seite stellte sich eine anrüchige gegenüber. Rosenbooms Welt vervollständigte sich.

Wesentlich war schließlich, dass Knobel die im Gespräch mit Weinstein gewonnenen Erkenntnisse dazu zwangen, für Rosenboom tätig zu werden. Der Unwille, den aussichtslosen Prozess gegen Weinstein zu führen, wandelte sich in den festen Entschluss, Rosenboom aus der Sache herauszuhelfen. Mochten Weinsteins Behauptungen auch sämtlich der Wahrheit entsprechen, mochte dieser auch durch Rosenboom seine geliebte Frau verloren haben, eines stand fest: Weinstein war der Täter, der über seinen Mandanten herfiel und Gefallen an dessen schrittweiser Zerstörung fand.

Knobel dachte in kategorisierender Verhältnismäßigkeit, und in diesem Vergleich konnte Weinstein gegenüber Rosenboom nur verlieren.

Weinsteins glühende Trauer führte Knobel in düstere Erinnerungen an seine Jugend zurück, zerrte die unerledigten Lieben hervor, vertrauerte, aus heutiger Sicht vergeudete Zeit, überwundene Dunkelheit, die Weinstein nicht verlassen konnte. Weinstein hatte nicht gelernt zu vergessen. Knobel hatte es durch den Verlust des unerreichten Besitzes lernen müssen, Weinstein hingegen würde lernen müssen, sich vom Besitz zu lösen. War der Unterschied wesentlich? Weinstein konnte im moralischen Vergleich mit Rosenboom nicht gewinnen. Aber Weinstein konnte und würde seine Prozesse gegen Rosenboom gewinnen und damit über kurz oder lang seinen Mandanten in der Öffentlichkeit bloßstellen.

Knobel war fest entschlossen, weitere Prozesse zwischen Weinstein und Rosenboom zu verhindern. Die einzige Lösung bestand in der Schlichtung. Er war gezwungen, Weinstein zu besänftigen. Keine Klage, kein Schriftsatz, kein prozessualer Trick würde den Erpresser zum Stillstand bringen, ohne Rosenbooms Geheimnis zu offenbaren.

Knobel ließ seine Fälle gedanklich in der Kanzlei zurück, wenn er sich abends auf den Heimweg in die Dahmsfeldstraße machte. Sie verfolgten ihn nicht, bis er eingeschlafen war. Er träumte nicht von ihnen und wurde auch nicht im Gedanken an sie wach. Die erworbene Routine hatte ihn sicherer gemacht. Gelegentliche Fehler kaschierte er mit schauspielerischem Können. Was er über die leidenschaftslose Routine hinaus in den Fall einzubringen bereit war, hing von der Sympathie für die Sache und für den Mandanten ab. Kam beides zusammen, legte er sich mit Eifer ins Zeug und stritt hart für den Erfolg. Dann war er ein wirklicher Vertreter seiner Partei und kein Verwalter vorgezeichneter Positionen. Doch über die streitbare Vertreterschaft ging er bisher nicht hinaus.

Bei Tassilo Rosenboom war es anders. Der Angriff Weinsteins hatte ihn nicht nur auf die Seite seines Mandanten geschlagen, Knobel war Partei.

37

Rosenboom war außer sich, als Knobel ihm gestand, dass er sich mit Weinstein getroffen hatte. Nach diesem Bekenntnis gab es kein zurück mehr. Es werde immer so weitergehen, prophezeite Knobel eindringlich. Es werde heute diese und morgen jene Klage Weinsteins geben, gegen die er sich zunächst zum Schein verteidigen und sich dann mit reuevollem Geständnis der Klage unterwerfen müsse. Es könne auch umgekehrt gefordert sein, gegen Weinstein zu klagen und dann die Klage mit der demütigenden Entschuldigung zurückzunehmen, etwas gefordert zu haben, was Rosenboom zu keinem Zeitpunkt zugestanden habe. Weinstein werde beliebig mit Rosenboom spielen, und die Gefahr, dass die Wahrheit über die Hintergründe dieses üblen Spiels herauskäme, immer größer.

Rosenboom lachte höhnisch.

»Er will also, dass ich ihm ein Angebot mache?«

»Weinstein mag auf seine Art ein Verbrecher sein, aber er ist sehr verletzt, dass Sie ihm die Frau genommen haben.«

Rosenboom sträubte sich gegen den Vorwurf, sich gegenüber Weinstein in Schuld verstrickt und etwas anderes als das getan zu haben, was sich aus der Situation ergeben hatte, aber er ließ die Frage auf sich beruhen. Es war das erste Mal, dass Rosenboom gegenüber Knobel etwas auf sich beruhen ließ, und er wurde unvermittelt ruhiger.

»Was schlagen Sie vor?«

»Wir müssen das Gespräch suchen«, meinte Knobel.

»Weinstein geht es offensichtlich nicht so sehr um das Geld. Er will Sie lieber anders bluten sehen.«

»Ein Gespräch?«, fragte Rosenboom belustigt.

Knobel hielt gereizt dagegen, dass es keine ernsthafte Alternative gebe. Knobel versprach, mit psychologischer Raffinesse bei Weinstein genau den neuralgischen Punkt zu finden, von dem aus sich eine Gesprächsbasis entwickeln ließe. Weinstein und er, Rosenboom, zögen an den Enden eines Seils, in dessen Mitte der Knoten saß, daher müsse eine Ebene des Vertrauens gefunden werden, die es gestatte, das Seil loszulassen und den Knoten zu lösen.

Rosenboom blieb kritisch. Das Gespräch werde einen Erpresser nicht von seinem Vorhaben abbringen. Weinstein müsse man anders in den Griff kriegen, sagte er und kostete den Gedanken an das In-den-Griff-Kriegen aus, bis ihm schließlich bewusst wurde, dass dies bei Weinstein ebenso wenig verschlug wie ein Gespräch. Dennoch willigte Rosenboom zögernd ein und bat sich ein paar Tage Zeit zur Vorbereitung aus.

38

Eine Woche später fuhr Knobel abends kurz vor acht über die A 45 bis zur Ausfahrt *Dortmund-Hafen* und folgte von dort Rosenbooms Wegbeschreibung über die Schnellstraße in das Industriegebiet um den weitläufigen Kanalhafen und dort in die Speicherstraße.

Rosenboom hatte die alte Gaststätte *Anker* als Treffpunkt für ein Gespräch zwischen Weinstein und Knobel vorgeschlagen. Wenn sich das Gespräch gut entwickele, wolle Rosenboom im Anschluss selbst mit Weinstein sprechen und unter vier Augen die Angelegenheit begraben. Bis dahin werde er im Büro der nahe gelegenen Lagerhallen seiner Firma warten, bis ihn Knobel über sein Handy anrufe.

Knobel hatte sein Treffen mit Weinstein mehrfach gedanklich durchgespielt. Es gab weder Weisungen seines Mandanten noch ein Verhandlungsangebot, nichts, was er als Verhandlungsmasse in das Gespräch mit Weinstein hätte einbringen können. Sein Auftrag war lediglich, ein ergebnisoffenes Gespräch zu führen. Würde Weinstein sein Spiel fortsetzen wollen, würde nicht nur Rosenboom, sondern auch er selbst dem anderen marionettenhaft zu Willen sein müssen.

Der direkte Weg in die Speicherstraße war wegen einer Baustelle versperrt. Knobel wendete, umfuhr das Industriegebiet und gelangte aus der anderen Richtung zu seinem Ziel.

Alte Ziegelbauten ragten wie Zahnstümpfe schwarz

in den Abendhimmel. Die schmucklosen Lagergebäude rechts und links des *Anker* waren um diese Zeit verwaist. Das Haus mit der Wirtschaft zwängte sich zwischen zwei Backsteingebäude, in die sich Im- und Exporthändler einquartiert hatten. Knobel fuhr langsam vorbei und parkte abseits in einer verkrauteten Baulücke. Als er ausstieg, dröhnte aus einer nahen Maschinenhalle dumpfes metallisches Schlagen.

Die Frage der passenden Kleidung war bis zuletzt offen geblieben, schließlich hatte sich Knobel für einen grauen Anzug entschieden. Kein teurer Stoff, ein unauffälliges Symbol für Seriosität.

Weinstein saß an einem Ecktisch und rauchte. Er begrüßte Knobel mit demonstrativem Gleichmut. Der Schankraum war fast leer. Ein paar Arbeiter stießen auf den Feierabend an, drei andere spielten Skat, die Wirtin hinter dem Tresen addierte die Tageseinnahmen und stellte das Radio lauter.

Knobel sagte, dass er auf ein gutes Gespräch hoffe, und Weinstein zuckte abwartend mit den Schultern. Er blies den Rauch seitlich weg, und Knobel fühlte sich an Löffke erinnert.

Sie tranken Bier.

»Es ist das Beste, wenn Sie sagen, was Sie wollen«, eröffnete Knobel. »Wenn eine Einigung im Raum steht, stößt Rosenboom hinzu.«

Weinstein blickte erstaunt auf.

»Er ist hier?«

»Ganz in der Nähe.«

Knobel blieb vage.

»Er ist sehr daran interessiert, mit Ihnen Frieden zu schließen. Und ich glaube, auch Sie wollen den Frieden. Sonst säßen wir ja nicht hier.«

Knobel appellierte hilflos an den Frieden. Er tat es wie in manchen Prozessen, wenn er naiv noch immer an eine Einigung glaubte. Notfalls betrieb er den Streit dann als Spiel und entzog ihm so die Ernsthaftigkeit, wenn sie sich anders nicht verflüchtigen wollte.

Weinstein nickte zufrieden.

»Jetzt hat er Angst, nicht wahr? – Welche Weisungen hat Rosenboom Ihnen für heute gegeben?«

»Keine konkreten.«

Knobel hob hilflos die Schultern.

»Ich habe Ihnen vermutlich nichts zu bieten, was Sie zufrieden stellen könnte. Ganz abgesehen davon, dass ich mir nicht vorstellen kann, was Sie von Rosenboom wollen. Nichts wird Ihnen Ihre Frau zurückbringen, wenn sie sich bei Rosenboom wohl fühlt.«

Weinsteins Gesichtszüge spannten sich.

»Wenn ich sie nicht haben kann, soll er sie auch nicht haben.«

»Also wollen Sie Rosenboom in den Ruin treiben. Aber vielleicht wird sich Ihre Frau dann mit ihm noch mehr solidarisieren.«

Weinstein leerte sein Glas hastig in einem Zug.

»Genau deshalb wird sich meine Frau nicht von Rosenboom trennen, sondern er wird sich von ihr trennen müssen.«

Weinstein lehnte sich überlegen zurück.

»Er wird sie betrügen, vernachlässigen und auf jede Art schlecht behandeln müssen. Wenn sie nicht von sich aus geht, wird er sie hinauswerfen müssen.«

Knobel verstand.

»Entweder Geschäft statt Frau. Oder Frau statt Geschäft. Aber in jeder Alternative muss Rosenboom sich demütigen. Das ist Ihre Strategie.«

»Es trifft nicht den Falschen«, erwiderte Weinstein lakonisch.

»Es trifft zumindest auch Ihre Frau.«

Knobel legte Schärfe in seine Stimme.

»Sie können sie nicht lieben, wenn Sie ihr schaden wollen.«

»Wenn er sie liebt, wird er seine geschäftlichen Interessen seiner Liebe unterordnen«, meinte Weinstein. »Und Rosenboom wäre ja gar nicht dauerhaft ruiniert. Die Leute vergessen schnell. Ein Bordell passt nicht zu dem Samariter Rosenboom, aber es ist eine lässliche Sünde. Nach einer Zeit rappelt er sich wieder auf. Glauben Sie mir: Rosenboom wird nicht am Hungertuch nagen. – Andererseits, wenn ihm Sophie die ganze Sache nicht wert ist, wird sie froh sein, wenn sie ihn los ist, und über den Schmerz hinwegkommen.«

Weinsteins Ansicht schien plausibel. Oft erschien Knobel plötzlich zweifelhaft, was er gerade noch fest vertreten hatte. Der Gegenstandpunkt gewann an Überzeugungskraft und verwischte die sicher geglaubten Konturen. Halbherzige Kompromisse drängten sich auf, unwirkliche Verbindungen einander unversöhnlicher Positionen. Knobel fürchtete die Einigungen, denen der Verlust an Orientierung vorausging.

Er bestellte eine neue Runde Bier.

Knobel fühlte sich Weinstein ausgeliefert, war enttäuscht über seinen Mandanten, der ihm nichts darüber erzählt hatte, wie es zur Trennung der Eheleute Weinstein und zu seiner Ehe mit Weinsteins Frau kam. Es fehlte zumindest eine Version der Wahrheit aus Rosenbooms Sicht, die er der Darstellung Weinsteins hätte entgegensetzen können. Jetzt musste er Weinsteins Sicht der Dinge als wahr unterstellen, er konnte lediglich gegen das Strafmaß plädieren, das Weinstein selbstgerecht festgesetzt hatte, und musste sich mit dem Argument begnügen, dass sich diese Strafe verbat, selbst wenn Weinsteins Vorwürfe zutrafen. Keine Abwägung zwischen Rosenbooms Unrecht und Weinsteins Unrecht, kein befriedigender Ausgleich nach Würdigung des tatsächlichen Sachverhalts.

Knobel merkte, dass er Tassilo Rosenboom nicht vertreten konnte.

Er streifte das Anzugjackett ab.

»Ich kann Ihnen nachfühlen«, sagte Knobel schließlich.

»Nein.«

Weinstein nahm wieder einen tiefen Zug und schien belustigt.

»Sie kennen mich doch gar nicht«, widersprach Knobel. »Jede Seite muss gehört werden. Das ist nur gerecht.«

Weinstein deutete ironisch eine Verneigung an.

»Wenn ich Sie bitte, Rosenboom nicht weiter zu erpressen, dann nicht nur deshalb, weil es nicht nur keinem nützt, sondern weil Sie sich ansonsten selber schaden.«

»Das sagten Sie schon einmal«, warf Weinstein ein.

»Ich meine den Schaden, den Sie Ihrer Seele zufügen. Man frisst sich in die unerfüllte Liebe förmlich hinein«, sagte Knobel gegen Weinsteins abwehrendes Schnauben, »und nimmt sie mit in den Schlaf, um morgens wieder mit ihr aufzuwachen. Jeden Tag erscheint sie schöner und begehrlicher als zuvor, aus Angst, dass sie sich entfernt, und man gießt Öl ins Feuer, damit die Liebe nie vergeht, obwohl man doch weiß, dass sie ausgebrannt und schon Vergangenheit ist. Aber man hetzt ihr hinterher, weiß seine Liebe vielleicht in neuen Händen, wünscht, dass sie auf der Stelle verdorren möge, aber der Wunsch erfüllt sich nicht. Sie hören, dass die Liebe glücklich ist, und Sie verurteilen sie als Betrug. Dann hören Sie, dass die neue Liebe unglücklich ist, und Sie hoffen, dass sie zerbricht. Aber so wenig das eine die Liebe fortträgt, so wenig bringt das andere sie zurück.«

Sie schwiegen eine Weile.

»Sie erwarten Nachwuchs?«, fragte Weinstein.

»Alles läuft planmäßig«, nickte Knobel.

»Sie sind zu beneiden. Wir haben keine Kinder. Irgendwann hatten wir uns damit abgefunden, dass es nicht klappte. Wir hatten ja uns.«

Weinstein malte ein kleinbürgerliches Idyll. Sein Gedächtnis kramte vergangene Urlaube hervor. Zwei Wochen Taormina auf Sizilien, zuletzt eine Fahrt in den Harz. Eine Woche Braunlage. Der Mensch brauche nichts Großes, sagte er und erinnerte Knobel daran, dass er es doch auch so sehe, und Knobel bestätigte die kleine Welt.

Weinstein seufzte.

»Und dann gehen Sie mit Ihrer Frau ein Eis essen, und plötzlich kommt einer aus der großen Welt, sitzt da und isst auch nur ein Eis. Es ist wahrscheinlich das untere Ende seiner großen Welt, mal nur ein Eis zu essen, und er greift von dort in unsere Welt hinein.«

Knobel wagte sich weiter vor.

»Wenn Rosenboom sich für das Geschäft und gegen Ihre Frau entscheidet, besteht die vage Möglichkeit, dass Ihre Frau zu Ihnen zurückkehrt. Wenn er sich für Ihre Frau entscheidet, bestrafen Sie ihn mit wirtschaftlichem Ruin. So weit, so gut. Aber im Grunde muss nicht Rosenboom die Entscheidung treffen, sondern Sie. Glauben Sie wirklich, dass Ihre Frau in die kleine Welt zurück will, wenn sie diese Welt gerade deswegen verlassen hat, weil sie die große Welt reizte. Sie wird die kleine Welt nicht mehr wollen. So, wie Sie selbst diese Welt nicht mehr wollen. Bleibt also nur die zweite Alternative: Rosenboom bleibt bei Ihrer Frau. Deshalb muss er sich demütigen und zahlen. Einzig aus dieser Alternative können Sie Nutzen ziehen, indem Sie an Rosenbooms Reichtum partizipieren. Aber wenn Sie ihn mit den Prozessen in die Öffentlichkeit drängen, graben Sie sich über kurz oder lang selbst das Wasser ab. Realistisch ist also nur die Variante dieser Alternative: Sie beschränken sich darauf, von Rosenboom Geld zu nehmen und verzichten darauf, ihn zu demontieren.«

»Also haben Sie doch ein Angebot?«

Weinstein fühlte sich angenehm unverantwortlich.

»Ich kann das Verhältnis Rosenbooms zu Ihrer Frau nicht beurteilen. Aber er macht einen zufriedenen Eindruck. Ich gehe davon aus, dass er sich den Frieden etwas kosten lassen würde.«

»Wie gut kennen Sie ihn?«

Knobel war versucht, Rosenbooms Großzügigkeit zu schildern, ohne sie am eigenen Beispiel zu illustrieren, doch er unterließ es.

»Er ist ein guter Mandant«, sagte er nur.

»Ich weiß. Dr. Hübenthal und er kennen sich schon aus Schulzeiten.«

»Sie kennen den Senior?«

Knobel war überrascht.

»Natürlich. Seit Rosenbooms fünfundfünfzigstem Geburtstag. Da habe ich einige aus Ihrer Kanzlei kennen gelernt. Es war ein großes Fest in Rosenbooms Garten. Damals waren wir noch die neuen Freunde des Hauses zwischen all den noblen Herrschaften. Aus Ihrer Kanzlei waren auch drei Personen da. Dr. Hübenthal natürlich, dann ein aufgeschwemmter Kerl, der immer in Hübenthals Nähe blieb und laut lachte, wenn Hübenthal lachte.«

»Löffke«, sagte Knobel und nickte.

»Und dann noch ein Dritter, der im Bunde der beiden anderen nie etwas zu sagen hatte, bloß dabeistand, zuerst mit den Blicken zwischen Hübenthal und dem Dicken hin und her wechselte und irgendwann den Tisch verließ, um sich etwas zu trinken zu holen. Auf dem Rückweg blieb er an dem Tisch stehen, an dem meine Frau und ich standen. Wir kannten ja außer Rosenboom auch niemanden, und Rosenboom kümmerte sich natürlich um die anderen Gäste, bis er später mit meiner Frau tanzte ...«

Knobel unterbrach ihn.

»Dr. Reitinger?«

»Ja, es war Reitinger. An dem Abend trank er viel. Reitinger war allein beim Fest. Er hatte Streit mit seiner Frau. Als Rosenboom meine Frau zum Tanz entriss, blieb ich mit Reitinger allein zurück. Wir haben dann Bier auf Bier getrunken. Gegen unsere Frauen, gegen die Arbeit, gegen die Arroganz der Gesellschaft, die sich um Rosenboom scharte. Meine Frau kam natürlich zwischendurch wieder, weil Rosenboom sich scheute, nur mit ihr zu tanzen, aber ich merkte, dass er am liebsten nur mit ihr getanzt und sie am liebsten nur mit ihm getanzt hätte. Ich habe sie mit Missachtung gestraft. Wahrscheinlich habe ich sie an diesem Abend verloren«, sagte er abwesend. »Reitinger und ich wurden immer betrunkener. Meine Frau stand, wenn sie nicht gerade tanzte, bei Hübenthal und dem Dicken. Wir haben gelacht. Wahrscheinlich fielen wir schon durch unser betrunkenes lautes Lachen auf, aber das war uns egal. Später habe ich mich mit Reitinger geduzt, und wir begannen, uns über die anderen lustig zu machen, nachdem von uns sowieso keiner etwas wollte. Zuletzt war Rosenboom das Ziel meines Spotts, als er wieder mit meiner Frau Foxtrott tanzte, und Reitinger richtete seine Attacken gegen Hübenthal. So hatten wir beide unsere Feinde. Ich hasste

Rosenboom, und Reitinger hasste Hübenthal, weil der ihn nie beachtete und seine Arbeit nicht anerkannte. Reitinger wollte eigentlich nicht hoch hinaus. Er war selbst nicht unvermögend. Zu Anfang muss er auch größere Prozesse gehabt haben, und er hatte wohl auch Erfolge vorzuweisen. Aber dann hat er einen Prozess verpatzt. Ein richtig dickes Ding. Reitinger arbeitete wie ein Blöder gegen diesen Fehler an, stürzte sich noch mehr in die Arbeit, halste sich Zusatzaufgaben auf und kaufte sich schließlich sogar mit einem horrenden Betrag als Sozius ein. Hübenthal wollte ihn im Grunde nicht als Sozius, aber die angebotene Summe war zu groß, um nein zu sagen. Die Sozierung brachte ihm aber nichts ein. Er blieb für Hübenthal ein Nichts und wurde von allen bedeutenderen Sachen abgezogen. Ihm blieben stets nur die kleinen Prozesse. Hübenthal hatte ihm gesagt, dass man für die größeren Sachen gestandene Anwälte brauche.«

»Hat er Ihnen das alles auf dem Fest gesagt?«

»Nein. Auf dem Fest hatten wir uns nur in Rage geredet. Die Wut hat uns verbündet, und wir waren nur zusammengekommen, weil wir beide auf der Feier gleichermaßen fehl am Platze waren. Zum Schluss verband uns die betrunkene Solidarität der Überflüssigen. Die Details habe ich erst später erfahren. Als Rosenboom meiner Frau immer näher kam und sie plötzlich an mir rummäkelte und zum Schluss meinte, bisher im Leben alles verpasst zu haben, und schließlich bei mir auszog, um bei Rosenboom einzuziehen, erinnerte ich mich wieder an Reitinger. Ich suchte mein Recht gegen Rosenboom und rief ihn an.

Wir haben uns ab diesem Zeitpunkt oft getroffen, und je mehr ich in Rosenboom den Feind erkannte, umso mehr sah er den seinen in Dr. Hübenthal, der ihn auf der Stelle treten ließ. Reitingers Frau wollte einen erfolgreichen Mann. Sie sah mit größter Bewunderung zu Figuren wie Hübenthal oder Rosenboom auf. Doch ihr eigener Mann drehte sich im Kreis und blieb im Schatten. – Reitinger konnte mir natürlich nicht helfen. Es gibt keine Rechte gegen Okkupanten wie Rosenboom. Aber es blieben die langen Gespräche mit Reitinger. Von Opfer zu Opfer sozusagen.«

Knobel dachte daran, dass er über Dr. Reitinger dem Geheimnis der Prozesse Weinstein gegen Rosenboom hätte schneller auf die Spur kommen und wertvolle Hintergrundinformationen erhalten können, aber nichts hatte darauf hingedeutet, dass Dr. Reitinger in dieser Sache etwas wusste. Dr. Reitinger hatte nicht einmal Andeutungen gemacht, denn Rosenbooms Rechtsstreite mit Weinstein blieben durch Knobels eigene Initiative in der Kanzlei allen anderen Anwälten gegenüber mit Ausnahme von Dr. Hübenthal geheim.

»Dr. Reitingers frühere Sekretärin sagte mir neulich, dass Rosenboom praktisch Teil der Kanzlei sei.«

Weinstein nickte.

»Ja, die gute Frau Klabunde. Reitinger war drauf und dran, sie ganz einzuweihen. Aber er tat es nicht, weil es ihm schließlich doch zu gefährlich war.«

»Was wusste Reitinger?«

»Er hatte über den Computer herausgefunden, dass viele der Beratungsmandate in Rosenbooms Firmensachen nur zum Schein geführt werden. Die Sachen werden mit horrenden Honoraren abgerechnet. Rosenboom lässt seine GmbH die Zahlungen leisten, in der Kanzlei werden sie jedoch nur zur Hälfte zum Soll gestellt und entsprechend verbucht, die andere Hälfte fließt an die Privatperson Rosenboom. So verdienen beide.«

Jetzt begriff Knobel, warum er in die zahlreichen dünnen Akten über die diversen Beratungen der Firma Rosenboom keinen Einblick erhielt.

»Also ging es nicht nur um Rosenbooms Bordell«, schloss Knobel.

Weinstein grinste.

»Das Bordell war eine Erfindung, mit der ich Sie neulich abspeisen wollte. Sie haben ja selbst erkannt, dass ein Bordell zu einem Edelmann wie Rosenboom überhaupt nicht passt. – Ich wollte Ihnen nur nicht gleich alles sagen«, fügte er entschuldigend hinzu.

»Ich nehme an, im Keller der Brunnenstraße hingen die Beweise für Ihre Behauptung an der Wand.«

»Ein Computerausdruck, der die Zahlungen von der Rosenboom GmbH an die Kanzlei und von dort an die Privatperson Rosenboom belegte. Reitinger hatte lange geforscht, bis er dem Computer die Geheimnisse entlocken konnte. Fast ein Vermächtnis.«

»Warum hat er sein Wissen dann nicht selbst gegen Hübenthal genutzt?«

Weinstein lachte.

»Ob Sie es glauben oder nicht. Er wollte sich mit diesem Gedanken nicht recht anfreunden. Vielleicht hätte er sein Wissen irgendwann gegen Hübenthal eingesetzt, aber krumme Touren waren nicht sein Ding. Da hätte noch eine Menge mehr auf ihn einstürzen müssen, bis er auf diese Art explodiert wäre. Reitinger litt unter seiner Stellung in der Kanzlei, aber er wollte nach wie vor aus eigener Kraft aus der Stagnation heraus.«

»Er hat seine Fallstatistiken gefälscht«, warf Knobel ein.

»Eben«, bestätigte Weinstein. »Er wollte durch redliche Arbeit weiterkommen, auch wenn er sie an dieser Stelle nur vortäuschte. Aber er täuschte nicht höhere

Umsätze vor, sondern nur mehr Arbeit. Seine Lügen schadeten niemandem. An seiner Redlichkeit ist er schließlich krepiert.«

»Also haben Sie den Part, den Reitinger hätte spielen können, mit übernommen. Sie erpressen folglich Rosenboom und die Kanzlei.«

»Wenn Sie so wollen: ja. Und Reitinger wusste nicht einmal davon, dass ich Rosenboom und damit Hübenthal in die Zange genommen habe. Er hatte den Computerausdruck eines Abends mit zu mir nach Hause gebracht, nachdem er mir zuvor von seiner ungeheuerlichen Entdeckung erzählt hatte. Ich hatte ihm erwidert, dass ich ihm keine Silbe glaube und ihn für verrückt erklärt, doch er beteuerte, dass er die Wahrheit sage. So ging das hin und her. Er konnte es ja nicht ertragen, wenn ihn jemand für einen Lügner hielt. Man musste ihn nur lange genug auf diese Weise kränken, um seine Redlichkeitsneurose rauszukehren. Also brachte er zum Beweis seiner Wahrhaftigkeit den Ausdruck mit. Als er auf der Toilette war, habe ich ihn auf meinem Faxgerät kopiert.«

Weinstein bestellte Bier nach. Er genoss Knobels Erstaunen darüber, dass die komplexe Erpressungsgeschichte auf der Fotokopie eines Computerausducks beruhte.

Knobel begriff, dass Weinstein mit seinem von Dr. Reitinger erworbenen Wissen bei Rosenboom einen empfindlichen Nerv getroffen hatte. Und er verstand, dass er zugleich den Kanzleisenior getroffen hatte. Der Fall Weinstein war nicht nur der Fall Rosenboom, sondern zugleich der Fall Dr. Hübenthal.

»Ich denke, Rosenboom wird sich Ihr Schweigen noch einen erklecklichen Betrag kosten lassen, wenn die Sache damit abgeschlossen ist. Natürlich keine astronomische Summe. Es ist Verhandlungssache.«

»So oder so ein fauler Kompromiss«, befand Weinstein.

»Kein Kompromiss. Es ist der einzige Weg für beide Seiten.«

Es galt jetzt, allein über das Geld Weinsteins Durst zu stillen und Rosenboom dabei nicht verbluten zu lassen.

»Eine einmalig zu zahlende Summe, und dann ist Frieden!«

»Frieden?«

Weinstein lachte höhnisch, aber Knobel merkte, dass Weinstein des Kämpfens müde geworden war. Er hatte es schon gemerkt, als Weinstein bereitwillig sein ganzes Wissen preisgab. Obwohl er bislang die Spielregeln diktiert hatte, war Weinstein plötzlich zum Gejagten geworden.

Knobel stand auf, verließ den Schankraum, tastete sich durch den dunklen Flur an muffigen Abstellkammern vorbei und rief seinen Mandanten von seinem Handy aus an.

Rosenbooms Stimme klang gehetzt.

»Es ist viertel vor elf. Was haben Sie so lange beredet?«

»Ich bin ein gutes Stück weitergekommen«, erwiderte Knobel stolz.

Er behielt die Tür zum Gastraum im Auge.

»Weinstein will bloß noch Geld. Keine Prozesse mehr. Ich denke, er ist mit einer abschließenden Summe zufrieden.«

Einen Augenblick herrschte Stille.

»Wie viel?«

»Sie müssen es aushandeln«, erwiderte Knobel.

»Also gibt er keine Ruhe.«

Rosenboom schnaufte, als habe er dieses Ergebnis erwartet.

»Es ist ein Erfolg«, verteidigte sich Knobel.

»Ich habe Sie nach Kräften vertreten. Mehr war nicht drin.«

Es waren die üblichen Worte, wenn er bei enttäuschendem Prozessausgang um Anerkennung seines Bemühens warb.

»Also gut. Schicken Sie ihn in einer Viertelstunde los. Er soll zur Überwasserstraße kommen. Wenn er den *Anker* verlässt, muss er sich nur rechts halten und bis zur Kreuzung laufen, dann links. Ich werde hinter der Baustelle auf ihn im Auto warten. – Sie werden gesehen haben, dass die Straße gesperrt ist. Ich müsste sonst um das ganze Viertel fahren, wenn ich ihn an der Wirtschaft abholen wollte. Ein kleiner Spaziergang tut ihm gut. Er kann dann mit kühlem Kopf über seine Forderung nachdenken. – Sie fahren nach Hause. Alles Weitere besprechen wir morgen.«

Als sie sich vor der Wirtschaft trennten und er Weinstein auf den Weg schickte, war das Unbehagen, das sich bei dem kurzen Telefonat mit Rosenboom eingestellt hatte, nicht verflogen. Knobel hatte die verbleibende Viertelstunde mit Belanglosigkeiten gefüllt, um zu verhindern, dass man weiter über die Sache sprach. Knobels anwaltliche Tätigkeit war in dieser Sache beendet. Sie war ihm unmöglich geworden. Die Parteivertretung war einfach, solange er nur die Interessen seines Klienten im Blick haben musste und sich ausschließlich mit dessen Informationen versorgen konnte, um ihn anschließend unnachgiebig gegen alle Schriftsätze und Attacken der Gegenseite zu verteidigen. Der sture Blick aus der Sicht der eigenen Partei solidarisierte mit der eigenen Klientel und motivierte zu scharfzüngigen Schriftsätzen und lärmenden Plädoyers.

Die wenigen Fakten des Falles kannte Knobel indes nur

von Weinstein. Offensichtlich hatte er es hier mit dem verrücktesten aller denkbaren Fälle zu tun: Einen Mandanten, der schwieg, und einen Gegner, der die Informationen lieferte.

39

Als der kurze Schrei durch die Nacht hallte und sogleich durch quietschende Reifen erstickt wurde, war Knobel gerade im Begriff, in sein Auto zu steigen. Der Schrei bohrte sich in ihn hinein, es war ein unwirkliches ersticktes Kreischen, das sein Herz hämmern und die verdrängte Ahnung in seinem Gehirn aufflammen ließ. Er drehte sich um und lief dem erstickten Schrei entgegen, über die leere Straße am *Anker* vorbei bis zur Kreuzung. Er hechelte, das Laufen schlug hart in seine Glieder. Knobel sah sich nach allen Seiten um, doch offensichtlich stand er allein auf der kleinen Straßenkreuzung. Und dann sah er Weinstein niedergestreckt auf dem Pflaster. Die Augen waren weit aufgerissen. Das starre Weiß der Augen glänzte matt im Licht einer Straßenlampe. Blut sickerte in Rinnsalen aus seiner Nase. Erschreckt und angewidert studierte Knobel den Tod. Ungläubig umrundete er gegen den Uhrzeigersinn Weinsteins Leiche, als könne er den Tod damit außerhalb seiner Bannmeile zurückzwingen und alles ungeschehen machen. Knobel prüfte, ob noch geholfen werden konnte und war eigentümlich befriedigt, dass nicht mehr zu helfen und nur zu unterlassen war. Er blickte auf und sah in einiger Entfernung die blinkenden Warnleuchten der Baustelle, die die Straße zu einem im Rotlicht puckernden Geisterbahnabschnitt machten.

Dann rannte er weg, zurück zu seinem Auto.

40

In Rosenbooms Lagerhallenbüro in der Drehbrückenstraße war noch Licht.

Knobel ahnte, dass sein Mandant ihn dort erwarten würde.

»Ihr Auto ist unbeschädigt«, sagte Knobel tonlos und deutete mit einer Kopfbewegung zum Hof.

Rosenboom nickte bleich.

»Es war ein anderes Auto.«

Das Geständnis bedeutete Abschied von der vagen Hoffnung, dass Rosenboom sich spontan zur Tat hatte hinreißen lassen. Alles passte. Die Nähe zu Rosenbooms Lagerhallen und die abgesperrte Straße boten ebenso günstige Umstände wie die Uhrzeit und die Tatsache, dass man von Handy zu Handy gesprochen hatte, deshalb würde es keinen nachweisbaren Anruf aus dem *Anker* zu Rosenboom geben.

Knobel nahm an, dass das Tatauto in der verschlossenen Halle stand. Rosenbooms Auto stand sauber glänzend unten auf dem Parkplatz. Es würde jeder kriminaltechnischen Untersuchung standhalten können.

Knobels Rolle als Verteidiger schälte sich heraus. Er würde gegen den Mord und für den Totschlag plädieren müssen. Strategien gegen das zwingende Lebenslänglich. Die Tötung Weinsteins als nachvollziehbarer Akt. Weinsteins Erpressung als vorwerfbarer Akt, der Rosenboom zum Äußersten zwang.

»Sie haben selbst gesagt, dass er noch mehr Geld wollte«, sagte Rosenboom weinerlich.

»Ein letztes Mal, ja«, zischte Knobel.

Er zitterte. Hatte er Rosenboom angestiftet, ohne es zu ahnen?

Knobel fürchtete seine weitere Rolle. Er würde Zeuge sein im Prozess gegen Rosenboom. Aber er würde als sein Anwalt die Aussage verweigern dürfen. Würde er sich mit dem Bekenntnis zu seiner Vermittlerrolle nicht dem Vorwurf einer Mitschuld an Weinsteins Tod aussetzen? In seinem Kopf schossen zahllose juristische Szenarien vorbei. Doch zu seinem Erstaunen begann seine Vernunft die vorbeifliehenden Szenarien mit der routinierten Ratio seiner juristischen Erfahrung rekapitulierend zu bändigen und einer nüchternen Güterabwägung zu unterziehen.

»Wie wird es weitergehen?«, fragte Rosenboom mit flehendem Unterton.

Knobel schlüpfte in die Rolle des Staatsanwalts.

»Sie haben ihn einfach niedergestreckt«, hielt er Rosenboom vor.

Der Angeklagte schwieg betreten.

Knobel wartete auf ein Wort des Bedauerns. Das Bedauern wäre ein Zeichen der Normalität gewesen. Die Ausnahmesituation belastete Ankläger und Angeklagten.

»Er hätte heute Geld gewollt. Und er hätte morgen Geld gewollt. Es wäre immer so weiter gegangen.«

»Nichts rechtfertigt das Töten«, bellte Knobel.

Doch seine Feststellung blieb eine leere Moralfloskel, hatte sie doch nicht vor dem Töten bewahrt und ihn in seinem Werturteil hilflos zurückgelassen. Was auch änderte der Satz? Wie einfach hatte es da der staatlich bestallte Ankläger. Für ihn verbot sich Parteivertretung selbst für das Opfer, war lediglich Subsumtion einschlägiger Strafvorschriften angesagt, die es zum Schluss aus der beschützten Sicht des staatlich Neutralen als Strafforderungsextrakt zu verlesen galt, bevor der für die Gerechtigkeit zuständige Richter die überhöht angelegte Latte des am höchstmöglichen Strafmaß orientierten Anklägers wieder auf Augenhöhe der Justitia zurückversetzen konnte.

Rosenbooms Einwand appellierte an den nachsichtigen Richter. Der Angeklagte bemühte sich um gute Wirkung, warb um Verständnis für die Notlage, die zur Tat führte. Eine außergewöhnliche Motivlage, die den Ausnahmefall im unbescholtenen Leben des Herrn Rosenboom begründete. Rosenboom war kein Täter, der das Kriminelle wollte.

Knobel sah den ehrfurchtsvollen ängstlichen Blick Rosenbooms auf den grantelnden Staatsanwalt, den hoffnungsvollen Blick auf die Richter, das zaghafte Lächeln zu den Schöffen. Der verzweifelte Versuch, aus der Rolle des Objekts hinauszuwachsen, über das verhandelt wird, hin zum Subjekt, das sich einbringt und gegensteuert.

»Sie werden mir helfen, ja?«

Rosenbooms Bitte enthielt sich jeder Anweisung, war flehend und demütig und dennoch nicht nur die Bitte um anwaltlichen Beistand. Sie lief auf Hilfeleistung hinaus, die vor einem Prozess bewahren sollte, bedeutete Verdunkelung der Tat durch Knobel. Er sollte selbst Partei, in gewisser Weise selbst Mittäter werden. Knobel fror. Das Gespräch mit Weinstein strömte durch seinen Kopf. Im Zeitraffer spulte sein Gehirn alles ab, was Weinstein gesagt hatte. Knobel hatte mit Weinstein den Spieler beraten und ihn unwissentlich geopfert. Nun wollte der Gegenspieler beraten werden.

Der Gegenspieler spielte gegen den Verlust. Verlust von Frau und wirtschaftlicher Existenz. Aber es klang leidenschaftslos. Wo war der glühende Eifer, aus dem heraus er zur Rettung vor der drohenden Gefahr Weinstein getötet hatte? Eine leidenschaftliche Liebe Rosenbooms zu seiner Frau hätte auch das Verbrechen leidenschaftlich gemacht. Der Satz »Nichts rechtfertigt das Töten« wäre außer Kraft gesetzt, weil sein rationaler Sinngehalt vor der Leidenschaft kapituliert hätte. Der Tod Weinsteins hätte sich relativiert.

Natürlich ging es um das Geschäft. Knobel erwähnte mit keinem Wort, dass Weinstein Rosenboom vielleicht sogar in erster Linie damit erpresste, dass Rosenboom und Hübenthal an imaginären Mandaten mitverdienten. Lag hier nicht das gewichtigere Druckmittel Weinsteins? War die Erpressung Rosenbooms der Sache nach damit nicht längst zur Erpressung der Kanzlei geworden?

Rosenbooms Bitte ließ ihm keine Entscheidungsalternative. Knobel stand es auch nicht zu, anzuklagen oder zu richten. Aber er konnte und wollte auch nicht Partei ergreifen. Knobels Rolle sollte sein, an der Seite Rosenbooms zu stehen, mit ihm Partei zu sein.

Er beantwortete Rosenbooms Frage mit einem Schulterzucken. Er werde sich melden.

41

Müde und fröstelnd fuhr Knobel heim. Die Heizung im Auto half nicht, und die Nachtmusik im Radio half auch nicht.

Lisa schlief schon, als er nach Hause kam. Sie atmete leicht und gleichmäßig.

Er legte sich zu ihr und hörte ihr zu. Als sie sich kennen lernten, konnte er nicht in den Schlaf finden, wenn sie vor ihm einschlief und er ihr manchmal in leichtes Schnarchen übergehendes Atmen hörte. Eine Weile war es ein Spiel um die Wette, wer zuerst einschlief. Manchmal hatte sie sich schlafend und schnarchend gestellt, bis sie über seinen Unmut prustend lachte. Er war es nicht gewohnt gewesen, dass jemand in seinem Bett schlief. Anfangs hatte er sich in seine Bettdecke gedreht und sich von ihr abgewandt. Jetzt konnte ihn ihr gleichförmiges Atmen manchmal in den Schlaf wiegen. Heute blieb er wach. Ihr Atmen war der ruhige Puls einer fremden friedlichen Welt. Er ließ sie schlafen.

42

Als Knobel am nächsten Morgen müde sein Büro betrat, wurde er bereits von Dr. Hübenthal erwartet. Frau Klabunde hatte eilfertig Kaffee und Gebäck bereitgestellt, vorausschauend alle morgendlichen Gesprächstermine abgesagt und nicht einmal gewagt, sich der Bonsaipflanze zu widmen. Eilig hatte sie sich in ihr Büro zurückgezogen und eifrig diversen Akten zugewandt. Ihr Gespür signalisierte ihr, dass es besser sei, sich mit keinem Wort nach irgendetwas zu erkundigen. Etwas Bedeutendes musste geschehen sein, das über Zimmer 102 hinauswies.

Knobel sackte erschöpft in seinen Sessel. Die toten Augen Weinsteins hatten ihn die ganze Nacht verfolgt. Er hatte in die Augen gestarrt, während sich das Gespräch mit Weinstein immer wieder durch seine Erinnerung quälte. Als Lisa kurz aufwachte, weil er sich im Bett hin und her wälzte, hatte er regungslos verharrt und angestrengt den Film seiner Erinnerung angehalten, bis ihn die Perforation des Vergessens wieder abriss.

Am Morgen hatte er nichts von der schrecklichen Nacht erzählt. Lisa hatte überhaupt zu keinem Zeitpunkt von der Erpressung Rosenbooms durch Weinstein erfahren. Weshalb sollte sie also dann das Ende der Geschichte erfahren? Dann hätte er auch ihre Hintergründe beleuchten und einen Schatten auf Rosenboom und Dr. Hübenthal, den hochverehrten Studienfreund ihres Vaters, werfen müssen. Knobel hatte nicht nur Rosenbooms Schatten, sondern auch Rosenbooms Bedeutung für seine eigene Karriere verschwiegen. Zwar verschwieg er die von Rosenboom übertragenen Mandate nicht gänzlich, aber sie reihten sich in seinen Schilderungen unauffällig in eine Kette beliebiger lukrativer Mandate ein, die als solche keiner besonderen Erwähnung wert waren. Rosenbooms eigentliche Rolle zu verschweigen, hieß, die eigene Karriere umso leuchtender glänzen zu lassen.

Dr. Hübenthal sah bleich und müde in Knobels Gesicht, und Knobel schaute bleich und müde zurück. Die bleichen müden Gesichter sagten sich, dass der andere im Bilde war. Es galt, Strategien zu finden. Knobel fühlte sich eigenartig geehrt, dass Dr. Hübenthal in ihm seinen Ansprechpartner suchte. Die Anwesenheit Dr. Hübenthals in seinem Büro ehrte. Das Privileg, dass die Angelegenheit nicht zuerst mit Löffke beredet wurde, ehrte, und mehr als alles andere ehrte Dr. Hübenthals Ratlosigkeit. Er brauchte Knobel.

Knobel ergriff die Initiative.

»Wann hat er es Ihnen erzählt?«

»Gestern Abend noch. Nachdem Sie gefahren sind.«

Hübenthal zündete sich eine Zigarette an.

»Wie ich aus dem Lokalradio weiß, hat man Weinstein tot auf der Straße gefunden. Nach dem Bericht gibt es keine Zeugen.«

»Rosenbooms Auto ist unversehrt.«

Hübenthal nickte.

»Und das Tatauto ist verschwunden.«

»Aber man wird in der Gastwirtschaft nachfragen«, gab Knobel zu bedenken, »Wahrscheinlich hat sich die Wirtin schon von sich aus gemeldet.«

»Ich gehe in der Tat davon aus, dass sie ihre Aussage machen wird. Ich hoffe doch, dass man Sie dort nicht kennt.«

»Ich wüsste nicht ...«

»Und ich hoffe, dass niemand aus dem *Anker* jemals in unsere Kanzlei kommt. Das wäre allerdings auch unwahrscheinlich. Aus dieser Gegend akquirieren wir nicht unsere Klientel. Also: Es kommt maßgeblich darauf an, dass man Sie nie als Zeugen findet. Die Erinnerung der Wirtin wird verblassen. Sie könnten sie in drei Monaten zufällig auf der Straße treffen, und sie würde Sie wohl nicht erkennen. Vielleicht hat sie eine nebulöse Erinnerung, Sie irgendwann einmal gesehen zu haben. Aber nicht wann und wo. Es fehlt der konkrete Bezug. Völlig normal. Das geht jedem so. Vielleicht sollten Sie eine Zeit lang einen Bart tragen. Der maskiert mit Sicherheit. – Selbstverständlich bleiben noch reichlich Risiken. Es kann sein, dass die Polizei nach den Angaben der Zeugen im *Anker* ein Phantombild von Ihnen fertigen wird. Dann bleibt nur die Hoffnung, dass die Zeichnung undeutlich ist und Sie keiner erkennt, der Sie mit Weinstein in Verbindung bringen könnte wie beispielsweise Weinsteins Anwalt. Überflüssig zu sagen, wie dumm es war, mit einem grauen Anzug bekleidet in dieser Spelunke zu erscheinen. Auffälliger geht's kaum.«

Knobel schluckte.

»Natürlich wird man bei den Nachforschungen auf den Namen Rosenboom stoßen«, fuhr Hübenthal fort. »Man wird die Prozessakten einsehen. Vielleicht wird man über die Prozesse stutzig werden, aber es sind immerhin noch nicht zu viele gewesen. Rosenboom wird bekunden können, dass er sich den Klagen Weinsteins aus freien Stücken gebeugt hat. Es ist nachweisbar, dass das Haus Brunnenstraße 8 feucht ist und Rosenboom deshalb zu Recht gezahlt hat. Der Umstand, dass Rosenboom das Haus zuvor an Weinstein verkauft hat, ist ebenfalls darstellbar. Rosenboom hat eben an den geschiedenen Mann seiner

Frau verkauft. Dass im Ergebnis kein Geld geflossen ist, kann nicht bewiesen werden. Weinstein wurde die Kaufpreissumme zuvor von Rosenbooms Ehefrau überwiesen, deklariert als eine Art Abfindung aus der Ehe. Und nach der Zahlung des Kaufpreises für das Haus an Rosenboom hat der das Geld wieder an Weinstein zurückgegeben. Über den Notar ist also alles korrekt abgewickelt worden.

Die Zahlungsklage aus dem Darlehen hat Rosenboom verloren, weil das Gericht der behaupteten Schenkung nicht geglaubt hat. Weitere Sachaufklärung kann man nach dem Tod Weinsteins ohnehin nicht mehr leisten.

Und die zuletzt von Weinstein verlangte Klage gegen seine Zwangsvollstreckung aus dem Zahlungsurteil wegen des Darlehens, auf die die Polizei durch Weinsteins Anwalt stoßen könnte, wird sich als Rohrkrepierer erweisen. Denn Rosenboom hatte tatsächlich bezahlt und kann dies auch nachweisen. Rosenboom hätte von Weinstein in einem ordentlich geführten Zivilprozess nichts zu befürchten gehabt. Er hätte seine Klage gegen die von Weinstein ausgebrachte Pfändung gewonnen.

Der Umstand, dass Weinstein der frühere Ehemann von Rosenbooms Frau war, wird zum Nachdenken anregen, aber letztlich nicht weiterführen. Weinstein hätte vielleicht einen Grund gehabt, Rosenboom zu töten, aber nicht umgekehrt. Und Weinsteins Anwalt wusste über die Hintergründe nichts.«

»Weinstein wird zu Hause die Unterlagen haben, die Rosenboom belasten«, wandte Knobel ein.

»Zu Hause hat der nichts.«

Hübenthals feste Stimme machte jede Nachfrage entbehrlich, und Knobel unterließ sie dankbar. Hübenthals Gesicht hatte inzwischen wieder Farbe bekommen.

»Reitinger ist einer fixen Idee aufgesessen«, erklärte

Hübenthal. »So nett er als Mensch auch war. Wir haben ihn nicht zuletzt deswegen zum Sozius gemacht. Seine Umsätze rechtfertigten diesen Schritt sicher nicht. Aber das war letztlich nicht das entscheidende Kriterium. Wenn er sich also einkaufen wollte: Warum nicht? Wir haben auch Frau Meyer-Söhnkes zur Sozia gemacht, weil die Sozietät das unbedingte Ziel ihrer Karriere war. Also hat sie sich mit der Erbschaft ihrer Eltern eingekauft. – Ich will nur klarmachen, dass es keinen Zwang gab, Reitinger als Sozius aufzunehmen. Leider hat sich nach seiner Soziierung alles anders entwickelt. Er hat sich in seine Frustrationen verstiegen.«

Hübenthals abwehrende Handbewegung bekräftigte, dass seine Ausführungen jeder plausiblen Grundlage entbehrten und geradezu nach Fragen schrieen.

Knobel fielen die Fragen ein. Es war selten, dass er vor Gericht mit den richtigen Fragen verblüffte, einen Prozess mit der richtigen Frage wenden konnte. Zumeist fielen ihm die Fragen später ein, auf dem Weg zurück in die Kanzlei oder noch später, wenn das Urteil bereits schriftlich vorlag und die Entscheidungsgründe des Urteils mehr oder weniger verklausuliert offenbarten, was er versäumt hatte, um die Niederlage abzuwenden. Aber im Gespräch mit Dr. Hübenthal fielen ihm die richtigen Fragen ein. Er kannte den Fall zu genau, hatte ihn oft durchdacht und letzte Nacht in jedem Detail durchlitten. Doch Knobel stellte die schreienden Fragen nicht. Knobel hätte Dr. Hübenthal jetzt alles fragen und er hätte auf jede Frage eine Antwort erhalten können, aber die Beantwortung jeder Frage bedeutete, wissender zu werden und Gefahr zu laufen, in ein bedrohliches Gespinst dunkler Machenschaften verstrickt zu werden. Jede Antwort machte schuldiger und verleitete dazu, sie weiterzutragen, irgendwann später, vielleicht aus einer bloßen Laune heraus, weil es reizte, Geheimnisse preiszugeben.

Knobel wollte keine Fragen stellen. Knobel griff in die Gebäckschale.

»Ich will sagen«, fasste Hübenthal zusammen: »Es kommt jetzt maßgeblich auf Sie an. Die Chancen stehen einigermaßen gut, dass man Tassilo Rosenboom letztlich nicht mit Weinsteins Tod in Verbindung bringen wird. Und wenn doch, braucht er gegebenenfalls ein Alibi. Sie waren ja ohnehin mit ihm an dem Abend zusammen. Natürlich müssten Sie sich an einem anderen Ort getroffen haben und den ganzen Abend über beieinander gewesen sein.«

Knobel kämpfte gegen die Komplizenschaft an.

»Geht nicht«, keuchte er, »vielleicht stellt man mich der Wirtin gegenüber.«

Ihm war, als hätten sich alle, denen er am letzten Abend begegnet war, sein Gesicht eingeprägt, um Zeugnis abzulegen über sein Treffen mit Weinstein, über die zaghafte Vertrautheit, die sich dabei entwickelt hatte. Gesichter, die ihn wieder erkennen und anklagen würden.

Hübenthal dachte kurz nach und nickte.

»Wir werden einen Weg finden.«

Knobel spürte, in einen Strudel gerissen zu werden. Er lief rot an, Schweiß perlte auf seine Stirn. Wie weit durfte der Anwalt seinem Mandanten helfen? Wo hörte die Verteidigung auf, und wo fing die Strafvereitelung an? Knobel hatte die Trennlinie in juristischen Seminaren studiert und problematisiert. Es mochte Grenzfälle geben, die die Antwort schwierig machten, aber hier war die Antwort eindeutig. Das Verschaffen eines Alibis war eine eigene Straftat. Knobel blickte hilflos in Hübenthals Gesicht. Warum war keine Regung in diesem Gesicht, kein sichtbarer Zweifel?

»Ich möchte nicht, dass zu viele Personen in die Sache einbezogen werden«, erklärte Hübenthal. »Deshalb dachte ich an Sie als Alibizeugen. Ich selber komme leider nicht in Betracht. Als Tassilo mich anrief, war ich auf einer Vereinsfeier.«

Knobel wagte nicht, nein zu sagen. Stattdessen bestätigte er matt:

»Natürlich sollten wir helfen.«

Das Bekenntnis zur Loyalität war einfach. Es half über den Moment hinweg, es blieb unkonkret, auch wenn es auf ein Bündnis einschwor.

Knobel hoffte, dass es ein lösbares Bündnis sei. Er suchte nach Worten, das Bündnis abzuschwächen und die eingegangene Verpflichtung zu relativieren.

»Wir werden die notwendigen Schritte tun«, bekräftigte Hübenthal. Das *Wir* klang zunächst harmlos und barg lediglich die Initiative Hübenthals. Knobel würde bei dem *Wir* vielleicht im zweiten Glied bleiben können, würde vielleicht nie etwas tun müssen. Vielleicht würde er nur wissen müssen, denn das Wissen konnte er immerhin hinter der anwaltlichen Schweigepflicht verstecken. Was auch immer Hübenthal unternahm: Knobel würde es zum Schutz Rosenbooms für sich behalten müssen. Die anwaltliche Schweigepflicht entlastete. Knobel sollte sich lediglich dieser Pflicht fügen müssen.

»Es sollte keiner außer uns beiden in der Kanzlei von der Sache wissen«, sagte Hübenthal. »Und außerhalb der Kanzlei erst recht nicht. Nur wir drei: Sie, Tassilo und ich.«

»Schon wegen der Schweigepflicht«, versicherte Knobel, doch seine Antwort kam zu schnell, und Hübenthal setzte vorsorglich nach:

»Es geht nicht nur um das persönliche Schicksal Rosenbooms. Es geht natürlich auch um unseren Hauptmandanten. Es geht in der Konsequenz um unser Geschäft. Sie sind Sozius. Sie wissen das.«

Knobel wusste es.

»Mag der liebe Gott uns davor beschützen, dass die Polizei Rosenboom jemals ernsthaft als Täter in Betracht zieht«, schloss Hübenthal.

Knobel musste über die Vorstellung auflachen, dass der liebe Gott dem Täter beistehen sollte, aber er fand auch keine mitleidigen Worte für Weinstein. Knobel hätte gern ein persönliches Wort über Weinstein verloren. Er wusste wenig über Weinstein, und dieses Wenige war nur oberflächlich und vielleicht falsch, aber er wollte entgegenhalten, dass Weinstein auch gute Seiten gehabt hatte. Doch Knobel kannte seine guten Seiten nicht. Wollte er sie überhaupt kennen?

»Unsere Kanzlei wird sich bald anders darstellen«, eröffnete Hübenthal, und Knobel fragte irritiert nach.

»Ihre Umsätze haben sich drastisch entwickelt. – Ich mache es kurz: Sie sind reif, die Nummer Zwei zu sein. Es ist mein Wunsch, dass Ihr Name direkt hinter meinem steht. Wir müssen nach Reitingers Tod ohnehin das Kanzleischild aktualisieren. Also Sie nach mir, dann Löffke, dann Frau Meyer-Söhnkes, und danach die angestellten Kolleginnen und Kollegen in der zeitlichen Reihenfolge ihres Eintritts in die Kanzlei.«

Hübenthal schien Knobels Gedanken gelesen zu haben, als er sagte:

»Sie werden meinen Entschluss natürlich mit unserem aktuellen Fall in Verbindung bringen. Er ist in der Tat der Anlass, aber nicht der Grund. Der Grund ist Ihre kontinuierliche Entwicklung, die immer wieder unter Beweis gestellte Einsatzbereitschaft, und nicht zuletzt Ihre unbestrittenen Erfolge.«

Knobel lächelte unsicher.

»Es waren auch etliche Niederlagen darunter.«

»Gewiss, wie bei jedem anderen auch.«

Knobel erinnerte sich der bildhaften Schilderungen Löffkes und Hübenthals im *Dubrovnik*, denen er sich anfangs ausgeliefert fühlte. Er dachte an die wetteifernden Illustrationen leuchtender Erfolge, denen er sich nicht gewachsen sah und an seine eigenen Versuche, mit den gefeierten Siegen mitzuhalten. Beschämt besann er sich seiner Erfahrungen und gestand sich ein, noch immer nicht gut genug zu sein.

»Wir bauen Büro 102 komplett um«, erklärte Hübenthal. »Sie haben ja lediglich Reitingers Inventar übernommen. Es kommen ganz neue Sachen rein. Neuer großer Schreibtisch, gesonderter Besprechungstisch, neue Stühle. Alles nach Ihrem Stil.«

Weinsteins Tod hämmerte in seinem Kopf. Weinsteins Tod und sein eigener Aufstieg waren unmittelbar miteinander verknüpft. Mühelos, wie sich der Aufstieg anbot, hatte er sich ihn immer erträumt, ohne dass er ihn angestrebt hätte. Es ging ihm wirtschaftlich gut, und es gab nichts, was dieses Befinden mit einer als notwendig empfundenen Verbesserung hätte steigern können. Aber der geschenkte Aufstieg reizte. Natürlich reizte es auch, Löffke zu überholen, und Knobel fand Gefallen an der Vorstellung, dass Löffke unter seinem Aufstieg leiden würde.

Hübenthal lächelte.

»Entweder sind Sie über mein Angebot sprachlos, weil es Sie überwältigt, dass man Ihnen diese einmalige Chance bietet, oder Sie haben Skrupel, weil Sie glauben, gekauft zu werden. Wie ich Sie kenne, ist es Letzteres.«

Knobel nickte dankbar.

»Betrachten Sie es so: Der Fall Tassilo Rosenboom ist so oder so unser Mandat. Was wir beide von der schrecklichen Sache von gestern Abend wissen, ist eine Last, die wir von Berufs wegen zu tragen haben. Wir liefern keinen Mandanten ans Messer, mag er getan haben, was er will.«

»Unsere Schweigepflicht, selbstverständlich«, rekapitulierte Knobel.

»Und vor diesem Hintergrund, und im Gedanken an Ihre beständig gute Leistung treffen Sie Ihre Entscheidung. – Also bitte keine moralischen Überlegungen im Zusammenhang mit dem Rosenboom-Fall!«

»Ich denke insoweit rechtlich«, versicherte Knobel. »Das bloße Schweigen ist einwandfrei.«

Hübenthal bestätigte die gelernte Lektion, trotzdem schlug er zurück.

»So gesehen sind Sie allerdings längst zum Straftäter geworden. – Denken Sie nur an den zweiten Prozess Weinsteins gegen Rosenboom: Sie haben dem Gericht eine frei erfundene Geschichte vorgetragen, mit der Sie dem Gericht glauben machen wollten, dass Weinstein das Geld an Rosenboom geschenkt habe. – Mein lieber Freund!«

Hübenthal lachte.

»Das war schon recht verwegen. Und natürlich haben Sie keinen Moment selbst daran geglaubt. Ganz im Gegenteil: Tassilo hat mir erzählt, wie stolz Sie darauf waren, eine Geschichte erfunden zu haben, die sich in Wirklichkeit zwar so abgespielt haben könnte, in der Konsequenz aber nichts anderes, als ein Lügenkonstrukt war. In der Tat ging es ja auch nur um die Hypothese, dass Ihre Geschichte wahr sein könnte. Rein rechtlich aber war diese Geschichte nichts anderes als der Versuch eines Betrugs. Das war beileibe kein Unterlassen, kein Schweigen, das war konkret strafwürdig, denn es war der Versuch, das Gericht von einem Märchen zu überzeugen, das, hätte das Gericht ihm Glauben geschenkt, dazu hätte führen müssen, Weinsteins Klage abzuweisen. Aus diesem Straftatbestand sind Sie im Übrigen nicht mehr herausgekommen, denn zu dem von Weinstein gewünschten Auftritt Rosenbooms in der mündlichen Verhandlung, in dem er reumütig Weinsteins Klage anerkennen wollte, ist es ja bekanntlich nicht gekommen, weil Rosenboom überhaupt nicht erschien. Also haben Sie die schriftsätzlich vorgetragene Lüge weiterhin persönlich aufrechterhalten und das Gericht über die Lüge entscheiden lassen.«

Hübenthal lehnte sich zurück und gelangte zur rechtlichen Würdigung. »Folglich fand kein Rücktritt vom Versuch des Betruges statt, der die strafrechtliche Relevanz Ihres falschen Vortrages aufgehoben hätte. So schnell hängt man drin.«

Knobel schwieg betreten, aber Hübenthal fing ihn mit väterlicher Fürsorge auf.

»Der Verstand sagt einem doch oft, dass man im Prozess für den Mandanten Behauptungen aufstellt, die nicht wahr sind, manchmal sogar nicht wahr sein können. Doch Sie tun es trotzdem. Natürlich können Sie das Mandat niederlegen, wenn Sie den Verdacht haben, dass man Sie als Werkzeug für betrügerische Dinge benutzt. Und Sie werden es in dem einen oder anderen Fall auch tun. Aber Sie tun es doch nicht bei einem Tassilo Rosenboom. Und warum tun Sie es nicht? Weil Tassilo von Haus aus kein Betrüger ist, der Sie für zweifelhafte Dienste einspannt, sondern ein durch und durch honoriger Mensch, natürlich wie jeder Mensch mit Vorzügen und Schwächen ausgestattet. Jemand, der aus einer doch nur zu verständlichen Notlage heraus auf Sie angewiesen ist. Tassilo ist doch mehr als bloßer Mandant; er ist doch fast schon Freund.«

»Ich kenne Rosenboom kaum«, verteidigte Knobel flüchtend.

»Doch, doch! Aber Sie kennen ihn nur im Licht. Uns alle bescheint dieses Licht, und alle wollen nur das Licht sehen. Aber man geht nicht, wenn mal Schatten herrscht.«

Hübenthal erhob sich.

Knobel wollte versichern, dass er keiner sei, der den Schatten fürchte, keiner, der kneife, wenn es schwierig werde. Knobel wollte eine anwaltliche Tugend beweisen: Standhaftigkeit.

Hübenthal erahnte das Unausgesprochene und blieb wohlgesinnt.

»Es ist für uns beide kein einfaches Los. Es ehrt Sie doch: Sie sagen nicht einfach *Ja*. Teilen Sie mir Ihre Entscheidung mit, wenn Sie sie getroffen haben. Bedenken Sie eines: Ihre Entscheidung kann weder das Geschehene ungeschehen machen noch das Notwendige verhindern.«

Knobel dankte. Er versicherte, sich schnell entscheiden zu wollen. Er wollte eine weitere anwaltliche Tugend beweisen: Entschlussfreudigkeit.

43

Seine Entscheidung fiel am Abend desselben Tages, als Lisa seine Ferne beklagte, ihr Leiden unter dem Alleinsein, seine grausame Stille am heutigen Morgen, seine Betriebsamkeit, die sie zu ersticken drohte. Knobel war von ihrem Ausbruch überrascht und streichelte zitternd ihr tränennasses Gesicht. Lisa weinte für sich und weinte für das Kind. Er hielt sie fest im Arm, doch sie weinte unablässig. Er tupfte die Tränen aus ihrem Gesicht, aber es schossen immer neue nach. Er schwor ihr, dass sich alles ändern werde. Er sah nach vorn, aber sie wollte nicht mit ihm nach vorn sehen. Was würde sich ändern? Er würde noch mehr arbeiten und noch später nach Hause kommen. Er hielt Hübenthals großartiges Angebot dagegen, flüsterte in ihr Schluchzen, dass er nun alles erreicht habe. Knobel strich ihr durchs Haar und war wütend über ihre Zweifel, wütend darüber, dass sie nichts von seinen Zweifeln ahnte. Knobel warf seinen Aufstieg in die Waagschale. Sie hatten ihn doch beide gewollt. Natürlich hatte Lisa Opfer gebracht, aber vielleicht waren seine größer gewesen.

Lisas Tränen betrauerten ein verloren gegangenes Glück. Knobel flehte sie an, in die Zukunft zu sehen und in ihr ein neues Glück zu suchen. Er gelobte, für sie und das Kind da zu sein. Er appellierte an ihr Vergessen. Sie sollten den Weg gemeinsam gehen. Er würde Hübenthals Angebot nicht nur um seiner selbst willen, sondern um seiner Familie willen annehmen. Ihm war bewusst, dass der gemeinsame Weg inzwischen in eine erwachsene Alltäglichkeit eingemündet war, der keine Überraschungen mehr versprach. Knobel fürchtete diese Aussicht und wusste dennoch keinen Ausweg. Noch mehr fürchtete er einen unbekannten Weg, der sie entzweien und ihnen das schmale Plateau, auf dem sie standen, unter den Füßen wegreißen würde. Der enge vorgezeichnete Weg nach vorn war die einzige Alternative zum Bruch. Der Ausbruch winkte an einem unerreichbaren leuchtenden Horizont, stand für Mut und Reife und war zugleich von irrealer Bodenlosigkeit. Knobel wusste weder, ob er Lisa dort wieder finden würde, noch, ob er sie dort wieder finden wollte. Knobels Entscheidungen waren nicht immer seine eigenen gewesen. Häufig ließ er entscheiden, ohne dass ihm dies unangenehm war, und immer in der Vorstellung, dass er selbst durchaus noch anders entscheiden könnte, wenn er es nur wollte. Die Welt, in der er mit Lisa verbunden war, war reich geworden und klein geblieben. Knobel träumte den Ausbruch, hin und wieder nur, verwegen und dann wie ein ausbrechendes Fieber.

Mittlerweile hatte sich vieles entschieden. Aus dem Gewirr von Möglichkeiten hatte sich nun ein Weg herausgebildet, der vorgezeichnet in die Zukunft wies, obwohl Knobel die Unverbindlichkeit liebte. Manchmal träumte er vom Kindsein.

Knobel diente Lisa seinen Aufstieg an, Zement für ihr kleines Plateau, Versöhnung für erlittene Einsamkeit. Er mied den Riss, er mied die Frage nach Lisas Träumen, er wagte nicht zu tasten, ob sie ihm fern oder nah war. Die Schwangerschaft hatte Lisas Leben verändert. Sie hatte ihr den Beruf genommen, der sie verband, seit sie sich kannten. Das ungeborene Kind hatte etwas genommen und noch nichts gegeben. Das ungeborene Kind hatte ein Vakuum geschaffen.

44

Knobel sprach am nächsten Morgen bei Hübenthal vor. Beinah unterwürfig bat er um einen freien Tag, natürlich der Zustimmung gewiss und dem kalkulierten Vorwurf ausgesetzt, warum er überhaupt um Erlaubnis für einen freien Tag frage. Knobel verriet mit keinem Wort und keiner Miene, dass er sich bereits entschieden hatte, Hübenthals Angebot anzunehmen, und während er Hübenthals Vorhaltungen in gespielter Demut über sich ergehen ließ, dachte er daran, dass er aus seiner Mitwisserschaft zukünftig Kapital schlagen konnte. Er würde ins Büro kommen und gehen können, wie es ihm gefiel, ohne dass ihn ein beklemmendes Gefühl stören müsste, dass es sich nicht gehöre, das Büro abends vor dem Senior zu verlassen. Noch wichtiger erschien ihm, an herausgehobener und dennoch recht verantwortungsfreier Position zu stehen. Eine Luftblase im dichten Geflecht von Macht und Anbiederei, tatsächlicher und vorgetäuschter Betriebsamkeit, Erfolgssucht und Leistungsdruck. Er schämte sich nicht, in mancher Hinsicht Nutznießer von Rosenbooms Verbrechen zu sein, und er wusste, dass er diesen Gewinn nur durch dauerhafte Verschwiegenheit erreichen und halten konnte. Er musste nur allen Verlockungen widerstehen, sein Geheimnis auszuplaudern, weder eine Wut auf Rosenboom noch eine Enttäuschung über Hübenthal dürften ihn verleiten, mit seinem Wissen zu spielen. Loyalität, Macht und Reichtum durch Schweigen erkauft und zur Unantastbarkeit stilisiert. Im Grunde beruhte seine Karriere auf stillschweigender Unterlassung. Aber konnte er auch darauf hoffen, dass eines heiß ersehnten Tages sein Gehirn es unterließ, in seinen Albträumen Weinsteins blutüberströmten Körper ständig wie eine Monstranz zu präsentieren?

Knobels gespielt devote Bitte um einen freien Tag signalisierte: Ich brauche Ruhe. Er nahm Hübenthals großherzige Geste mit artigem Dank entgegen, um zu signalisieren, dass er nicht undankbar sein werde.

Knobel verabschiedete sich von Frau Klabunde. Sie teilte ihm mit, dass Frau Audero gerade eben habe mitteilen lassen, dass sie mit der U-Bahn in die Stadt komme und an der Haltestelle Saarlandstraße aussteige. Er solle oben an der Rolltreppe auf sie warten.

Knobel nickte. Er sah sie an und lächelte.

»Ich werde Ihnen alles zu gegebener Zeit erklären.«

Frau Klabundes fülliger Körper richtete sich stolz auf.

45

Er kämpfte sich mit dem Auto durch die verstopften Straßen. Die Weihnachtsbeleuchtung hinter den Schaufenstern glitzerte auf dem regennassen Asphalt und brach sich in den Regentropfen auf der Frontscheibe seines Autos zu einem funkelnden Lichtermeer. Die Regenwolken hingen grau und schwer über den bleiernen Häusern, deren schillernde Leuchtreklamen sie nur umso trister erscheinen ließen. Der Tag wollte einfach nicht hell werden. Knobel fröstelte trotz der warmen Luft, die ihm im Auto aus den Düsen entgegenblies. Er fand mühsam zum Eingang der U-Bahnstation Saarlandstraße und dann mit Glück in der Nähe einen Parkplatz, von dem aus er im Auto sitzend die Treppenanlage unter dem leuchtenden blauen U-Schild im Blick hatte. Die Rolltreppe baggerte in Intervallen Menschentrauben an die Oberfläche und pumpte sie ins Verkehrsgewühl. Knobel bemühte sich, Gesichter zu erkennen, bevor sie unter den sich öffnenden Schirmen verschwanden. Er hatte Marie angerufen und das Treffen mit ihr dringend gemacht. Sein sich veränderndes Leben suchte ein Ventil, bevor es begonnen hatte.

Zuerst entdeckte er ihren knallroten Anorak. Er beugte sich aus dem Auto und rief ihr zu.

Sie lief ihm durch aufspritzende Pfützen entgegen, stieg ein und warf einen kleinen Lederrucksack auf den Rücksitz.

Er betrachtete sie, während sie ihren knisternden Anorak öffnete und sich durch ihre Haare strich.

»Wir fahren raus«, entschied sie und umarmte ihn schnell.

Für einen Augenblick spürte er ihre feuchte kühle Wange auf seiner Haut und atmete den Regen durch ihr dunkles Haar, bis sie wieder in ihren Sitz zurückfiel.

Er ließ sich von ihr durch die Straßen dirigieren. Der Regen peitschte auf das Auto. Das harte Prasseln übertönte das Puckern der Scheibenwischer. Ihre feuchte Kleidung ließ die Scheiben beschlagen, und er schaltete das Gebläse höher.

Sie verließen die Innenstadt Richtung Süden und befuhren die Hagener Straße.

Marie sagte ihm, wo er abbiegen und wie weit er dieser oder jener Straße folgen solle. Ansonsten schwiegen sie, aber es war kein unangenehmes Schweigen.

Nach einer halben Stunde endete ihr Weg auf einem Parkplatz an der Bittermark.

Marie kramte aus ihrem Rucksack einen altmodischen Regenumhang hervor und drückte ihn Knobel in die Hand.

Er kannte einen großen Teil der weit verzweigten Wege, die sich wie feine Adergefäße in dem dichten Waldgebiet verloren.

Manchmal war er vor dem Examen an warmen Tagen mit Lisa mit dem Fahrrad durch die Bittermark bis zur Hohensyburg gefahren, hatte dort mit ihr an der Burgruine ein Eis gegessen und dabei ins Tal auf den Zusammenfluss von Ruhr und Lenne geschaut.

Marie schnürte den Rucksack zu. Das Leder war runzelig und speckig. Er wunderte sich über ihre alten Sachen. Einzig der leuchtend rote Anorak schien neu.

Dann stieg sie aus, und er folgte ihr.

Knobel presste heraus, dass sich die Sache Weinstein erledigt habe. Weinstein sei bei einem Autounfall ums Leben gekommen. Er habe die Akte schließen können.

»Also hat er noch sehr an seiner Frau gehangen«, sagte sie.

Knobel überlegte, warum Weinsteins Unfalltod diese Schlussfolgerung stützen könnte.

»Es war ein Unfall, kein Selbstmord«, bekräftigte er.

»Wer erbt jetzt die Brunnenstraße 8 eigentlich?«, fragte sie.

Knobel stutzte, wollte Bedauern für Weinstein einfordern: Kein Mensch schien um Weinstein zu trauern. Warum fragte sie nicht weiter nach Weinstein?

»Der Wirt hat mir gesagt, dass Weinstein den Pachtvertrag über das *La dolce vita* kündigen wollte«, sagte sie. »Er wollte Ambientegastronomie ins Haus holen. Weinstein sagte, das Viertel werde sich bald wandeln, und er wolle den Anschluss an die Zeit nicht verpassen. Überall begännen Renovierungen, die alte Bausubstanz werde schön herausgeputzt und die Mieten schon in absehbarer Zeit deutlich steigen. Wenn alles fertig wäre, kämen schicke Leute ins Viertel. Ein paar Jahre nur, und das Viertel rund um die Brunnenstraße wäre die beste Adresse für Künstler und andere Individualisten. Weinstein dachte auch daran, eine Bar einzurichten. Er schien eine Menge Geld gehabt zu haben.«

Knobel ahnte, dass Rosenboom wohl noch mehr Geld an Weinstein gezahlt hatte, als er wusste. Eigentlich wusste er ohnehin fast nichts, und er wollte auch nichts wissen.

Der Regen ließ etwas nach. Er kauerte sich in seinen Umhang und bohrte die Hände tief in die Hosentaschen. Der Weg war in der Mitte aufgeweicht. Die Regentropfen sprangen aus den kleinen Pfützen. Er folgte ihr still auf dem nassen Grassaum. Das Gras patschte unter den Schuhen.

Wie ein störrischer Esel blieb er plötzlich stehen. Marie merkte es zunächst nicht und sah ihn, als sie sich zufällig umdrehte, ein Stück hinter sich. Sie kehrte zurück, griff seine Hand und wollte ihn ziehen, doch er blieb schnupfend und kränkelnd stehen.

Marie wollte mit ihm scherzen, aber er blieb unbeirrbar ernst. Dann sah sie, dass er zitterte. Wie ein Gespenst sah er aus, kalkweiß. Die Regentropfen liefen seine Wangen hinunter und tropften von seinem Kinn herab. Marie sah, dass sich auch Tränen unter sie gemischt hatten.

»Es ist wohl eine Grippe«, gluckste er.

Sie nickte.

Zurück ließ er Marie fahren. Das Warmluftgebläse konnte das Zittern nicht verjagen. Er drückte sich fest in den Sitz, die Hände zur Faust verkrampft, dass die Knöchel weiß hervortraten. Zu Hause zog sie ihn die Treppe hoch und schob ihn in ihre Wohnung. Sie schickte ihn ins Bad und schloss hinter ihm die Tür.

Benommen blickte er sich um, zog sich träge aus, ordnete umständlich seine Kleider und legte sie eigentümlich sorgfältig gefaltet auf den Toilettendeckel. Er richtete sich in ihrem kleinen Bad ein. Die fünf oder sechs Quadratmeter waren eine eigene Welt. Sein fiebernder Körper atmete wie durch einen Filter den Duft ihrer Seife ein. Seine Blicke tasteten kleine Parfümflaschen auf einer Glasplatte oberhalb des Handwaschbeckens ab, daneben einige Cremes, zwei Lippenstifte und Zahnputzutensilien. Er trat in die Dusche. Mit dem Aufdrehen des warmen Wassers bellten die Flammen im Autogeyser neben der Toilette auf. Das Wasser schoss dampfend in die Duschtasse. Er ließ das Wasser an sich herunterlaufen und beobachtete, wie der Spiegel langsam beschlug. Seine Arme röteten sich unter dem heißen Wasser. Dann trat er ganz unter den Duschkopf, genoss, wie der Strahl Kopf, Rücken und Brust massierte, ließ das Wasser in sein Gesicht prasseln, bis es taub schien, atmete heftig durch den Mund, sammelte darin das Wasser und spuckte es mit gespitzten Lippen an die Wand und wiederholte den Vorgang von neuem. Er stellte das Wasser noch heißer, reckte sein Gesicht in den dampfenden Strahl, bis ihm schwindelig wurde, das Licht der Deckenlampe in allen Regenbogenfarben blitzte, wenn er mit den Augen blinzelte und er sich festhalten musste, um nicht umzufallen. Das Wasser zersprang auf seinen Augenlidern, auf der Nase, es suchte seinen Weg durch seine Lippen, verteilte sanfte Hiebe auf die Backen, hämmerte auf seine Stirn.

Als ihn das Wasser aufgeweckt hatte, trat er aus der Dusche, ertastete blind Maries Handtuch auf der Stange neben dem Waschbecken. Das Handtuch war klamm vom Wasserdampf. Er rieb sein Gesicht ab, wischte über den beschlagenen Spiegel und lauschte dem Knirschen, als das Tuch Schlieren zog. Verschwommen sah er sein rotes Gesicht, dahinter die Toilette. Auf dem Deckel lag etwas Weißes. Er wandte sich um und entdeckte auf seinen Kleidern ein Badetuch, das vorhin dort nicht gelegen hatte. Zögernd nahm er es auf, drückte es sanft gegen seinen Oberkörper und drehte sich dann in das Tuch hinein.

Marie saß in der Küche. Der regnerische Tag warf nun dämmriges Licht hinein. Die Kerze auf dem Küchentisch erhellte flackernd ihr Gesicht. Noch immer glänzte der Regen in ihren Haaren.

Sie tranken Tee.

Knobel genoss schlürfend das heiße Getränk, genoss die Stille. Das Tuch umhüllte ihn warm und weich. Es duftete nach ihrer Seife. Der Duft der Seife verband sich mit dem

Duft des geschmolzenen Kerzenwachses und dem Duft des Tees. Die Welt bestand in diesem Moment nur aus ihnen, der dämmrigen Stille und den schönen Gerüchen. Die Welt war weihnachtlich und rein, wie er es aus Kindertagen kannte, als er sich umso wohler fühlte, alles umso heimeliger und geheimnisvoller wurde, je unwirtlicher und dunkler es draußen wurde. Als er, schon im Schulalter, auf der steinernen Fensterbank seines Kinderzimmers in der Adventszeit eine Kerze anzünden durfte und die ruhige, nur manchmal ganz leise knisternde Flamme beobachtete und sein Kinderherz weihnachtlich fromm in dieser kleinen Welt aufging, konnte kein Platz schöner und erfüllter sein als der an seinem kleinen Tisch an der Fensterbank, wenn ihn die Kerze in Märchenwelten entführte. Knobel sehnte sich manchmal in die kindliche Beschaulichkeit zurück. Wenn er nicht einschlafen konnte, versetzte er sich oft in ein abgelegenes tief verschneites Haus mit knisterndem Kamin, und stellte sich vor, behütet und wohlig vor dem Kamin zu sitzen. Doch er schweifte immer wieder ab und fand nicht mehr in die Geborgenheit des kleinen Hauses zurück.

Als Marie irgendwann aufstand, um Tee nachzuschenken, zog er sie sanft auf seinen Schoß, legte seine Hände um ihren Bauch und fühlte, wie sie ihre Hände auf die seinen legte und sie ineinander griffen. Er legte seinen Kopf an ihren Rücken, seine Nase drückte zart in ihren Pullover und auf ihre Haut. Seine Finger verzahnten sich mit ihren, seine Daumen massierten ihre Handrücken, während sein Kopf den ruhigen Takt ihres Körpers fühlte.

Sie lehnte sich zurück, ihr Kopf lag auf seiner Schulter, er küsste ihre Wange, seine linke Hand löste sich und glitt unter ihren Pullover, streichelte kreisend ihren Bauch und ertastete mit den Fingerkuppen ihren Bauchnabel, berührte leicht ihre Brust und ließ seine Hand auf ihrer warmen Haut ruhen. Seine Nase stupste ihre dünnen Haarsträhnen zur Seite, die über ihr linkes Ohr gefallen waren. Dann küsste er ihr Ohrläppchen, umspielte es mit seiner Zunge, bis sie sich ihm zuwandte und sich ihre Zungen einander streichelten. Sie entblößte sich und setzte sich nackt auf ihn. Ihre Brüste ruhten weich und erregend auf ihm. Er strich sacht durch ihr Haar und küsste es. Ineinander verschlungen fanden sie ins Bett.

Der Tag zog grau an ihnen vorüber, die Dunkelheit brach herein. Marie zündete noch mehr Kerzen an. Sie blieben beieinander, ertasteten und erfragten sich. Es waren keine aufregenden Leben. Knobel durchstreifte seines, ohne weder Höhepunkte noch seine strahlende Karriere hervorzuheben. Nichts war außergewöhnlich, doch er schätzte auch nichts gering. Er wagte zu unterscheiden. Sie verglichen und interessierten sich und blieben zwischendurch still, mal ruhend, dann einander streichelnd. Später, als die erste Kerze schon fast ausgebrannt war, die Flamme noch einmal hell zitternd aufloderte und dann langsam erstickte, als sie beschützt einander wärmend unter ihrer schmalen Bettdecke lagen, die Zeit verträumten und der Feierabendverkehr der Brunnenstraße dumpf wie aus der Ferne zu ihnen drang, erzählte er ihr alles über den Rosenboom-Fall. Die Ruhe in ihrem Zimmer, Maries gleichmäßiger Herzschlag, den er warm an sich fühlte, stand im eigentümlichen Gegensatz zu seiner Geschichte. Doch gerade dies machte es ihm leicht. Kein Detail, das er ausließ oder anders schilderte, als er es wahrgenommen hatte. Schließlich beichtete er ihr seine leidende Ehe. Lisa, die er betrog. Die Ehe, die nie eine richtige Basis hatte. Die vielen offenen Fragen. Als hätte er in Maries kleiner Wohnung einen Ort gefunden, in dem er alle seine offenen Fragen aufbewahren und mit der Zeit abarbeiten konnte, sprudelte alles aus ihm heraus.

46

Am 8. Dezember feierte man ihn als den neuen zweiten Mann. Eine Woche vor der offiziellen Weihnachtsfeier der Kanzlei hatte Hübenthal in das vornehme Restaurant *La Table* in der Spielbank Hohensyburg eingeladen.

Knobel saß vor Kopf der feierlich gedeckten Tafel, rechter Hand von ihm zunächst Lisa, daneben ihr Vater, dann Löffke und Charlotte Meyer-Söhnkes mit ihrem neuen Lebensgefährten.

Am anderen Kopfende, Knobel gegenüber, saß Dr. Julius Hübenthal, und von dort gesehen rechts zunächst Frau Hübenthal, dann Sophie und Tassilo Rosenboom und schließlich die furchtbar aufgeregte Frau Klabunde.

Dr. Hübenthals Rede war kurz und mündete schnell in das Wesentliche: Fortan heiße die Kanzlei Dr. Hübenthal & Knobel.

Der Gefeierte stand auf, um den geschuldeten Dank zu erweisen. Es war seine erste Rede. Das öffentliche Reden lag ihm nicht, aber man erwartete eine dem zweiten Chef angemessene Rede. Knobel schluckte, seine Stimme zitterte etwas. Der hastig getrunkene Sekt trieb Schweißperlen auf die Stirn, aber ihm gelangen die entscheidenden Worte: Der Dank für das geschenkte Vertrauen und der Wunsch, das gleiche Vertrauen auch in der Zukunft zu rechtfertigen, und schließlich der Dank für die vorbildliche Zusammenarbeit innerhalb des Kollegenkreises. Sie alle, die einen Baustein in seiner Karriere bildeten, würdigte Knobel und schloss mit den Worten, er werde sich bemühen, sich der zuteil gewordenen Ehre würdig zu erweisen.

Beifall.

Knobel hob sein Glas und sah jedem in der Runde ins Auge, besonders lang ruhte sein Blick auf Frau Klabunde.

Als man das Menü genossen und immer wieder aufeinander angestoßen hatte, polterte Löffke, dass es nun der steifen Feierlichkeit genug sei. Jetzt müsse der gemütliche Teil kommen. Löffke freute sich immer auf ausgelassene Feiern. Die Weihnachtszeit war für ihn Hochsaison.

Sie tranken und aßen viel an diesem Abend, und später wechselten alle mehrfach ihre Plätze.

Zuletzt saß Knobel neben Löffke.

Schwitzend und mit hochrotem Kopf warb Löffke für einen sportlichen Wettbewerb mit Knobel. Das Jahr sei so gut wie vorbei, mit der Jahreswende beginne der neue Umsatzwettlauf. Die Umsatzeieruhr werde umgedreht.

Knobel blieb gelassen. Er war vor Umsatzkämpfen geschützt.

Löffke ahnte nicht, dass das Streben nach höheren Zahlen, das wechselseitige Übertrumpfen mit Strategien und Siegen, das Buhlen um Mandate ein bloßes Scheingefecht war und Knobel selbst bei geringsten Umsätzen uneinholbar sein würde.

Knobel ließ unbeeindruckt Löffkes Kampfgeheul über sich ergehen. Er fühlte sich unverwundbar. Er wusste, er würde wieder zu Marie gehen.

Nächsten Dienstag.

ENDE

Weitere Krimis finden Sie auf den folgenden Seiten und im Internet: www.gmeiner-verlag.de

Friederike Schmöe
Januskopf

271 Seiten, 11 x 18 cm, Paperback.
ISBN 978-3-89977-737-6. € 9,90.

Im unterfränkischen Königsberg stürzt eine Frau in den Tod. War es ein Unfall, Selbstmord oder gar Mord? Dem neuen Klienten der Bamberger Privatdetektivin Katinka Palfy wird der mysteriöse Todesfall per anonymem Brief in die Schuhe geschoben. Noch rätselhafter ist allerdings der Mann selbst: Ewald Isenstein leidet seit einem Unfall an einer Persönlichkeitsspaltung, sein Innenleben ist unberechenbar. Katinka hält ihn für unschuldig, doch dann geschehen zwei Morde, und Isenstein hat wieder kein Alibi. Als auch ein Anschlag auf Katinka verübt wird, macht Kommissar Harduin Uttenreuther eine erstaunliche Entdeckung: Der Mörder scheint E.T.A. Hoffmanns *Die Elixiere des Teufels* »nachzuspielen«. Doch wenn das stimmt, wird es einen dritten Mord geben …

Klaus Erfmeyer
Todeserklärung

274 Seiten, 11 x 18 cm, Paperback.
ISBN 978-3-89977-735-2. € 9,90.

Als der Dortmunder Rechtsanwalt Stephan Knobel von seinem neuen Mandanten Gregor Pakulla den Auftrag erhält, dessen verschwundenen Bruder Sebastian zu suchen, wundert er sich zunächst, warum Pakulla hierfür einen Anwalt benötigt. Aber der Fall klingt interessant: Die Geschwister sind die alleinigen Erben eines großen Vermögens. Doch ohne Sebastian kann Gregor seinen Anteil nicht kassieren – wird sein Bruder hingegen tot aufgefunden, erhält er sogar alles.
Schnell wird klar, dass Gregor mehr weiß, als er zugibt. Knobel folgt Sebastians Spuren bis nach Mallorca, wo sich ihm ein bis ins Detail durchdachtes teuflisches Spiel offenbart.

KRIMI IM GMEINER-VERLAG

Wir machen's spannend

Sinje Beck
Totenklang

275 Seiten, 11 x 18 cm, Paperback.
ISBN 978-3-89977-759-8. € 9,90.

Wenn man tot ist, hat man seine Ruhe. Denkt man, wenn man ohne Ansprüche auf ein Leben nach dem Tod stirbt. Doch weit gefehlt: Die Lebenden lassen einen noch lange nicht in Frieden. Besonders dann, wenn der Tod unter ungewöhnlichen Umständen eintrat.
Dass ein alter Artist sich selbst erhängt, ist noch vorstellbar. Aber nicht, dass er sich zuvor drei Knochen entfernte: Elle, Speiche und Schlüsselbein. Das findet auch Heiner Himmel, der unfreiwillig in das Ableben des alten Mannes verwickelt wird, da er sich zur gleichen Zeit am gleichen Ort befindet – unter einer Autobahnbrücke im Siegerland. In seinem neuen Job, in einem Bestattungsinstitut muss Heiner sich damit auseinander setzen, dass allerorten Knochen und andere Leichenteile verschwinden.

Wolfgang Zander
Hundeleben

288 Seiten, 11 x 18 cm, Paperback.
ISBN 978-3-89977-751-2. € 9,90.

Auch Privatdetektive haben eine Midlifecrisis. Siegfried Gass hat seinen vierzigsten Geburtstag schon eine Weile hinter sich, ist beruflich nicht ganz so erfolgreich, wie er sich das vorgestellt hatte, und muss sich damit abfinden, dass Cleo, seine Liebste, ihn verlassen hat. Und als ob das nicht genug wäre, hat sie auch noch den gemeinsamen Lebensabschnittshund Hannibal mitgenommen.
Dumm gelaufen, doch für Depressionen bleibt keine Zeit. Nach einer geschäftlich eher beschaulichen Phase geben sich die Klienten plötzlich die Klinke in die Hand: Können zwei Millionen Euro eine Frau über einen abhanden gekommenen Liebhaber hinweg trösten? Belästigen Buchhändlerinnen fremde Männer? Und sind Kinoleinwände eigentlich feuerfest?

KRIMI IM GMEINER-VERLAG

Wir machen's spannend

Erwin Kohl
Willenlos

319 Seiten, 11 x 18 cm, Paperback.
ISBN 978-3-89977-760-4. € 9,90.

Ein Düsseldorfer Polizist wurde brutal ermordet. Bereits wenige Stunden später gelingt es der Mordkommission, den Hauptverdächtigen festzunehmen. Obwohl die Beweislast erdrückend ist, bestreitet Udo Hornbach die Tat. Am Tatort hinterlassene Fingerabdrücke, DNA-Spuren und ein Zeuge sprechen für sich, allerdings gibt es zwischen Täter und Opfer keinerlei Verbindung, geschweige denn ein Tatmotiv.
Der LKA-Ermittler Joshua Trempe wird eingeschaltet. Doch auch für ihn bleibt der Fall ebenso eindeutig wie rätselhaft – bis Trempe von einem Verbrechen in Bochum mit erschreckenden Parallelen erfährt.

Sandra Dünschede
Solomord

278 Seiten, 11 x 18 cm, Paperback.
ISBN 978-3-89977-758-1. € 9,90.

Am helllichten Tage wird in Düsseldorf die zehnjährige Michelle entführt. Wenig später wird das Mädchen tot aus der Düssel geborgen. Alles deutet darauf hin, dass der Mörder im Kinderpornomilieu zu finden ist, aber die dortigen Ermittlungen von Kommissar Hagen Brandt und seinem Kollegen Teichert verlaufen erfolglos. Bis ein weiteres Mädchen verschwindet und der Täter durch Zufall gefasst werden kann. Doch die Zeit arbeitet gegen Brandt und sein Team, denn der Entführer weigert sich zu kooperieren und keiner weiß, wo er das kleine Mädchen versteckt hält.

KRIMI IM GMEINER-VERLAG

Wir machen's spannend

Ihre Meinung ist gefragt!

Mitmachen und gewinnen

Als der Spezialist für Themen-Krimis mit Lokalkolorit möchten wir Ihnen immer beste Unterhaltung bieten. Sie können uns dabei unterstützen, indem Sie uns Ihre Meinung zu den Gmeiner-Krimis sagen!

....

Senden Sie eine E-Mail an gewinnspiel@gmeiner-verlag.de und teilen Sie uns mit, welchen Krimi Sie gelesen haben und wie er Ihnen gefallen hat. Alle Einsendungen nehmen automatisch am großen Jahresgewinnspiel teil. Es warten ›spannende‹ Buchpreise aus der Gmeiner-Krimi-Bibliothek auf Sie!

Die Gmeiner-Krimi-Bibliothek

KRIMI IM GMEINER-VERLAG

Wir machen's spannend

Das neue Krimijournal ist da!

2 x jährlich das Neueste aus der Gmeiner-Krimi-Bibliothek

ISBN 978-3-89977-950-9
kostenlos erhältlich in jeder Buchhandlung

In jeder Ausgabe:

- Vorstellung der Neuerscheinungen
- Hintergrundinformationen zu den Themen der Krimis
- Interviews mit den Autoren und Porträts
- Allgemeine Krimi-Infos (aktuelle Krimi-Trends, Krimi-Portale im Internet, Veranstaltungen etc.)
- Die Gmeiner-Krimi-Bibliothek (Gesamtverzeichnis der Gmeiner-Krimis)
- Großes Gewinnspiel mit ›spannenden‹ Buchpreisen

KRIMI IM GMEINER-VERLAG

Wir machen's spannend

Alle Gmeiner-Autoren und ihre Krimis auf einen Blick

Anthologien: Mords-Sachsen 2 (2008) • Tod am Bodensee • Bodensee-Blues • Mords-Sachsen • (2007) • Grenzfälle (2005) • Spekulatius (2003) **Artmeier, H.:** Feuerross (2006) • Katzenhöhle (2005) • Schlangentanz • Drachenfrau (2004) **Baecker, H-P.:** Rachegelüste (2005) **Bauer, H.:** Fernwehträume (2008) **Beck, S.:** Totenklang (2008) • Duftspur (2006) • Einzelkämpfer (2005) **Blatter, U.:** Vogelfrau (2008) **Bode-Hoffmann G./Hoffmann M.:** Infantizid (2007) **Bomm, M.:** Notbremse (2008) • Schattennetz • Beweislast (2007) • Schusslinie (2006) • Mordloch • Trugschluss (2005) • Irrflug • Himmelsfelsen (2004) **Bosch van den, J.:** Wassertod • Wintertod (2005) **Buttler, M.:** Dunkelzeit (2006) • Abendfrieden (2005) • Herzraub (2004) **Clausen, A.:** Ostseegrab (2007) **Danz, E.:** Nebelschleier (2008) • Steilufer (2007) • Osterfeuer (2006) **Detering, M.:** Puppenmann • Herzfrauen (2007) **Dünschede, S.:** Solomord (2008) Nordmord (2007) • Deichgrab (2006) **Emme, P.:** Ballsaison (2008) • Tortenkomplott • Killerspiele (2007) • Würstelmassaker • Heurigenpassion (2006) • Schnitzelfarce • Pastetenlust (2005) **Enderle, M.:** Nachtwanderer (2006) **Erfmeyer, K.:** Todeserklärung (2007) • Karrieresprung (2006) **Franzinger, B.:** Jammerhalde (2007) • Bombenstimmung (2006) • Wolfsfalle • Dinotod (2005) • Ohnmacht • Goldrausch (2004) • Pilzsaison (2003) **Gardein, U.:** Die letzte Hexe – Maria Anna Schwegelin (2008) **Gardener, E.:** Lebenshunger (2005) **Gibert, M.:** Nervenflattern (2007) **Graf, E.:** Elefantengold (2006) • Löwenriss • Nashornfieber (2005) **Gude, C.:** Binärcode (2008) • Mosquito (2007) **Haug, G.:** Gössenjagd (2004) • Hüttenzauber (2003) • Tauberschwarz • Riffhaie • Tiefenrausch (2002) • Höllenfahrt (2001) • Sturmwarnung (2000) **Heim, U.-M.:** Das Rattenprinzip (2008) • Totschweigen (2007) • Dreckskind (2006) **Heinzlmeier, A.:** Bankrott (2006) • Todessturz (2005) **Imbsweiler, M.:** Bergfriedhof (2007) **Karnani, F.:** Turnaround (2007) • Takeover (2006) **Keiser, G.:** Apollofalter (2006) **Keiser, G./Polifka, W.:** Puppenjäger (2006) **Klausner, U.:** Die Pforten der Hölle (2007) **Klewe, S.:** Wintermärchen (2007) • Kinderspiel (2005) • Schattenriss (2004) **Klingler, E.:** Königsdrama (2006) **Klugmann, N.:** Die Tochter des Salzhändlers (2007) • Kabinettstück (2006) • Schlüsselgewalt (2004) • Rebenblut (2003) **Kohl, E.:** Willenlos (2008) • Flatline (2007) • Grabtanz • Zugzwang (2006) **Köhler, M.:** Tiefpunkt • Schreckensgletscher (2007) **Koppitz, R. C.:** Machtrausch (2005) **Kramer, V.:** Todesgeheimnis (2006) • Rachesommer (2005) **Kronenberg, S.:** Weinrache (2007) • Kultopfer (2006) • Flammenpferd • Pferdemörder (2005) **Kurella, F.:** Das Pergament des Todes (2007) **Lascaux, P.:** Salztränen (2008) **Lebek, H.:** Schattensieger • Karteileichen (2006) • Todesschläger (2005) **Leix, B.:** Waldstadt (2007) • Hackschnitzel (2006) • Zuckerblut • Bucheckern (2005) **Mainka, M.:** Satanszeichen (2005) **Matt, G./Nimmerrichter, K.:** Schmerzgrenze (2004) • Maiblut (2003) **Misko, M.:** Winzertochter • Kindsblut (2005) **Puhlfürst, C.:** Rachegöttin (2007) • Dunkelhaft (2006) • Eiseskälte • Leichenstarre (2005) **Senf, J.:** Knochenspiel (2008) • Nichtwisser (2007) **Seyerle, G.:** Schweinekrieg (2007) **Schmitz, I.:** Mordsdeal (2007) • Sündenfälle (2006) **Schmöe, F.:** Pfeilgift (2008) • Januskopf • Schockstarre (2007) • Käfersterben • Fratzenmond (2006) • Kirchweihmord • Maskenspiel (2005) **Schröder, A.:** Mordsgier (2006) • Mordswut (2005) • Mordsliebe (2004) **Schuker, K.:** Brudernacht (2007) • Wasserpilz (2006) **Schneider,H.:** Ernteopfer (2008) **Schulze,G.:** Sintflut (2007) **Schwab, E.:** Angstfalle (2006) • Großeinsatz (2005) **Schwarz, M.:** Zwiespalt (2007) • Maienfrost • Dämonenspiel (2005) • Grabeskälte (2004) **Steinhauer, F.:** Menschenfänger (2008) • Narrenspiel (2007) • Seelenqual • Racheakt (2006) **Thömmes, G.:** Der Bierzauberer (2008) **Thadewaldt, A./Bauer, C.:** Blutblume (2007) • Kreuzkönig (2006) **Valdorf, L.:** Großstadtsumpf (2006) **Vertacnik, H.-P.:** Abfangjäger (2007) **Wark, P.:** Epizentrum (2006) • Ballonglühen (2003) • Albtraum (2001) **Wilkenloh, W.:** Feuermal (2006) • Hätschelkind (2005) **Wyss, V.:** Todesformel (2008) **Zander, W.:** Hundeleben (2008)

KRIMI IM GMEINER-VERLAG

Wir machen's spannend